|红色经典丛书|

# 小二黑结婚

赵树理 著

图书在版编目(CIP)数据

小二黑结婚 / 赵树理著. —南京：江苏凤凰文艺出版社，2018.5(2022.8 重印)
(红色经典丛书)
ISBN 978-7-5594-1843-2

Ⅰ.①小… Ⅱ.①赵… Ⅲ.①中篇小说-小说集-中国-当代 Ⅳ.①I247.5

中国版本图书馆 CIP 数据核字(2018)第 067631 号

# 小二黑结婚

赵树理　著

出 版 人　张在健
总 策 划　汪修荣
责任编辑　傅一岑
封面设计　马海云
责任印制　刘　巍
出版发行　江苏凤凰文艺出版社
　　　　　南京市中央路 165 号，邮编：210009
网　　址　http://www.jswenyi.com
印　　刷　南京新洲印刷有限公司
开　　本　880 毫米×1230 毫米　1/32
印　　张　8.125
字　　数　183 千字
版　　次　2018 年 5 月第 1 版
印　　次　2022 年 8 月第 4 次印刷
书　　号　ISBN 978-7-5594-1843-2
定　　价　32.00 元

江苏凤凰文艺版图书凡印刷、装订错误，可向出版社调换，联系电话 025-83280257

# 目　录

小二黑结婚 ..................... 001
李有才板话 ..................... 019
三里湾 ......................... 063

# 小二黑结婚

## 一 神仙的忌讳

刘家峧有两个神仙:一个是前庄上的二孔明,一个是后庄上的三仙姑。二孔明也叫二诸葛,原来叫刘修德,当年做过生意,抬脚动手都要论一论阴阳八卦①、看一看黄道黑道②。三仙姑是后庄于福的老婆,每月初一十五都要顶着红布摇摇摆摆装扮天神。

二孔明忌讳"不宜栽种",三仙姑忌讳"米烂了"。这里边有两个小故事:有一年春天大旱,直到阴历五月初三才下了四指雨。初四那天大家都抢着种地,二孔明看了看历书,又掐指算了一下说:"今日不宜栽种。"初五日是端午,他历年就不在端午这天做什么,又不曾种;初六倒是个黄道吉日,可惜地干了,虽然勉强把他的四亩谷子种上了,却没有出够一半。后来直到十五才又下雨,别人家都在地里锄苗,二孔明却领着两个孩子在地里补空子。邻家有个后生,吃饭时候在街上碰上二孔明便问道:"老汉!今天宜栽种不宜?"二孔明翻了他一眼,扭转头返回去了,大家就嘻嘻哈哈传为笑谈。

三仙姑有个女孩叫小芹。一天,金旺他爹到三仙姑那里问病,三仙姑坐在香案后唱,金旺他爹跪在香案前听,小芹那年才九岁,晌午做捞饭,把米下进锅里了,听见她娘哼哼得很中听,站在桌前听了一会,把做饭也忘了。一会,金旺他爹出去小便,三仙姑趁空子向小芹说:"快去捞饭!米烂了!"这句话却不料就叫金旺他爹听

---

① 阴阳八卦:占卜的总称。阴阳,我国古代哲学认为宇宙中通贯物质和人事的两大对立面;八卦,我国古代一套有象征意义的符号。
② 黄道黑道:旧时迷信星命之说。吉神值日,诸事皆宜,不避凶忌,称为黄道吉日;凶神值日,则有禁忌,谓之黑道。

见,回去就传开了。后来有些好玩笑的人,见了三仙姑就故意问别人:"米烂了没有?"

## 二　三仙姑的来历

三仙姑下神,足足有三十年了。那时三仙姑才十五岁,刚刚嫁给于福,是前后庄上第一个俊俏媳妇。于福是个老实后生,不多说一句话,只会在地里死受。于福的娘早死了,只有个爹,父子两个一上了地,家里就只留下新媳妇一个人。村里的年轻人们觉得新媳妇太孤单,就慢慢自动地来跟新媳妇做伴,不几天就集合了一大群,每天嘻嘻哈哈,十分哄伙。于福他爹看见不像个样子,有一天发了脾气,大骂一顿,虽然把外人挡住了,新媳妇却跟他闹起来。新媳妇哭了一天一夜,头也不梳,脸也不洗,饭也不吃,躺在炕上,谁也叫不起来,父子两个没了办法。邻家有个老婆替她请了一个神婆子,在她家下了一回神,说是三仙姑跟上她了,她也哼哼唧唧自称吾神长吾神短,从此以后每月初一十五就下起神来,别人也给她烧起香来求财问病,三仙姑的香案便从此设起来了。

青年们到三仙姑那里去,要说是去问神,还不如说是去看圣像。三仙姑也暗暗猜透大家的心事,衣服穿得更新鲜,头发梳得更光滑,首饰擦得更明,宫粉搽得更匀,不由青年们不跟着她转来转去。

这是三十来年前的事。当时的青年,如今都已留下胡子,家里大半又都是子媳成群,所以除了几个老光棍,差不多都没有那些闲情到三仙姑那里去了。三仙姑却和大家不同,虽然已经四十五岁,却偏爱当个老来俏,小鞋上仍要绣花,裤腿上仍要镶边,顶门上的头发脱光了,用黑手帕盖起来,只可惜宫粉涂不平脸上的皱纹,看起来好像驴粪蛋上下上了霜。

老相好都不来了,几个老光棍不能叫三仙姑满意,三仙姑又团结了一伙孩子们,比当年的老相好更多,更俏皮。

三仙姑有什么本领能团结这伙青年呢?这秘密在她女儿小芹身上。

## 三　小芹

三仙姑前后共生过六个孩子,就有五个没有成人,只落了一个女儿,名叫小芹。小芹当两三岁时候,就非常伶俐乖巧,三仙姑的老相好们,这个抱过来说是"我的",那个抱起来说是"我的",后来小芹长到五六岁,知道这不是好话,三仙姑教她说:"谁再这么说,你就说'是你的姑姑'。"说了几回,果然没有人再提了。

小芹今年十八了,村里的轻薄人说,比她娘年轻时候好得多。青年小伙子们,有事没事,总想跟小芹说句话。小芹去洗衣服,马上青年们也都去洗;小芹上树采野菜,马上青年们也都去采。

吃饭时候,邻居们端上碗爱到三仙姑那里坐一会,前庄上的人来回一里路,也并不觉得远。这已经是三十年来的老规矩,不过小青年们也这样热心,却是近二三年来才有的事。三仙姑起先还以为自己仍有勾引青年的本领,日子长了,青年们并不真正跟她接近,她才慢慢看出门道来,才知道人家来了为的是小芹。

不过小芹却不跟三仙姑一样:表面上虽然也跟大家说说笑笑,实际上却不跟人乱来,近二三年,只是跟小二黑好一点。前年夏天,有一天前响,于福去地,三仙姑去串门,家里只留下小芹一个人,金旺来了,嬉皮笑脸向小芹说:"这回可算是个空子吧?"小芹板起脸来说:"金旺哥!咱们以后说话要规矩些!你也是娶媳妇大汉了!"金旺撇撇嘴说:"咦!装什么假正经?小二黑一来管保你就软了!有便宜大家讨开点,没事;要正经除非自己锅底没有黑!"说着就拉住小芹的胳膊悄悄说:"不用装模作样了!"不料小芹大声喊道:"金旺!"金旺赶紧放手跑出来,一边还咄念道:"等得住你!"说着就悄悄溜走了。

## 四　金旺弟兄

提起金旺来,刘家峧没有人不恨他,只有他一个本家兄弟名叫兴旺跟他对劲。

金旺他爹虽是个庄稼人,却是刘家峧一只虎,当过几十年老社首,捆人打人是他的拿手好戏。金旺长到十七八岁,就成了他爹的好帮手,兴旺也学会了帮虎吃食,从此金旺他爹想要捆谁,就不用亲自动手,只要下个命令,自有金旺兴旺代办。

抗战初年,汉奸敌探溃兵土匪到处横行,那时金旺他爹已经死了,金旺兴旺弟兄两个,给一支溃兵做了内线工作,引路绑票,讲价赎人,又做巫婆又做鬼,两头出面装好人,后来八路军来,打垮溃兵土匪,他两人才又回到刘家峧。

山里人本来就胆子小,经过几个月大混乱,死了许多人,弄得大家更不敢出头了。别的大村子都成立了村公所、各救会、武委会,刘家峧却除了县府派来一个村长以外,谁也不愿意当干部。不久,县里派人来刘家峧工作,要选举村干部,金旺跟兴旺两个人看出这又是掌权的机会,大家也巴不得有人愿干,就把兴旺选为武委会主任,把金旺选为村政委员,连金旺老婆也被选为妇救会主席,其他各干部,硬捏了几个老头子出来充数。只有青抗先队长,老头子充不得。兴旺看见小二黑这个小孩子漂亮好玩,随便提了一下名就通过了,他爹二诸葛虽然不愿,可是惹不起金旺,也没有敢说什么。

村长是外来的,对村里情形不十分了解,从此金旺兴旺比前更厉害了,只要瞒住村长一个人,村里人不论哪个都得由他两个调遣。这几年来,村里别的干部虽然调换了几个,而他两个却好像铁桶江山。大家对他两个虽是恨之入骨,可是谁也不敢说半句话,都恐怕扳不倒他们,自己吃亏。

## 五　小二黑

小二黑,是二诸葛的二小子,有一次反扫荡打死过两个敌人,曾得到特等射手的奖励。说到他的漂亮,那不只在刘家峧有名,每年正月扮故事,不论去到哪一村,妇女们的眼睛都跟着他转。

小二黑没有上过学,只是跟着他爹识了几个字。当他六岁时候,他爹就教他识字。识字课本既不是五经四书,也不是常识国语,而是从天干、地支、五行、八卦、六十四卦名等学起,进一步便学些百中经、玉匣记、增删卜易、麻衣神相、奇门遁甲、阴阳宅等书。小二黑从小就聪明,像那些算属相、卜六壬课①、念大小游年②或"甲子乙丑海中金"等口诀,不几天就都弄熟了,二诸葛也常把他引在人前卖弄。因为他长得伶俐可爱,大人们也都爱跟他玩;这个说:"二黑,算一算十岁属什么!"那个说:"二黑,给我卜一课!"后来二诸葛因为说"不宜栽种"误了种地,老婆也埋怨,大黑也埋怨,庄上人也都传为笑谈,小二黑也跟着这事受了许多奚落。那时候小二

---

① 六壬课:一种占卜的方法。
② 大小游年:算命、看风水的口诀。大游年是看阳宅(住宅)用的,小游年是合婚(看男女双方的"八字")用的。

黑十三岁,已经懂得好歹了,可是大人们仍把他当成小孩来玩弄,好跟二诸葛开玩笑的,一到了家,常好对着二诸葛问小二黑道:"二黑!算算今天宜不宜栽种?"和小二黑年纪相仿的孩子们,一跟小二黑生了气,就连声喊道:"不宜栽种不宜栽种……"小二黑因为这事,好几个月见了人躲着走,从此就和他娘商量成一气,再不信他爹的鬼八卦。

小二黑跟小芹相好已经二三年了。那时候他才十六七,原不过在冬天夜长时候,跟着些闲人到三仙姑那里凑热闹,后来跟小芹混熟了,好像是一天不见面也不能行。后庄上也有人愿意给小二黑跟小芹做媒人,二诸葛不愿意,不愿意的理由有三:第一小二黑是金命,小芹是火命,恐怕火克金;第二小芹生在十月,是个犯月①;第三是三仙姑的声名不好。恰巧在这时候彰德府②来了一伙难民,其中有个老李带来个八九岁的小姑娘,因为没有吃的,愿意把姑娘送给人家逃个活命。二诸葛说是个便宜,先问了一下生辰八字,掐算了半天说:"千里姻缘使线牵。"就替小二黑收作童养媳。

虽然二诸葛说是千合适万合适,小二黑却不认账。父子俩吵了几天,二诸葛非养不行,小二黑说:"你愿意养你就养着,反正我不要!"结果虽把小姑娘留下了,却到底没有说清楚算什么关系。

## 六　斗争会

金旺自从碰了小芹的钉子以后,每日怀恨,总想设法报一报仇。有一次武委会训练村干部,恰巧小二黑发疟疾没有去。训练

---

① 犯月:一种迷信的说法。认为某一属相的人在一年中必有一个月是对他不利的,这个不利的月就叫"犯月"。

② 彰德府:在河南省,是清朝的一个行政区,辖有安阳、临漳等七县。

完毕之后,金旺就向兴旺说:"小二黑是装病,其实是被小芹勾引住了,可以斗争他一顿。"兴旺就是武委会主任,从前也碰过小芹一回钉子,自然十分赞成金旺的意见,并且又叫金旺回去和自己的老婆说一下,发动妇救会也斗争小芹一番。金旺老婆现任妇救会主席,因为金旺好到小芹那里去,早就恨得小芹了不得,现在金旺回去跟她说要斗争小芹,这才是巴不得的机会,丢下活计,马上就去布置。第二天,村里开了两个斗争会,一个是武委会斗争小二黑,一个是妇救会斗争小芹。

小二黑自己没有错,当然不承认,嘴硬到底,兴旺就下命令,把他捆起来送交政权机关处理。幸而村长脑筋清楚,劝兴旺说:"小二黑发疟是真的,不是装病,至于跟别人恋爱,不是犯法的事,不能捆人家。"兴旺说:"他已是有了女人的。"村长说:"村里谁不知道小二黑不承认他的童养媳?人家不承认是对的:男不过十六,女不过十五,不到订婚年龄。十来岁小姑娘,长大也不会来认这笔账。小二黑满有资格跟别人恋爱,谁也不能干涉。"兴旺没话说了,小二黑反要问他:"无故捆人犯法不犯?"经村长双方劝解,才算放了完事。

兴旺还没有离村公所,小芹拉着妇救会主席也来找村长,她一进门就说:"村长!捉贼要赃,捉奸要双,当了妇救会主席就不说理了?"兴旺见拉着金旺的老婆,生怕说出这事与自己有关,赶紧溜走。后来村长问了问情由,费了好大一会唇舌,才给她们调解开。

## 七　三仙姑许亲

两个斗争会开过以后,事情包也包不住了,小二黑也知道这事是合理合法的了，索性就跟小芹公开商量起来。

三仙姑却着了急。她跟小芹虽是母女，近几年来却不对劲。三仙姑爱的是青年们，青年们爱的是小芹。小二黑这个孩子，在三仙姑看来好像鲜果，可惜多一个小芹，就没了自己的份儿。她本想早给小芹找个婆家推出门去，可是因为自己声名不正，差不多都不愿意跟她结亲。她想要真是那样的话，以后想跟小二黑说句笑话都不能了，那是多么可惜的事，因此托东家求西家要给小芹找婆家。

"插起招军旗，就有吃粮人。"有个吴先生是在阎锡山部下当过旅长的退职军官，家里很富，才死了老婆。他在奶奶庙大会上见过小芹一面，愿意续她，媒人向三仙姑一说，三仙姑当然愿意。不几天过了礼帖，就算定了，三仙姑以为了却一宗心事。

小芹已经和小二黑商量得差不多了，如何肯听她娘的话？过礼那一天，小芹跟她娘闹起来，把吴先生送来的首饰绸缎扔下一地。媒人走后，小芹跟她娘说："我不管！谁收了人家的东西谁跟人家去！"

三仙姑愁住了，睡了半天，晚饭以后，说是神上了身，打了两个呵欠就唱起来。她起先责备于福管不了家，后来说小芹跟吴先生是前世姻缘，还唱些什么"前世姻缘由天定，不顺天意活不成……"于福跪在地下哀求，神非叫他马上打小芹一顿不可。小芹听了这话，知道跟这个装神弄鬼的娘说不出什么道理来，干脆躲了出去，让她娘一个人胡说。

小芹一个人悄悄跑到前庄上去找小二黑，恰在路上碰上小二黑去找她，两个就悄悄拉着手到一个大窑里去商量对付三仙姑的法子。

## 八　拿双

小芹把她娘怎样主婚,怎样装神,唱些什么,从头至尾细细向小二黑说了一遍,小二黑说:"不用理她!我打听过区上的同志,人家说只要男女本人愿意,就能到区上登记,别人谁也做不了主……"说到这里,听见外边有脚步声,小二黑伸出头来一看,黑影里站着四五个人,有一个说:"拿双拿双!"他两人都听出是金旺的声音,小二黑起了火,大叫道:"拿?没有犯了法!"兴旺也来了,下命令道:"捉住捉住!我就看你犯法不犯法,给你操了好几天心了!"小二黑说:"你说去哪里咱就去哪里,到边区政府你也不能把谁怎么样!走!"兴旺说:"走?便宜了你!把他捆起来!"小二黑挣扎了一会,无奈没有他们人多,终于被他们七手八脚打了一顿捆起来了。兴旺说:"里边还有个女的,也捆起来!捉奸要双,这是她自己说的!"说着就把小芹也捆起来了。

前庄上的人都还没有睡,听见有人吵架,有些人就跑出来看,麻秆火把下看见捆着的两个人,大家不问就都知道了八九分。二诸葛也出来了,见小二黑被人家捆起来,就跪在兴旺面前哀求道:"兴旺!咱两家没有什么仇!看在我老汉面上,请你们诸位高高手……"兴旺说:"这事情,我们管不了,送给上级再说吧!"小二黑说:"爹!你不用管!送到哪里也不犯法!我不怕他!"兴旺说:"好小子!要硬你就硬到底!"又逼住三个民兵说:"带他们走!"一个民兵问:"带到村公所?"兴旺说:"还到村公所干什么?上一回不是村长放了的?送给区武委会主任按军法处理!"说着就把他两个人拥上走了。

## 九　二诸葛的神课

邻居们见是兴旺弟兄们捆人,也没有人敢给小二黑讲情,直等到他们走后,才把二诸葛招呼回家。

二诸葛连连摇头说:"唉!我知道这几天要出事啦:前天早上我上地去,才上到岭上,碰上个骑驴媳妇,穿了一身孝,我就知道坏了。我今年是罗睺星照运,要谨防带孝的冲了运气,因此哪里也不敢去,谁知躲也躲不过!昨天晚上二黑他娘梦见庙里唱戏。今天早上一个老鸦落在东房上叫了十几声……唉!反正是时运,躲也躲不过。"他啰里啰唆念了一大堆,邻居们听了有些厌烦,又给他说了一会宽心话,就都散了。

有事人哪里睡得着?人散了之后,二诸葛家里除了童养媳之外,三个人谁也没有睡。二诸葛摸了摸脸,取出三个制钱①占了一卦,占出之后吓得他面色如土。他说:"了不得呀了不得!丑土的父母动出午火的官鬼,火旺于夏,恐怕有些危险了。唉!人家把他选成青年队长,我就说过不叫他当,小杂种硬要充人物头!人家说要按军法处理,要不当队长哪里犯得了军法?"老婆也拍手跺脚道:"小爹呀!谁知道你要闯这么大的事啦?"大黑劝道:"不怕!事已经出下了,由他去吧!我想这又不是人命事,也犯不了什么大罪!既然他们送到区上了,我先到区上打听打所!你们都睡吧!"说着点了个灯笼就走了。

二诸葛打发大黑去后,仍然低头细细研究方才占的那一卦。停了一会,远远听着有个女人哭,越哭越近,不大一会就来到窗下,

---

① 制钱:明清两代称由本朝铸造通行的铜钱。

一推门就进来了。二诸葛还没有看清是谁,这女人就一把把他拉住,带哭带闹说:"刘修德!还我闺女!你的孩子把我的闺女勾引到哪里了?还我……"二诸葛老婆正气得死去活来,一看见来的是三仙姑,正赶上出气,从炕上跳下来拉住她道:"你来了好!省得我去找你!你母女两个好生生把我个孩子勾引坏,你倒有脸来找我!咱两人就也到区上说说理!"两个女人滚成一团,二诸葛一个人拉也拉不开,也再顾不上研究他的卦。三仙姑见二诸葛老婆已经不顾了命,自己先胆怯了几分,不敢恋战,少闹了一会挣脱出来就走了。二诸葛老婆追出门来,被二诸葛拦回去,还骂个不休。

## 十　　恩典恩典

二诸葛一夜没有睡,一遍一遍念:"大黑怎么还不回来,大黑怎么还不回来?"第二天天不明就起程往区上走,走到半路,远远看见大黑、三个民兵已都回来了,还来了区上一个助理员,一个交通员。他远远就喊叫道:"大黑!怎么样?要紧不要紧?"大黑说:"没有事!不怕!"说着就走到跟前,助理员跟三个民兵先走了。大黑告交通员说:"这就是我爹!"又向二诸葛说:"区上添传你跟于福老婆。你去吧,没有事!二黑跟小芹两个人,一到区上就放开了。区上早就听说兴旺跟金旺两个人不是东西,已经把他两个押起来了,还派助理员到咱村开大会调查他们横行霸道的证据,我赶到那里人家就问罢了,听说区上还许咱二黑跟小芹结婚。"二诸葛说:"不犯罪就好,结婚可不行,命相不对!你没有听说添传我做什么?"大黑说:"不知道,大约也没有什么大事。你去吧,我去回去告我娘。"交通员说:"老汉!这就算见了你了!你去吧,我再传那一个去!"说了就跟大黑相跟着走了。

二诸葛到了区上,看见小二黑跟小芹坐在一条板凳上,他就指着小二黑骂道:"闯祸东西!放了你你还不快回去?你把老子吓死了!不要脸!"区长道:"干什么?区公所是骂人的地方?"二诸葛不说话了。区长问:"你就是刘修德?"二诸葛答:"是!"问:"你给刘二黑收了个童养媳?"答:"是!"问:"今年几岁了?"答:"属猴的,十二岁了。"区长说:"女不过十五岁不能订婚,把人家退回娘家去,刘二黑已经跟于小芹订婚了!"二诸葛说:"她只有个爹,也不知逃难逃到哪里去了,退也没处退。女不过十五不能订婚,那不过是官家规定,其实乡间七八岁订婚的多着哩。请区长恩典恩典就过去了……"区长说:"凡是不合法的订婚,只要有一方面不愿意都得退!"二诸葛说:"我这是两家情愿!"区长问小二黑道:"刘二黑!你愿意不愿意?"小二黑说:"不愿意!"二诸葛的脾气又上来了,瞪了小二黑一眼道:"由你啦?"区长道:"给他订婚不由他,难道由你啦?老汉!如今是婚姻自主,由不得你了!你家养的那个小姑娘,要真是没有娘家,就算成你的闺女好了。"二诸葛道:"那也可以,不过还得请区长恩典恩典,不能叫他跟于福这闺女订婚!"区长说:"这你就管不着了!"二诸葛发急道:"千万请区长恩典恩典,命相不对,这是一辈子的事!"又向小二黑道:"二黑!你不要糊涂了!这是你一辈子的事!"区长道:"老汉!你不要糊涂了,强逼着你十九岁的孩子娶上个十二岁的小姑娘,恐怕要生一辈子气!我不过是劝一劝你,其实只要人家两个人愿意,你愿意不愿意都不相干。回去吧!童养媳没处退就算成你的闺女!"二诸葛还要请区长"恩典恩典",一个交通员把他推出来了。

## 十一　看看仙姑

三仙姑去寻二诸葛,一来为的是逗逗闹气的本领,二来为的是遮遮外人的耳目,其实小芹吃一吃亏她很高兴,所以跟二诸葛老婆闹了一阵之后,回去就睡了。第二天早上,她起得很迟,于福虽比她着急,可是自己既没有主意,又不敢叫醒她,只好自己先去做饭,饭快成的时候,三仙姑慢慢起来梳妆,于福问她道:"不去打听打听小芹?"她说:"打听她做甚啦?她的本领多大啦?"于福也再没有敢说什么,把饭菜做成了放在炉边等,直等到她梳妆罢了才开饭。

饭还没有吃罢,区上的交通员来传她。她好像很得意,嗓子拉得长长地说:"闺女大了咱管不了,就去请区长替咱管教管教!"她吃完了饭,换上新衣服、新手帕、绣花鞋、镶边裤,又擦了一次粉,加了几件首饰,然后叫于福给她备上驴,她骑上,于福给她赶上,往区上去。

到了区上。交通员把她引到区长房子里,她趴下就磕头,连声叫道:"区长老爷,你可要给我做主!"区长正伏在桌上写字,见她低着头跪在地下,头上戴了满头银首饰,还以为是前两天跟婆婆生了气的那个年轻媳妇,便说道:"你婆婆不是有保人吗?为什么不找保人?"三仙姑莫名其妙,抬头看了看区长的脸。区长见是个擦着粉的老太婆,才知道是认错人了。交通员道:"认错人了!这就是于小芹的娘!"区长又打量了她一眼道:"你就是小芹的娘呀?起来!不要装神做鬼!我什么都清楚!起来!"三仙姑站起来了。区长问:"你今年多大岁数?"三仙姑说:"四十五。"区长说:"你自己看看你打扮得像个人不像?"门边站着老乡一个十来岁的小闺女嘻嘻嘻笑。交通员说:"到外边耍!"小闺女跑了。区长问:"你会下神是不是?"三仙姑不敢答话。区长问:"你给你闺女找了个婆家?"三仙姑答:"找下了!"问:"使了多少钱?"答:"三千五!"问:"还有些什么?"答:"有些首饰布匹!"问:"跟你闺女商量过没有!"答:"没有!"问:"你闺女愿意不愿意?"答:"不知道!"区长道:"我给你叫来你亲自问问她!"又向交通员道:"去叫于小芹!"

刚才跑出去那个小闺女,跑到外边一宣传,说有个打官司的老婆,四十五了,擦着粉,穿着花鞋。邻近的女人们都跑来看,挤了半院,唧唧哝哝说:"看看!四十五了!""看那裤腿!""看那鞋!"三仙姑半辈没有脸红过,偏这会撑不住气了,一道道热汗在脸上流。交通员领着小芹来了,故意说:"看什么?人家也是个人吧,没有见过?闪开路!"一伙女人们哈哈大笑。

把小芹叫来,区长说:"你问问你闺女愿意不愿意!"三仙姑只听见院里人说"四十五""穿花鞋",羞得只顾擦汗,再也开不得口。院里的人们忽然又转了话头,都说"那是人家的闺女","闺女不如娘会打扮",也有人说"听说还会下神",偏又有个知道底细的断断续续讲"米烂了"的故事,这时三仙姑恨不得一头碰死。

区长说:"你不问我替你问!于小芹,你娘给你找的婆家你愿意跟人家结婚不愿?"小芹说:"不愿意!我知道人家是谁?"区长向三仙姑道:"你听见了吧?"又给她讲了一会婚姻自主的法令,说小芹跟小二黑订婚完全合法,还吩咐她把吴家送来的钱和东西原封退了,让小芹跟小二黑结婚。她羞愧之下,一一答应了下来。

## 十二　怎么到底

三个民兵回到刘家峧,一说区上把兴旺金旺两人押起来,又派助理员来调查他们的罪恶,真是人人拍手称快。午饭后,庙里开了个群众大会,村长报告了开会宗旨,就请大家举他两个人的作恶事实。起先大家还怕扳不倒人家,人家再返回来报仇,老大一会没有人说话,有几个胆子太小的人,还悄悄劝大家说:"忍事者安然。"有个被他两人作践垮了的年轻人说:"我从前没有忍过?越忍越不得安然!你们不说我说!"他先从金旺领着土匪到他家绑票说起,一连说了四五款,才说道:"我歇歇再说,先让别人也说几款!"他一说开了头,许多受过害的人也都抢着说起来:有给他们花过钱的,有被他们逼着上过吊的,也有产业被他们霸了的,老婆被他们奸淫过的。他两人还派上民兵给他们自己割柴,拨上民夫给他们自己锄地;浮收粮,私派款,强迫民兵捆人……你一宗他一宗,从晌午说到太阳落,一共说了五六十款。

区上根据这些罪状把他两人送到县里,县里把罪状一一证实之后,除叫他们赔偿大家损失外,又判了十五年徒刑。

经过这次大会之后,村里人也都敢出头了。不久,村干部又都经过大改选,村里人再也不敢乱投坏人的票了。这其间,金旺老婆自然也落了选。不过她还变了口吻,说:"以后我也要进步了。"

两个神仙也有了变化:

三仙姑那天在区上被一伙妇女围住看了半天,实在觉着不好意思,回去对着镜子研究了一下,真有点打扮得不像话;又想到自己的女儿快要跟人结婚,自己还卖什么老俏?这才下了个决心,把自己的打扮从顶到底换了一遍,弄得像个当长辈人的样子,把三十年来装神弄鬼的那张香案也悄悄拆去。

二诸葛那天从区上回去,又向老婆提起二黑跟小芹的命相不对,他老婆道:"把你的鬼八卦收起吧!你不是说二黑这回了不得吗?你一辈子放个屁也要卜一课,究竟抵了些什么事?我看小芹满不错,能跟咱二黑过就很好!什么命相对不对?你就不记得'不宜栽种'?"二诸葛见老婆都不信自己的阴阳,也就不好意思再到别人跟前卖弄他那一套了。

小芹和小二黑各回各家,见老人们的脾气都有些改变,托邻居们趁势和说和说,两位神仙也就顺水推舟同意他们结婚。后来两家都准备了一下,就过门。过门之后,小两口都十分得意,邻居们都说是村里第一对好夫妻。

夫妻们在自己卧房里有时候免不了说玩话:小二黑好学三仙姑下神时候唱"前世姻缘由天定",小芹好学二诸葛说"区长恩典,命相不对"。淘气的孩子们去听窗,学会了这两句话,就给两位神仙加了新外号:三仙姑叫"前世姻缘",二诸葛叫"命相不对"。

# 李有才板话

## 一　书名的来历

阎家山有个李有才，外号叫"气不死"。

这人现在有五十多岁，没有地，给村里人放牛，夏秋两季捎带看守村里的庄稼。他只是一身一口，没有家眷。他常好说两句开心话，说是"吃饱了一家不饥，锁住门也不怕饿死小板凳"。村东头的老槐树底有一孔土窑还有三亩地，是他爹给留下的，后来把地押给阎恒元，土窑就成了他的全部产业。

阎家山这地方有点古怪：村西头是砖楼房，中间是平房，东头的老槐树下是一排二三十孔土窑。地势看来也还平，可是从房顶上看起来，从西到东却是一道斜坡。西头住的都是姓阎的；中间也有姓阎的也有杂姓，不过都是些在地户；只有东头特别，外来的开荒的占一半，日子过倒霉了的本村的杂姓，也差不多占一半，姓阎的只有三家，也是破了产卖了房子才搬来的。

李有才常说"老槐树底的人只有两辈——一个'老'字辈，一个'小'字辈"。这话也只是取笑：他说的"老"字辈，就是说外来的开荒的，因为这些人的名字除了闾长派差派款在条子上开一下以外，别的人很少留意，人叫起来只是把他们的姓上边加个"老"字，像"老陈、老秦、老常"等。他说的"小"字辈，就是其余的本地人，因为这地方人起乳名，常把前边加个"小"字，像"小顺、小保"等。可是西头那些大户人家，都用的是官名，有乳名别人也不敢叫——比方老村长阎恒元乳名叫"小囤"，别人对上人家不只不敢叫"小囤"，就是该说"谷囤"也只得说成"谷仓"，谁还好意思说出"囤"字来？一到了老槐树底，风俗大变，活八十岁也只能叫"小什么，小什么"，你就起上个官名也使不出去——比方陈小元前几年请柿子洼老先生给起了个官名叫"陈万昌"，回来虽然请闾长在闾账上改过了，可是老村长看账时候想不起这"陈万昌"是谁，问了一下闾长，仍然提起笔来给他改成陈小元。因为有这种关系，老槐树底的本地人，终于还都是"小"字辈。李有才自己，也只能算"小"字辈人，不过他父母是大名府人，起乳名不用"小"字，所以从小就把他叫成"有才"。

在老槐树底，李有才是大家欢迎的人物，每天晚上吃饭时候，没有他就不热闹。他会说开心话，虽是几句平常话，从他口里说出来就能引得大家笑个不休。他还有个特别本领是编歌子，不论村里发生件什么事，有个什么特别人，他都能编一大套，念起来特别顺口。这种歌，在阎家山一带叫"圪溜嘴"，官话叫"快板"。

比方说：西头老户主阎恒元，在抗战以前年年连任村长，有一年改选时候，李有才给他编了一段快板道：

村长阎恒元，一手遮住天，
自从有村长，一当十几年。
年年要投票，嘴说是改选，
选来又选去，还是阎恒元。
不如弄块板，刻个大名片，
每逢该投票，大家按一按，
人人省得写，年年不用换，
用他百把年，管保用不烂。

恒元的孩子是本村的小学教员，名叫家祥，民国十九年在县里的简易师范毕业。这人的相貌不大好看，脸像个葫芦瓢子，说一句话十来次眼皮。不过人不可以貌取，你不要以为他没出息，其实一肚肮脏计，谁跟他共事也得吃他的亏。李有才也给他编过一段快板道：

> 鬼眼，阎家祥，
> 眼睫毛，二寸长，
> 大腮蛋，塌鼻梁，
> 说句话儿眼皮忙。
> 两眼一忽闪，
> 肚里有主张，
> 强占三分理，
> 总要沾些光。
> 便宜占不足，
> 气得脸皮黄，
> 眼一挤，嘴一张，
> 好像母猪打哼哼！

像这些快板，李有才差不多每天要编，一方面是他编惯了觉着口顺，另一方面是老槐树底的年轻人吃饭时候常要他念些新的，因此他就越编越多。他的新快板一念出来，东头的年轻人不用一天就都传遍了，可是想传到西头就不十分容易。西头的人不论老少，没事总不到老槐树底来闲坐，小孩们偶尔去老槐树底玩一玩，大人知道了往往骂道："下流东西！明天就要叫你到老槐树底去住啦！"有这层隔阂，有才的快板就很不容易传到西头。

抗战以来，阎家山有许多变化，李有才也就跟着这些变化作了些新快板，还因为作快板遭过难。我想把这些变化谈一谈，把他在这些变化中作的快板也抄他几段，给大家看看解个闷，结果就写成这本小书。

作诗的人，叫"诗人"；说作诗的话，叫"诗话"。李有才作出来的歌，不是"诗"，明明叫作"快板"，因此不能算"诗人"，只能算"板人"。这本小书既然是说他作快板的话，所以叫作《李有才板话》。

## 二　有才窑里的晚会

李有才住的一孔土窑，说也好笑，三面看来有三变：门朝南开，靠西墙正中有个炕，炕的两头还都留着五尺长短的地面。前边靠门这一头，盘了个小灶，还摆着些水缸、菜瓮、锅、匙、碗、碟；靠后墙摆着些筐子、箩头，里面装的是村里人送给他的核桃、柿子（因为他是看庄稼的，大家才给他送这些）；正炕后墙上，就炕那么高，打了个半截套窑，可以铺半条席子；因此你要一进门看正面，好像个小山果店；扭转头看西边，好像石菩萨的神龛；回头来看窗下，又好像小村子里的小饭铺。

到了冷冻天气，有才好像一炉火——只要他一回来，爱取笑的人们就围到他这土窑里来闲谈，谈起话来也没有什么题目，扯到哪里算哪里。这年正月二十五日，有才吃罢晚饭，邻家的青年后生小福，领着他的表兄就开开门走进来。有才见有人来了，就点起墙上挂的麻油灯。小福先向他表兄介绍道："这就是我们这里的有才叔！"有才在套窑里坐着，先让他们坐到炕上，就向小福道："这是哪里的客？"小福道："是我表兄！柿子洼的！"他表兄虽然年轻，却很精干，就谦虚道："不算客，不算客！我是十六晚上在这里看戏，见你老叔唱焦光普唱得那样好，想来领领教！"有才笑了一笑又问道："你村的戏今年怎么不唱了？"小福的表兄道："早了赁不下箱，明天才能唱！"有才见他说起唱戏，劲上来了，就不客气地讲起来。他讲："这焦光普，虽说是个丑，可是个大角色，唱就得唱出劲来！"说着就举起他的旱烟袋算马鞭子,下边虽然坐着,上边就抡打起来,一边抡着一边道:"一出场:当当当当当令×令当令×令……当令×各拉打打当!"他煞住第一段家伙,正预备接着打,门"啪"一声开了,走进来个小顺,拿着两个软米糕道:"慢着老叔!防备着把锣打破了!"说着走到炕边把胳膊往套窑里一展道:"老叔!我爹请你尝尝我们的糕!"(阴历正月二十五,此地有个节叫"添仓",吃黍米糕。)有才一边接着一边谦让道:"你们自己吃吧!今年煮的都不多!"说着接过去,随便让了让大家,就吃起来。小顺坐到炕上道:"不多吧总不能像启昌老婆,过个添仓,派给人家小旦两个糕!"小福道:"雇不起长工不雇吧,雇得起人管不起吃?"有才道:"启昌也还罢了,老婆不是东西!"小福的表兄问道:"哪个小旦?就是唱国舅爷那个?"小福道:"对!老得贵的孩子给启昌住长工。"小顺道:"那么可比他爹那人强一百二十分!"有才道:"那还用说?"小福的表兄悄悄问小福道:"老得贵怎么?"他虽说得很低,却被小顺听见了,小顺道:"那是有歌的!"接着就念道:

张得贵,真好汉,
跟着恒元舌头转:
恒元说个"长",
得贵说"不短";
恒元说个"方",
得贵说"不圆";
恒元说"砂锅能捣蒜",
得贵就说"打不烂";
恒元说"公鸡能下蛋",
得贵就说"亲眼见"。

要干啥,就能干,
只要恒元嘴动弹!

他把这段快板念完,小福听惯了,不很笑。他表兄却嘻嘻哈哈笑个不了。

小顺道:"你笑什么?得贵的好事多着哩!那是我们村里有名的吃烙饼干部。"小福的表兄道:"还是干部啦?"小顺道:"农会主席!官也不小。"小福的表兄道:"怎么说是吃烙饼干部?"小顺说:"这村跟别处不同:谁有个事到公所说说,先得十几斤面、五斤猪肉,在场的每人一斤面烙饼、一大碗菜,吃了才说理。得贵领一分烙饼,总得把每一张烙饼都挑过。"小福的表兄道:"我们村里早二三年前说事就不行吃喝了。"小顺道:"人家哪一村也不行了,就这村怪!这都是老恒元的古规。老恒元今天得个病死了,明天管保就吃不成了。"

正说着,又来了几个人:老秦(小福的爹)、小元、小明、小保。一进门,小元喊道:"大事情!大事情!"有才忙道:"什么?什么?"小明答道:"老哥!喜富的村长撤差了!"小顺从炕上往地下一跳道:"真的?再唱三天戏!"小福道:"我也算数!"有才道:"还有今天?我当他这饭碗是铁箍箍住了!谁说的?"小元道:"真的!章工作员来了,带着公事!"小福的表兄问小福道:"你村人跟喜富的仇气就这么大?"小顺道:"那也是有歌的:

一只虎,阎喜富,
吃吃喝喝有来路,
当过兵,卖过土,
又偷牲口又放赌,

当牙行,卖寡妇……
什么事情都敢做。
惹下他,防不住,
人人见了满招呼!
你看仇恨大不大?"

小福的表兄听罢才笑了一声,小明又拦住告诉他道:"柿子洼客你是不知道!他念的那还是说从前,抗战以后这东西趁着兵荒马乱抢了个村长,就更了不得了,有恒元那老不死给他撑腰,就没有他干不出来的事,屁大点事弄到公所,也是桌面上吃饭,袖筒里过钱,钱淹不住心,说捆就捆,说打就打,说叫谁倾家败产谁就没法治。逼得人家破了产,老恒元管'贱钱二百'买房买地。老槐树底这些人,进了村公所,谁也不敢走到桌边。三天两头出款,谁敢问问人家派的是什么钱;人家姓阎的一年四季也不见走一回差,有差事都派到老槐树底,谁不是荒着地给人家支?……你是不知道,坏透了坏透了!"有才低声问道:"为什么事撤了的?"小保道:"这可还不知道,大概是县里调查出来的吧?"有才道:"光撤了差放在村里还是大害,什么时候毁了他才能算干净,可不知道县里还办他不办?"小保道:"只要把他弄下台,攻他的人可多啦!"

远远有人喊道:"明天到庙里选村长啦,十八岁以上的人都得去……"一连声叫喊,声音越来越近,小福听出来了,便向大家道:"是得贵!还听不懂他那贱嗓?"进来了,就是得贵。他一进来,除了有才是主人,随便打了个招呼,其余的人都没有说话,小福小顺彼此挤了挤眼。得贵道:"这里倒热闹!省得我跑!明天选村长啦,凡年满十八岁者都去!"又把嗓子放得低低的:"老村长的意思叫选广聚!谁不在这里,你们碰上告诉给他们一声!"说着抽身就走了。他才一出门,小顺抢着道:"吃烙饼去吧!"小元道:"吃屁吧!章工作员还在这里住着啦,饼恐怕烙不成!"老秦埋怨道:"人家听见了!"小元道:"怕什么?就是故意叫他听啦。"小保道:"他也学会打官腔了:'凡年满十八岁者'……"小顺道:"还有'老村长的意思'。"小福道:"假大头这会要变真大头啦呀!"小福的表兄问小福道:"谁是假大头?"小顺抢着道:"这也有歌:

刘广聚,假大头:
一心要当人物头,
抱粗腿,借势头,
拜认恒元干老头。
大小事,强出头,
说起话来歪着头。
从西头,到东头,
放不下广聚这颗头。

一念歌你就清楚了。"小福的表兄觉着很奇怪,也没有顾上笑,又问道:"怎么你村有这么多的歌?"小顺道:"提起西头的人来,没有一个没歌的,连哪一个女人脸上有麻子都有歌。不只是人,每出一件新事隔不了一天就有歌出来了。"又指着有才道:"有我们这位老叔,你想听歌很容易!要多少有多少!"

小元道:"我看咱们也不用管他'老村长的意思'不意思,明天偏给他放个冷炮,攒上一伙人选别人,偏不选广聚!"老秦道:"不妥不妥,指望咱老槐树底人谁得罪得起老恒元?他说选广聚就选广聚,瞎惹那些气有什么好处?"小元道:"你这老汉也真见不得事!只怕柿叶掉下来碰破你的头,你不敢得罪人家,还不是照样替人家支差出款？"老秦这人有点古怪，只要年轻人一发脾气，他就不说话了。小保向小元道："你说得对，这一回真是该扭扭劲！要是再选上个广聚还不是仍出不了恒元老家伙的手吗？依我说咱们老槐树底的人这回就出出头，就是办不好也比搓在他们脚板底强得多！"小保这么一说，大家都同意，只是决定不了该选谁好。依小元说，小保就可以办；老陈觉得要是选小明，票数会更多一些；小明却说在大场面上说个话还是小元有两下子。李有才道："我说个公道话吧。要是选小明老弟，管保票数最多，可是他老弟恐怕不能办；他这人太好，太直，跟人家老恒元那伙人斗个什么事恐怕没有人家的心眼多。小保领过几年羊（就是当羊经理），在外边走的地方也不少，又能写能算，办倒没有什么办不了，只是他一家五六口子全靠他一个人吃饭，真也有点顾不上。依我说，小元可以办，小保可以帮他记一记账，写个什么公事……"这个意见大家赞成了。小保向大家道："要那样咱们出去给他活动活动！"小顺道："对！宣传宣传！"说着就都往外走。老秦着了急，叫住小福道："小福！你跟人家逛什么能！给我回去！"小顺拉着小福道："走吧走吧！"又回头向老秦道："不怕！丢了你小福我包赔！"说了就把小福拉上走了。老秦赶紧追出来连声喊叫，也没有叫住，只好领上外甥（小福的表兄）回去睡觉。

窑里丢下有才一个人，也就睡了。

## 三　打虎

第二天吃过早饭，李有才放出牛来预备往山坡上送，小顺拦住他道："老叔你不要走了！多一票算一票！今天还许弄成，已经给小元弄到四十多票了。"有才道："误不了！我把牛送到椒洼就回

029

来,这时候又不怕吃了谁的庄稼!章工作员开会,一讲话还不是一大晌?误不了!"小顺道:"这一回是选举会,又不是讲话会。"有才道:"知道!不论什么会,他在开头总要讲几句'重要性'啦,'什么的意义及其价值'啦,光他讲讲这些我就回来了!"小顺道:"那你去吧!可不要叫误了!"说着就往庙里去了。

　　庙里还跟平常开会一样,章工作员、各干部坐在拜庭上,群众站在院里,不同的只是因为喜富撤了差,大家要看看他还威风不威风,所以人来得特别多。

　　不大一会,人到齐了,喜富这次当最后一回主席。他虽然沉着气,可是嗓子究竟有点不自然,说了几句客气话,就请章工作员讲话,章工作员这次也跟从前说话不同了,也没有讲什么"意义"与"重要性",直截了当说道:"这里的村长,犯了一些错误,上级有命令叫另选。在未选举以前,大家对旧村长有什么意见,可以提一提。"大家对喜富的意见,提一千条也有,可是一来没有准备,二来碍于老恒元的面子,三来差不多都怕喜富将来记仇,因此没有人敢马上出头来提,只是交头接耳商量。有的说"趁此机会不治他,将来是村上的大害",有的说"能送死他自然是好事,送不死,一旦放虎归山必然要伤人"……议论纷纷,都没有主意。有个马凤鸣,当年在安徽卖过茶叶,是张启昌的姊夫,在阎家山下了户。这人走过大地方,开通一点,不像阎家山人那么小心小胆。喜富当村长的第一年,随便欺压村民,有一次压迫到他头上,当时惹不过,只好忍过去。这次喜富已经下了台,他想趁势算一下旧账,便悄悄向几个人道:"只要你们大家有意见愿意提,我可以打头一炮!"马凤鸣说愿意打头一炮,小元先给他鼓励道:"提吧!你一提我接住就提,说开头多着哩!"他们正商量着,章工作员在台上等急了,便催道:"有没有?再限一分钟!"马凤鸣站起来道:"我有个意见:我的地上边是阎五的坟地,坟地堰上的荆条、酸枣树,一直长到我的地后,遮住半块地不长庄稼。前年冬天我去砍了一砍,阎五说出话来,报告到村公所,村长阎喜富给我说的,叫我杀了一口猪给阎五祭祖,又出了二百斤面叫所有的阎家人大吃一顿,罚了我五百块钱,永远不准我在地后砍荆条和酸枣树。猪跟面大家算吃了,钱算我出了,我都能忍过去不追究,只是我种地出着负担永远叫给人家长荆条和酸枣树,我觉着不合理。现在要换村长,我请以后开放这个禁令!"章工作员好像有点吃惊,问大家道:"真有这事?"除了姓阎的,别人差不多齐声答道:"有!"有才也早回来了,听见是说这事,也在中间发冷话道:"比那更气人的事还多得多!"小元抢着道:"我也有个意见!"接着说了一件派差事。两个人发言以后,意见就多起来,你一款我一款,无论是花黑钱、请吃饭、打板子、罚苦工……只要是喜富出头做的坏事,差不多都说出来了,可是与恒元有关系的事差不多还没人敢提,直到晌午,意见似乎没人提了,章工作员气得大瞪眼,因为他常在这里工作,从来也不会想到有这么多的问题。他向大家发命令道:"这个好村长!把他捆起来!"一说捆喜富,当然大家很有劲,也不知道上来多少人,七手八脚把他捆成了个倒缚兔。他们问送到哪里,章工作员道:"且捆到下面的小屋里,拨两个人看守着,大家先回去吃饭,吃了饭选过村长,我把他带回区上去!"小顺、小福还有七八个人抢着道:"我看守!我看守!"小顺道:"迟吃一会饭有什么要紧?"章工作员又道:"找个人把上午大家提的意见写成个单子作为报告,我带回去!"马凤鸣道:"我写!"小保道:"我帮你!"章工作员见有了人,就宣布散了会。

这天晌午,最着急的是恒元父子,因为有好多案件虽是喜富出头,却还是与他们有关的。恒元很想盼咐喜富一下叫他到县里不要乱说,无奈那么许多人看守着,没有空子,也只好罢了。吃过午饭,老恒元说身体有点不舒服,只打发儿子家祥去照应选举的事,自己却没有去。

会又开了,章工作员宣布新的选举办法道:"按正规的选法,应该先选村代表,然后由代表会里产生村长,可是现在来不及了。现在我想了个变通办法:大家先提出三个候选人,然后用投票的法子从三个人中选一个。投票的办法,因为不识字的人很多,可以用三个碗,上边画上记号,放到人看不见的地方,每人发一颗豆,愿意选谁,就把豆放到谁的碗里去。这个办法好不好?"大家齐声道:"好!"这又出了家祥意料之外:他仗着一大部分人离不了他写票,谁知章工作员又用了这个办法。办法既然改了,他借着自己是个教育委员,献了个殷勤,去准备了三个碗,顺路想在这碗上想点办法。大家把三个候选人提出来了:刘广聚是经过老恒元的运动的,自然在数,一个是马凤鸣,一个就是陈小元。家祥把一个红碗两个黑碗上贴了名字向大家声明道:"注意!一会把这三个碗放到里边殿里,次序是这样:从东往西,第一个,红碗,是刘广聚!第二个是马凤鸣,第三个是陈小元。再说一遍:从东往西,第一个,红碗,是刘广聚!第二个是马凤鸣,第三个是陈小元。"说了把碗放到殿里的供桌上,然后站东过西每人发了一颗豆,发完了就投起来。一会,票投完了,结果是马凤鸣五十二票,刘广聚八十八票当选,陈小元八十六票,跟刘广聚只差两票。

选举完了,章工作员道:"我还要回区上去。派两个人跟我相跟上把喜富送去!"家祥道:"我派我派!"下边有几个人齐声道:"不用你派,我去!我去!"说着走出十几个人来,工作员道:"有两个就行!"小元道:"多去几个保险!"结果有五个去。工作员又叫人取来了马凤鸣跟小保写的报告,就带着喜富走了。

刘广聚当了村长,送走工作员之后,歪着个头,到恒元家里去——一方面是谢恩,一方面是领教。老恒元听了家祥的报告,知道章工作员把喜富带走,又知道小元跟广聚只差两票,心里着实有点不安,少气无力向广聚道:"孩子!以后要小心点!情况变得有点不妙了!马凤鸣,一个外来户,也要翻眼;老槐树底人也起了反了!"说着伸出两个指头来道,"你看危险不危险?两票!只差两票!"又吩咐他道:"孩子以后要买一买马凤鸣的账,拣那不重要的委员给他当一个——就叫他当个建设委员也好!像小元那些没天没地的东西,以后要找个机会重重治他一下,要不就压不住东头那些东西,不过现在还不敢冒失,等喜富的事有个头尾再说!回去吧孩子!我今天有点不得劲,想早点歇歇!"广聚受完了这番训,也就辞出。

这天晚上,李有才的土窑里自然也是特别热闹,不必细说。第二天便有两段新歌传出来,一段是:

　　　　正月二十五,打倒一只虎,
　　　　到了二十六,老虎更吃苦,
　　　　大家提意见,尾巴藏不住,
　　　　鼓冬按倒地,打个背绑兔。
　　　　家祥干眼,恒元屙一裤。
　　　　大家哈哈笑,心里满舒服。

还有一段是:

　　　　老恒元,真混账,
　　　　抱住村长死不放。
　　　　说选举,是假样,

侄儿下来干儿上。

（喜富是恒元的本家侄儿，广聚是干儿。）

## 四　丈地

自从把喜富带走以后，老恒元总是放心不下，生怕把他与自己有关的事攀扯出来，可是现在的新政府不比旧衙门，有钱也花不进去，打发家祥去了几次也打听不着，只好算了。过了三个月，县里召集各村村长去开会，老恒元托广聚到县里顺便打听喜富的下落。

隔了两天，广聚回来了，饭也没有吃，歪着个头，先到恒元那里报告。恒元躺着，他坐在床头毕恭毕敬地报告道："喜富的事，因为案件过多，喜富不愿攀出人来，直拖累了好几个月才算结束。所有麻烦，喜富一个人都承认起来了，县政府特别宽大，准他呈递悔过书赔偿大众损失，就算完事。"恒元长长吐了口气道："也算！能不多牵连别人就好！"又问道："这次开会商议了些什么？"广聚道："一共三件事：第一是确实执行减租，发了个表格，叫填出佃户姓名，地主姓名，租地亩数，原租额多少，减去多少。第二是清丈土地，办法是除了政权、各团体干部参加外，每二十户选个代表共同丈量。第三是成立武委会发动民兵，办法是先选派一个人，在阳历六月十五号以前到县受训。"老恒元听说喜富的案件已了，才放心了一点，及至听到这些事，眉头又打起皱来。他等广聚走了，便跟儿子家祥道："这派人受训没有什么难办，依我看还是巧招兵，跟阎锡山要的在乡军人一样，随便派上个谁就行了。减租和丈地两件事，在阎家山说来，只是对咱不利。不过第一件还好办，只要到各窝铺上说给佃户们一声，就叫他们对外人说是已经减过租了，他们怕夺地，自然不敢不照咱的话说；回头村公所要造表，自然还要经你的手，也不愁造不合适。只有这第二件不好办,丈地时候参加那么多的人,如何瞒得过去?"家祥眨眼道:"我看也好应付!说各干部吧!村长广聚是自己人。民事委员教育委员是咱父子俩,工会主席老范是咱的领工,咱一家就出三个人。农会主席得贵还不是跟着咱转?财政委员启昌,平常打的是不利不害主义,只要不叫他吃亏,他也不说什么。他孩子小林虽然算个青救干部,啥也不懂。只有马凤鸣不好对付,他最精明,又是个外来户,跟咱都不一心,遇事又敢说话,他老婆桂英又是个妇救干部,一家也出着两个人……"老恒元道:"马凤鸣好对付:他们做过生意的人最爱占便宜,叫他占上些便宜他就不说什么了。我觉得最难对付的是每二十户选的那一个代表,人数既多,意见又不一致。"家祥道:"我看不选代表也行。"恒元道:"不妥!章工作员那小子腿勤,到丈地时候他要来了怎么办?我看代表还是要,不过可以由村长指派,派那些最穷、最爱打小算盘的人,像老槐树底老秦那些人。"家祥道:"这我就不懂了,越是穷人,越出不起负担,越要细丈别人的地……"恒元道:"你们年轻人自然想不通:咱们丈地时候,先尽那最零碎的地方丈起——比方咱'椒洼'地,一亩就有七八块,算的时候你执算盘,慢慢细算。这么着丈量,一个椒洼不上十五亩地就得丈两天。他们那些爱打小算盘的穷户,哪里误得起闲工?跟着咱们丈过两三天,自然就都走开了。等把他们熬败了,咱们一方面说他们不积极不热心,一方面还不是由咱自己丈吗?只要做个样子,说多少是多少,谁知道?"家祥道:"可是我见人家丈过的地还插牌子!"恒元道:"山野地,块子很不规矩,每一处只要把牌子上写个总数目——比方'自此以下至崖根共几亩几分',谁知道对不对?要是再用点小艺道买一买小户,小户也就不说话了——比方你看他一块有三亩,你就说'小户人家,用不着细盘量了,算成二亩吧!'这样一来,他有点小虚数,也怕多量出来,因此也就不想再去量别人的!"

恒元对着家祥训了这一番话,又打发他去请来马凤鸣。马凤鸣的地都是近二十年来新买的,不过因为买得刁巧一点,都是些大亩数——往往完一亩粮的地就有二三亩大。老恒元说:"你的地既然都是新买的,可以不必丈量,就按原契插牌子。"马凤鸣自然很高兴。恒元又叫家祥叫来了广聚,把自己的计划宣布了一番。广聚一来自己地多,二来当村长就靠的是恒元,当然没有别的话说。

第二天便依着计划先派定了丈地代表,第三天便开始丈地。果不出恒元所料,章工作员来了,也跟着去参观。恒元说:"先丈我的!"村长广聚领头,民事委员阎恒元、教育委员阎家祥、财政委员张启昌、建设委员马凤鸣、农会主席张得贵、工会主席老范、妇救主席桂英、青救主席小林,还有十余个新派的代表们,带着丈地的弓、算盘、木牌、笔砚等,章工作员也跟在后边,往椒洼去了。

广聚管指划,得贵执弓,家祥打算盘。每块地不够二分,可是东伸一个角西打一个弯,还得分成四五块来算。每丈量完了一块,休息一会,广聚给大家讲方的该怎样算,斜的该怎样折,家祥给大家讲"飞归得亩"①之算法。大家原来不是来学习算地亩,也都听不起劲来。只是觉着丈量得太慢。章工作员却觉着这办法很细致,说是"丈地的模范",说了便往柿子洼编村去了。

果不出恒元所料,两天之后,椒洼地没有丈完,就有许多人不来了。到了第五天,临出发只集合了七个人:恒元父子连领工老范是三个,广聚一个,得贵一个,还有桂英跟小林,一个没经过事的女人,一个小孩子。恒元摇着芭蕉扇,广聚端着水烟袋,领工老范捎着一张镢,小林捎着个镰预备割柴,桂英肚里怀着孕,想拔些新鲜

---

① 飞归得亩:丈量犬牙交错的土地互相折合的计算方法。

野菜,也捎着个篮子,只有得贵这几天在恒元家里吃饭,自然要多拿几件东西——丈地弓、算盘、笔砚、木牌,都是他一个人抱着。丈量地点是椒洼后沟,也是恒元的地,出发时候,恒元故意发脾气道:"又都不来了!那么多的委员,只说话不办事,好像都成了咱们七八个人的事了!"说着就出发了。这条沟没有别人的地,连样子也不用装,一进了沟就各干各的:桂英吃了几颗青杏,就走了岔道拔菜去了,小林也吃了几颗,跟桂英一道割柴去了,家祥见堰上塌了个小壑,指挥着老范去垒,得贵也放下那些家具去帮忙,恒元跟广聚,到麦地边的核桃树底趁凉快说闲话去。

　　这天有才恰在这山顶上看麦子,见进沟来七八个人,起先还以为是偷麦子的,后来各干其事了。虽然离得远了认不清人,可是做的事也都看得很清楚,只有到核桃树底去的那两个人不知是干什么的。他又往前凑了一凑,能听见说说笑笑,却听不见说什么。他自言自语道:"这是两个什么鬼东西,我总要等你们出来!"说着就坐在林边等着。直到天快晌午,见有个从核桃树下钻出来喊道:"家祥!写牌来吧!"这一下听出来了,是恒元。垒堰那三个人也过来了两个,一个是家祥,一个是老范。家祥写了两个木牌,给了老范一块,自己拿着一块:老范那块插在东圪嘴上,家祥那块插在麦地边。牌子插好,就叫来了桂英、小林,七个人相跟着回去了。有才见得贵拿着弓,才想起来人家是丈地,暗自寻思道:"这地原是这样丈的?我总要看看牌上写的是什么!"一边想,一边绕着路到沟底看牌。两块牌都看了,麦地边那块写的是:"自此至沟掌,大小十五块,共七亩二分二厘。"东圪嘴上那块写的是:"圪嘴上至崖根,共三亩二分八厘。"他看完了牌,觉着好笑。回来在路上编了这样一段歌:

丈地的，真奇怪，

　　七个人，不一块；

　　小林去割柴，桂英去拔菜，

　　老范得贵去垒堰，家祥一旁乱指派，

　　只有恒元与广聚，核桃树底趁凉快，

　　芭蕉扇，水烟袋，

　　说说笑笑真不坏。

　　坐到小晌午，叫过家祥来，

　　三人一捏弄，家祥就写牌，

　　前后共算十亩半，木头牌子插两块。

　　这些鬼把戏，只能哄小孩；

　　从沟里到沟外，平地坡地都不坏，

　　一共算成三十亩，管保恒元他不卖！

## 五　好怕的"模范村"

　　过了几天，地丈完了，他们果然给小户人家送了些小便宜，有三亩只估二亩，有二亩估作亩半。丈完了地这一晚上，得贵想在小户们面前给恒元卖个好，也给自己卖个好，因此在恒元家吃过晚饭，跟家祥们攀谈了几句，就往老槐树底来。老槐树底人也都吃过了饭，在树下纳凉，谈闲话，说说笑笑，声音很高。他想听一听风头对不对，就远远在路口站住步侧耳细听，只听一个人道："小旦！你不能劝劝你爹以后不要当恒元的尾巴？人家外边说多少闲话……"又听见小旦拦住那人的话抢着道："哪天不劝他？可是他不听有什么法？为这事不知生过多少气！有时候他在老恒元那里拿一根葱、几头蒜，我娘也不吃他的，我也不吃他的，就那他也不改!"他听见是自己的孩子说自己,更不便走进场,可是也想再听听以下还说些什么,所以也舍不得走开。停了一会,听得有才问道:"地丈完了?老恒元的地丈了多少?"小旦道:"听说是一百一十多亩。"小元道:"哄鬼也哄不过!不用说他原来的祖业,光近十年来的押地也差不多有那么多!"小保道:"押地可好算,老槐树底的人差不多都是把地押给他才来的!"说着大家就七嘴八舌,三亩二亩给他算起来,算的结果,连老槐树底带村里人,押给恒元的地,一共就有八十四亩。小元道:"他通年雇着三个长工,山上还有六七家窝铺,要是细量起来,丈不够三百亩我不姓陈!"小顺道:"你不说人家是怎样丈的?你就没听有才老叔编的歌?'丈地的,真奇怪,七个人,不一块……'"接着把那一段歌念了一遍,念得大家哈哈大笑。老秦道:"我看人家丈得也公道,要宽都宽,像我那地明明是三亩,只算了二亩!"小元道:"那还不是哄小孩?只要把恒元的地丈公道了,咱们这些户,二亩也不出负担,三亩还不出负担;人家把三百亩丈成一百亩,轮到你名下,三亩也得出,二亩也得出!"①

得贵听到这里,知道大家已经猜透了恒元的心事,这个好已经卖不出去,就返回来想再到恒元这里把方才听到的话报告一下。他走到恒元家,恒元已经睡了,只有家祥点着灯造表,他便把方才听到的话和有才的歌报告给家祥,中间还加了一些骂恒元的话。家祥听了,沉不住气,两眼得飞快,骂了小元跟有才一顿,得贵很得意地回去睡了。

第二天,不等恒元起床,家祥就去报告昨天晚上的事。恒元听了,倒不在乎骂不骂,只恨他们不该把自己的心事猜得那么透彻,想了一会道:"非重办他几个不行!"吃过了饭,叫来了广聚,数说了

---

① 当时行的是累进税制。——作者原注。

小元跟有才一顿罪状,末了吩咐道:"把小元选成什么武委会送到县里受训去,把有才撵走,永远不准他回阎家山来!"

广聚领了命,即刻召开了个选人受训的会,仿照章工作员的办法推了三个候选人,把小元选在三人里边,然后投豆子,可是得贵跟家祥两个人,每人暗暗抓了一把豆子都投在小元的碗里,结果把小元选住了。

村里人,连恒元、广聚都算上,都只说这是拔壮丁当兵。小元家里只有一个老娘,又没有吃的,全仗小元养活,一见说把小元选住了,哭着去哀求广聚。广聚奉的是恒元的命令,哀求也没有效,得贵很得意,背地里卖俏说:"谁叫他评论丈地的事?"这话传到老槐树底,大家才知道原来是这么一回事。

小明见邻居们有点事,最能热心帮助。他见小元他娘哀求也无效,就去找小保、小顺等一干人来想办法,小保道:"我看人家既是有计划的,说好话也无用,依我说就真当了兵也不是坏事,大家在一处都不错,谁还不能帮一把忙?咱们大家可以招呼他老娘几天。"小明向小元道:"你放心吧!也没有多余的事!烧柴吃水,一个人能费多少,你那三亩地,到了忙时候一个人抽一晌工夫就给你捎带了!"小元的叔父老陈为人很痛快,他向大家谢道:"事到头上讲不起,既然不能不去,以后自然免不了麻烦大家照应,我先替小元谢谢!"小元也跟着说了许多道谢的话。

在村公所这方面,减租跟丈地的两份表也造成了,受训的人也选定了,做了一份报告,吃过午饭,拨了个差,连小元一同送往区上。把这三件工作交代过,广聚打发人把李有才叫到村公所,歪着个头,拍着桌子大大发了一顿脾气,说他"造谣生事",又说"简直像汉奸",最后下命令道:"即刻给我滚蛋!永远不许回阎家山来!不听我的话我当汉奸送你!"有才无法,只好跟各牛东算了算账,搬到柿子洼编村去住。

隔了两天,章工作员来了,带着县里来的一张公事,上写道:"据第六区公所报告,阎家山编村各干部工作积极细致,完成任务甚为迅速,堪称各村模范,特传令嘉奖以资鼓励……"自此以后,阎家山就被称为"模范村"了。

## 六 小元的变化

两礼拜过后,小元受训回来了,一到老槐树底,大家就都来问询。在地里做活的,虽然没到晌午,听到小元回来的消息的也都赶回来问长问短。小元很得意地道:"依他们看来这一回可算把我害了,他们哪里想得到又给咱们弄了个合适?县里叫咱回来成立武委会,发动民兵,还允许给咱们发枪,发手榴弹。县里说:'以后武委会主任跟村长是一文一武,是独立系统,不是附属在村公所。'并且给村长下的公事叫他给武委会准备一切应用物件。从今以后,村里的事也有咱老槐树底的份了。"小顺道:"试试!看他老恒元还能独霸乾坤不能?"小明道:"你的苗也给你锄出来了。老人家也没有饿了肚,这家送个干粮,那家送碗汤,就够她老人家吃了。"小元自是感谢不提。

吃过午饭,小元到了村公所,把县里的公事取出来给广聚看。广聚一看公事,知道小元有权了,就拿上公事去找恒元。

恒元看了十分后悔道:"想不到给他做了个小合适!"又皱着眉头想了一会道:"既然错了,就以错上来——以后把他团弄住,叫他也变成咱的人!"广聚道:"那家伙有那么一股扭劲,恐怕团弄不住吧!"恒元道:"你不懂!这只能慢慢来!咱们都捧他的场,叫他多占点小便宜,'习惯成自然',不上几个月工夫,老槐树底的日子他就过不惯了。"

广聚领了恒元的命,把一座庙院分成四部分,东社房上三间是村公所,下三间是学校,西社房上三间是武委会主任室,下三间留作集体训练民兵之用。

民兵动员起来了,差不多是老槐树底那一伙子,常和广聚闹小意见,广聚觉得很难对付,后来广聚常到恒元那里领教去,慢慢就生出法子来。比方广聚有制服,家祥有制服,小元没有,住在一个庙里觉着有点比配不上,广聚便道:"当主任不可以没制服,回头做一套才行!"隔了不几天,用公款做的新制服给小元拿来了。广聚有水笔,家祥有水笔,小元没有,觉着小口袋上空空的,家祥道:"我还有一支回头送你!"第二天水笔也插起来了。广聚不割柴,家祥不割柴,小元穿着制服去割了一回柴,觉着不好意思,广聚道:"能烧多少?派个民兵去割一点就够了!"

从此以后,小元果然变了,割柴派民兵,担水派民兵,自己架起胳膊当主任。他叔父老陈,见他的地也荒了,一日就骂他道:"小元看你!近一两月来像个什么东西!出来进去架两条胳膊,连水也不能担了,柴也不能割了!你去受训,人家大家给你把苗锄出来,如今莠了一半穗了,你也不锄二遍,草比苗还高,看你秋天吃什么?"小元近来连看也没有到地里看过,经老陈这一骂,也觉得应该到地里看看去。吃过早饭,扛了一把锄,正预备往地里走,走到村里,正碰上家祥吃过饭往学校去。家祥含笑道:"锄地去啦?"小元脸红了,觉着不像个主任身份,便喃喃地道:"我到地里看看去!"家祥道:"歇歇谈一会闲话再去吧!"小元也不反对,跟着家祥走到庙门口,把锄放在门外,就走进去跟家祥、广聚闲谈起来,直谈到响午才回去吃饭去。吃过饭,总觉着不可以去锄地,结果仍是第二天派了两个民兵去锄。

这次派的是小顺跟小福,这两个青年虽然也不敢不去,可是总觉着不大痛快。走到小元地里,无精打采慢慢锄起来。他两个一边锄一边谈。小顺道:"多一位菩萨多一炉香!成天盼望主任给咱们抵些事,谁知道主任一上了台,就跟人家混得很熟,除了多派咱几回差,一点什么好处都没有?"小福道:"头一遍是咱给他锄,第二遍还叫咱给他锄!"小顺道:"那可不一样:头一遍是人家把他送走了,咱们大家情愿帮忙,第二遍是人家升了官,不能锄地了,派咱给人家当差。早知道落这个结果,帮忙?省点气力不能睡觉?"小福道:"可惜把个有才老汉也撵走了,老汉要在,一定要给他编个好歌!"小顺道:"咱不能给他编个试试?"小福道:"可以!我帮你!"给小元锄地,他们既然有点不痛快,所以也不管锄到了没有,留下草了没有,只是随手锄过就是,两个人都把心用在编歌子上。小顺编了几句,小福也给他改了一两句,又添了两句,结果编成了这么一段短歌:

　　　　陈小元,坏得快,
　　　　当了主任耍气派,
　　　　改了穿,换了戴,
　　　　坐在庙上不下来,
　　　　不担水,不割柴,
　　　　蹄蹄爪爪不想抬,
　　　　锄个地,也派差,
　　　　逼着邻居当奴才。

　　小福晚上悄悄把这个歌念给两三个青年听,第二天传出去,大家都念得烂熟,小元在庙里坐着自然不得知道。

这还都是些小事,最叫人可恨的是把喜富赔偿群众损失这笔款,移到武委会用了。本来喜富早两个月就递了悔过书出来了,只是县政府把他应赔偿群众的款算了一下,就该着三千四百余元,还有几百斤面,几石小米。这些东西有一半是恒元用了,恒元就着人告喜富暂且不要回来,有了机会再说。

恰巧"八一"节要检阅民兵,小元跟广聚说,要做些挂包、子弹袋、炒面袋,还要准备七八个人三天的吃喝。广聚跟恒元一说,恒元觉着机会来了,开了个干部会,说公所没款,就把喜富这笔款移用了。大家虽然听说喜富要赔偿损失,可是谁也没听说赔多少数目。因为马凤鸣的损失也很大,遇了事又能说两句,就有些人怂恿着他去质问村长。马凤鸣跟恒元混熟了,不想得罪人,可是也想得赔偿,因此借着大家的推举也就答应了。但是他知道村长不过是个假样子,所以先去找恒元。他用自己人报告消息的口气说:"大家对这事情很不满意,将来恐怕还要讨这笔款!"老恒元就猜透他的心事,便向他道:"这事怕不好弄,公所真正没款,也没有日子了,四五天就要用,所以干部会上才那么决定,你不是也参加过了吗?不过咱们内里人好商量;你前年那一场事,一共破费了多少,回头叫他另外照数赔偿你!"马凤鸣道:"我也不是说那个啦,不过他们……"恒元拦他的话道:"不不不!他不赔我就不愿意他!不信我可以垫出来!咱们都是个干部,不分个里外如何能行?"马凤鸣见自己落不了空,也就不说什么了;别人再怂恿也怂恿不动他了。

事过之后,第二天喜富就回来了。赔马凤鸣的东西恒元担承了一半,其余应赔全村民众,那么大的数目,做了几条炒面袋,几个挂包,几条子弹袋,又给民兵拿了二十多斤小米就算完事。

"八一"检阅民兵,阎家山的民兵服装最整齐,又是模范,主任又得了奖。

## 七　恒元广聚把戏露底

过了阴历八月十五日，正是收秋时候，县农会主席老杨同志，被分配到第六区来检查督促"秋收工作"。老杨同志叫区农会给他介绍一个比较进步的村，区农会常听章工作员说阎家山是模范村，就把他介绍到阎家山去。

老杨同志吃了早饭起程，天不晌午就到了阎家山。他一进公所，正遇着广聚跟小元下棋。他两个因为一步棋争起来，就没有看见老杨同志进去。老杨同志等了一会，还没有人跟他答话，他就在这争吵中问道："哪一位是村长？"广聚跟小元抬头一看，见他头上箍着块白手巾，白小布衫深蓝裤，脚上穿着半旧的硬鞋至少也有二斤半重。从这服装上看，村长广聚以为他是哪村派来的送信的，就懒洋洋地问道："哪村来的？"老杨同志答道："县里！"广聚仍问道："到这里干什么？"小元棋快输了，在一边催道："快走棋嘛！"老杨同志有些不耐烦，便道："你们忙得很！等一会闲了再说吧！"说了把背包往阶台上一丢，坐在上面休息。广聚见他的话头有点不对，也就停住了棋，凑过来答话。老杨同志也看出他是村长，却又故意问了一句："村长哪里去了？"他红着脸答过话，老场同志才把介绍信给他，信上写的是：兹有县农会杨主席，前往阎家山检查督促秋收工作，请予接洽为荷……广聚看过了信，把老杨同志让到公所，说了几句客气话，便要请老杨同志到自己家里吃饭。老杨同志道："还是兑些米到老百姓家里吃吧！"广聚还要讲俗套，老杨同志道："这是制度，不能随便破坏！"广聚见他土眉土眼，说话却又那么不随和，一时想不出该怎么对付，便道："好吧！你且歇歇，我给你出去看看！"说了就出了公所来找恒元。他先把介绍信给恒元看了，然后便说这人是怎样怎样一身土气,恒元道:"前几天听喜富说有这么个人。这人你可小看不得!听喜富说,有些事情县长还得跟他商量着办。"广聚道:"是是是!你一说我想起来了!那一次在县里开会,讨论丈地问题那一天,县干部先开了个会,仿佛有他,穿的是蓝衣服,眉眼就是那样。"恒元道:"去吧!好好应酬,不要冲撞着他!"广聚走出门来又返回去问道:"我请他到家吃饭,他不肯,他叫给他找个老百姓家去吃,怎么办?"恒元不耐烦了,发话道:"这么大一点事也问我?哪有什么难办?他要那么执拗,就把他派到个最穷的家——像老槐树底老秦家,两顿糠吃过来,你怕他不再找你想办法啦?"广聚道:"老槐树底那些人跟咱们都不对,不怕他说坏话?"恒元道:"你就不看人?老秦见了生人敢放个屁?每次吃了饭你就把他招待回公所,有什么事?"

广聚碰了一顿钉子讨了这么一点小主意,回去就把饭派到老秦家。这样一来,给老秦找下麻烦了!阎家山没有行过这种制度,老秦一来不懂这种管饭只是替做一做,将来还要领米,还以为跟派差派款一样;二来也不知道家常饭就行,还以为衙门来的人一定得吃好的。他既是这样想,就把事情弄大了,到东家借盐,到西家借面,老两口忙了一大会,才算做了两三碗汤面条。

响午,老杨同志到老秦家去吃饭,见小砂锅里是面条,大锅里的饭还没有揭开,一看就知道是把自己当客人待。老秦舀了一碗汤面条,毕恭毕敬双手捧给老杨同志道:"吃吧先生!到咱这穷人家吃不上什么好的,喝口汤吧!"他越客气,老杨同志越觉着不舒服,一边接一边道:"我自己舀!唉!老人家!咱们吃一锅饭就对了,为什么还要另做饭?"老秦老婆道:"好先生!啥也没有!只是一口汤!要是前几年这饭就端不出来!这几年把地押了,啥也讲不起了!"老杨同志听她说押了地,正要问她押给谁,老秦先向老婆喝道:"你这老不死,不知道你那一张疯嘴该说什么!可憋不死你!你还记得啥?还记得啥!"老杨同志猜着老秦是怕她说得有妨碍,也就不再追问,随便劝了老秦几句。老秦见老婆不说话了,因为怕再引起话来,也就不再说了。

小福也回来了。见家里有个人,便问道:"爹!这是哪村的客?"老秦道:"县里的先生!"老杨同志道:"不要这样称呼吧!哪里是什么'先生'?我姓杨!是农救会的!你们叫我个'杨同志'或者'老杨'都好!"又问小福"叫什么名字","多大了",小福一一答应,老秦老婆见孩子也回来了,便揭开大锅开了饭。老秦,老秦老婆,还有个五岁的女孩,连小福,四个人都吃起饭来。老杨同志第一碗饭吃完,不等老秦看见,就走到大锅边,一边舀饭一边说:"我也吃吃这饭,这饭好吃!"老两口赶紧一齐放下碗来招待,老杨同志已把山药蛋南瓜舀到碗里。老秦客气了一会,也就罢了。

小顺来找小福割谷,一进门碰上老杨同志,彼此问询了一下,就向老秦道:"老叔!人家别人的谷都打了,我爹病着,连谷也割不起来,后晌叫你小福给俺割吧?"老秦道:"吃了饭还要打谷!"小顺道:"那我也能帮忙,打下你的来,迟一点去割我的也可以!"老杨同志问道:"你们这里收秋还是各顾各?农救会也没有组织过互助小组?"小顺道:"收秋可不就是各顾各吧?老农会还管这些事啦?"老杨同志道:"那么你们这里的农会都管些什么事?"小顺道:"咱不知道。"老杨同志自语道:"模范村!这算什么模范?"五岁的小女孩,听见"模范"二字,就想起小顺教她的几句歌来,便顺口念道:

　　模范不模范,从西往东看;
　　西头吃烙饼,东头喝稀饭。

小孩子虽然是顺口念着玩,老杨同志却听着很有意思,就逗她道:"念得好呀!再念一遍看!"老秦又怕闯祸,瞪了小女孩一眼。老杨同志没有看见老秦的眼色,仍问小女孩道:"谁教给你的?"小女孩指着小顺道:"他!"老秦觉着这一下不只惹了祸,又连累了邻居。他以为自古"官官相卫",老杨同志要是回到村公所一说,马上就不得了。他气极了,劈头打了小女孩一掌骂道:"可哑不了你!"小顺赶紧一把拉开道:"你这老叔!小孩们念个那,有什么危险?我编的,我还不怕,就把你怕成那样?那是真的吧是假的?人家吃烙饼有过你的份?你喝的不是稀饭?"老秦就有这样一种习惯,只要年轻人说他几句,他就不说话了。

吃过了饭,老秦跟小福去场里打谷子。老杨同志本来预备吃过饭去找村农会主任,可是听小顺一说,已知道工作不实在,因此又想先在群众里调查一下,便向老秦道:"我给你帮忙去。"老秦虽说"不敢不敢",老杨同志却扛起木锨扫帚跟他们往场里去。

场子就在窑顶上,是好几家公用的。各家的谷子都不多,这天一场共摊了四家的谷子,中间用谷草隔开了界。

老杨同志到场子里什么都通,拿起什么家具来都会用,特别是好扬家,不只给老秦扬,也给那几家扬了一会,大家都说"真是一张好木锨"(就是说他用木锨用得好)。一场谷打罢了,打谷的人都坐在老槐树底休息,喝水,吃干粮,蹲成一圈围着老杨同志问长问短,只有老秦仍是毕恭毕敬站着,不敢随便说话。小顺道:"杨同志!你真是个好把式!家里一定种地很多吧?"老杨同志道:"地不多,可是做得不少!整整给人家做过十年长工!"老秦一听老杨同志说是个住长工出身,马上就看不起他了,一屁股坐在墙根下道:"小福!不去场里担糠还等什么?"小福正想听老杨同志谈些新鲜事,不想半路走开,便推托道:"不给人家小顺哥割谷?"老秦道:"担糠回来误得了？小孩子听起闲话来就不想动了！"小福无法，只好去担糠。他才从家里挑起篓来往场里走，老秦也不顾别人谈话，又喊道："细细扫起来！不要只扫个场心！"他这样子，大家都觉着他不顺眼，小保便向他发话道："你这老汉真讨厌！人家说个话你偏要乱吵！想听就悄悄听，不想听你不能回去歇歇？"老秦受了年轻人的气自然没有话说，起来回去了。小顺向老杨同志道："这老汉真讨厌！吃亏，怕事，受了一辈子穷，可瞧不起穷人。你一说你做过长工，他马上就变了个样子。"老杨同志笑了笑道："是的！我也看出来了。"

广聚依着恒元的吩咐，一吃过饭就来招呼老杨同志，可是哪里也找不着，虽然有人说在场子里，远远看了一下，又不见一个闲人（他想不到县农会主席还能做起活来），从东头找到西头，西头又找回东头来，才算找到。他一走过来，大家什么都不说了。他向老杨同志道："杨同志！咱们回村公所去吧！"老杨同志道："好，你且回去，我还要跟他们谈谈。"广聚道："跟他们这些人能谈个什么？咱们还是回公所去歇歇吧！"老杨同志见他瞧不起大家，又想碰他几句，便半软半硬地发话道："跟他们谈话就是我的工作，你要有什么话等我闲了再谈吧！"广聚见他的话头又不对了，也不敢强叫，可是又想听听他们谈什么，因此也不愿走开，就站在圈外。大家见他不走，谁也不开口，好像庙里十八罗汉像，一个个都成了哑子。老杨同志见他不走开大家不敢说话，已猜着大家是被他压迫怕了，想赶他走开，便问他道："你还等谁？"他呶呶唧唧道："不等谁了！"说着就溜走了。老杨同志等他走了十几步远，故意向大家道："没有见过这种村长！农救会的人到村里，不跟农民谈话，难道跟你村长去谈？"大家亲眼看见自己惹不起的厉害人受了碰，觉着老杨同志真是自己人。

天气不早了,小顺喊叫小福去割谷,老杨同志见小顺说话很痛快,想多跟他打听一些村里的事,便问他道:"多借个镰,我也给你割去!"小明、小保也想多跟老杨同志谈谈,齐声道:"我也去!"小顺本来只问了个小福,连自己一共两个人,这会却成了五个。这五个人说说话话,一同往地里去了。

## 八 "老""小"字辈准备翻身

五个人到了地,一边割谷一边谈话。小顺果然说话痛快,什么也不忌讳。老杨同志提到响午听的那四句歌,很夸奖小顺编得好。小保道:"他还是徒弟,他师傅比他编得更好。"老杨同志笑道:"这还是有师傅的?"向小顺道:"把你师傅编出来的给咱念几段听一听吧?"小顺道:"可以!你要想听这,管保听到天黑也听不完!"说着便念起来。他每念一段,先把事实讲清楚了然后才念,这样便把村里近几年来的事情翻出来许多。老杨同志越听越觉着有意思,比自己一件一件打听出来的事情又重要又细致,因此想亲自访问他这师父一次,就问小顺道:"这歌编得果然好!我想见见这个人,吃了晚饭你能领上我去他家里闲坐一会吗?"小顺道:"可惜他不在村里了,叫人家广聚把他撵跑了!"接着就把丈地时候的故事从头至尾说了一遍,一直说到小元被送县受训,有才逃到柿子洼。老杨同志问道:"柿子洼离这里有多么远?"小顺往西南山洼里一指道:"那不是?不远!五里地!"老杨同志道:"我看这三亩谷也割不到黑!你们着个人去把他请回来,咱们晚上跟他谈谈!"小明道:"只要敢回来,叫一声他就回来了!我去!"老杨同志道:"叫他放心回来!我保他无事!"小顺道:"小明叔腿不快!小福你去吧!"小福很高兴地说了个"可以",扔下镰就跑了。小福去后老杨同志仍然跟大家接着谈话,把近几年来村里的变化差不多都谈完了。最后老杨同志问道:"这些事情,章工作员怎么不知道?"小保道:"章工作员倒是个好人,可惜没经过事,一来就叫人家团弄住了。"他直谈到天快黑,谷也割完了,小福把有才也叫来了,大家仍然相跟着回去吃饭。

小顺家晚饭是谷子面干粮豆面条汤,给他割谷的都在他家吃。小顺硬要请老杨同志也在他家吃,老杨同志见他是一番实意,也就不再谦让,跟大家一齐吃起来。小顺又给有才端了碗汤拿了两个干粮,有才是自己人,当然也不客气。老秦听说老杨同志敢跟村长说硬话,自然又恭敬起来,把晌午剩下的汤面条热了一热,双手捧了一碗送给老杨同志。

晚饭吃过了,老杨同志问有才道:"你住在哪个窑里?今天晚上咱们大家都到你那里谈一会吧!"有才就坐在自己的门口,顺手指道:"这就是我的窑!"老杨同志抬头一看,见上面还贴着封条,不由他不发怒。他跳起来一把把封条撕破了道:"他妈的!真敢欺负穷人!"又向有才道:"开开进去吧!"有才道:"这锁也是村公所的!"老杨同志道:"你去叫村公所人来给你开!就说我把你叫来谈话啦!"有才去了。

有才找着了广聚,说道:"县农会杨同志找我回来谈话,叫你去开门啦!"广聚看这事情越来越硬,弄得自己越得不着主意,有心去找恒元,又怕因为这点小事受恒元的碰。他想了一想,觉着农救会人还是叫农救会干部去应酬,主意一定,就向有才道:"你等等,我去取钥匙去!"他回家取上钥匙,又去把得贵叫来,暗暗嘱咐了一番话,然后把钥匙给了得贵,便向有才道:"叫他给你开去吧!"有才就同得贵一同回到老槐树底。

得贵跟着恒元吃了多年残剩茶饭,半通不通的浮言客套倒也学得了几句。他一见老杨同志,就满面赔笑道:"这位就是县农会主席吗,慢待慢待!我叫张得贵,就是这村的农会主席。响午我就听说你老人家来了,去公所拜望了好几次也没有遇面……"说着又是开门又是点灯,客气话说得既叫别人搂不上嘴,小殷勤也做得叫别人帮不上手。老杨同志在地里已经听小顺念过有才给他编的歌,知道他的为人,也就不多接他的话。等他忙乱过后,大家坐定,老杨同志慢慢问他道:"这村共有多少会员?"他含糊答道:"唉!我这记性很坏,记不得了,有册子,回头查查看!"老杨同志道:"共分几小组?"他道:"这这这我也记不不清了。"老杨同志放大嗓子道:"连几个小组也记不得?有几个执行委员?"他更莫名其妙,赶紧推托道:"我我是个老粗人,什么也不懂,请你老人家多多包涵!"老杨同志道:"你不懂只说你不懂,什么粗人不粗人?农救会根本没有收过一个细人入会!连组织也不懂,不只不能当主席,也没有资格当会员,今天把你这主席资格会员资格一一同取消了吧!以后农救会的事不与你相干!"他一听要取消他的资格,就转了个弯道:"我本来办不了。辞了几次也辞不退,村里只要有点事,想不管也不行!……"老杨同志道:"你跟谁辞过?"他道:"村公所!"老杨同志道:"当日是谁叫你当的?"他道:"自然也是村公所!"老杨同志说:"不怨你不懂,原来你就不是由农救会来的!去吧!这一回不用辞就退了!"他还要啰唆,老杨同志挥着手道:"去吧去吧!我还有别的事啦!"这才算把他赶出去。

这天因为有才回来了,邻居们都去问候,因此人来得特别多,来了又碰上老杨同志取消得贵,大家也就站住看起来了。老杨同志把得贵赶走之后,顺便向大家道:"组织农救会是叫受压迫农民反对压迫自己的人。日本鬼子压迫我们,我们就反对日本鬼子;土豪恶霸压迫我们,我们就反对土豪恶霸。张得贵能领导你们反对鬼子吗?能领导着你们反对土豪恶霸吗?他能当个什么主席？……"老杨同志借着评论得贵,顺路给大家讲了讲"农救会是干什么的",大家听得很起劲。不过忙时候总是忙时候,大家听了一小会,大部分就都回去睡了,窑里只剩下小明、小保、小顺、有才四个人(小福没有来,因为后响没有担完糠,吃过晚饭又去担去了)。老杨同志道:"请你们把恒元那一伙人做的无理无法的坏事拣大的细细说几件,我把它记下来。"说着取出钢笔和笔记簿子来道:"说吧！就先从喜富撤差说起！"小明道:"我先说吧？说漏了大家补！"接着便说起来。他才说到喜富赔偿大家损失的事,小顺忽听窗外好像有人,便喊道:"谁？"喊了一声,果然有个人咚咚咚跑了。大家停住了话,小保、小顺出来到门外一看,远远来了一个人,走近了才认得是小福。小顺道:"是你？你不进来怎么跑了？"小福道:"哪里是我跑？是老得贵！我担完了糠一出门就见他跑过去了！"小保道:"老家伙,又去报告去了！"小顺道:"要防备这老家伙坏事！你们回去谈吧,我去站个岗！"小顺说罢往窑顶上的土堆上去了,大家仍旧接着谈。老杨同志把材料记了一大堆,便向大家道:"我看这些材料中,押地,不实行减租,喜富不赔款,村政权不民主,这四件事最大,因为在这四件事上吃亏的是大多数。咱们要斗争他们,就要叫恒元退出押地,退出多收的租米,叫喜富照县里判决的数目赔款,彻底改选了村政干部。其余各人吃亏的事,只要各个人提出,该怎么办就怎么办,只要这样一来他们就倒台了,受压迫的老百姓就抬起头来了。"

小明道:"能弄成那样,那可真是又一番世界,可惜没有阎家——如今就想不出这么个可出头的人来。有几个能写能算、见过世面、干得了说话的,又差不多跟人家近,跟咱远。"老杨同志道:"现在的事情,要靠大家,不只靠一两个人——这也跟打仗一样,要凭有队伍,不能只凭指挥的人。指挥的人自然也很要紧,可是要从队伍里提拔出来的才能靠得住。你不要说没有人,我看这老槐树底的能人也不少,只要大家抬举,到个大场面上,可真能说他几句!"小保道:"这道理是对的,只是说到真事上我就懵懂了。就像咱们要斗争恒元,可该怎样下手?咱又不是村里的什么干部,怎样去集合人?怎样跟人家去说?人家要说理咱怎么办?人家要翻了脸咱怎么办?……"老杨同志道:"你想得很是路,咱们现在预备就是要预备这些。咱们这些人数目虽然不少,可是散着不能办事,还得组织一下。到人家进步的地方,早就有组织起来的工农妇青各救会,你们这里因为一切大权都在恶霸手里,什么组织也没有。依我说,咱们明天先把农救会组织起来,就用农救会出名跟他们说理。咱们只要按法令跟他们说,他们使的黑钱、押地、多收了人家的租子,就都得退出来。他要无理混赖,现在的政府可不像从前的衙门,不论他是多么厉害的人,犯了法都敢治他的罪!"小保道:"这农救会该怎么组织?"老杨同志就把《会员手册》取出来,给大家把会员的权利、义务、入会资格、组织章程等大概讲了一些,然后向大家道:"我看现在很好组织,只要说组织起来能打倒恒元那一派,再不受他们的压迫,管保愿意参加的人不少!"小保道:"那么明天你就叫村公所召开个大会,你把这道理先给大家宣传宣传,就叫大家报名参加,咱们就快快组织起来干!"老杨同志道:"那办法使不得!"小保道:"从前章工作员就是那么做的,不过后来没有等大家报名,不知道怎样老得贵就成了主席了!"老杨同志道:"所以我说那办法使不得。那办法还不只是没有人报名:一来在那种大会上讲话,只能笼统讲,不能讲得很透彻;二来既然叫大家来报名,像与恒元有关系那些人想报上名给恒元打听消息,可该收呀不收?我说不用那样做:你们有两个人会编歌,就把'入了农救会能怎样怎样'编成个歌传出去,凡是真正受压迫的人听了,一定有许多人愿意入会,然后咱们出去几个人跟他们每个人背地谈谈,愿意入会的就介绍他入会。这样组织起来的会,一来没有恒元那一派的人,二来入会以后都知道会是做什么的。"大家齐声道:"这样好,这样好!"小保道:"那么就请有才老叔今天黑夜把歌编成,编成了只要念给小顺,不到明天晌午就能传遍。"老杨同志道:"这样倒很快,不过还得找几个人去跟愿意入会的人谈话,然后介绍他们入会。"小福道:"小明叔交人很宽,只要出去一转还不是一大群?"老杨同志道:"我说老槐树底有能人你们看有没有?"正说着,小顺跑进来道:"站了一会岗又调查出事情来了:广聚、小元、马凤鸣、启昌,都往恒元家里去了,人家恐怕也有什么布置。我到他门口看看,门关了,什么也听不见!"老杨同志道:"听不见由他去吧!咱们谈咱们的。你们这几个人算是由我介绍先入了会,明天你们就可以介绍别人,天气不早了,咱们散了吧!"说了就散了。

## 九 斗争大胜利

自从老杨同志这天后晌碰了广聚一顿,晚上又把有才叫回,又取消张得贵的农会主席,就有许多人十分得意,暗暗道:"试试!假大头也有不厉害的时候?"第二天早上,这些人都想看看老杨同志是怎么一个人,因此吃早饭时候,端着碗来老槐树底的特别多。有才应许下的新歌,夜里编成,一早起来就念给小顺了,小顺就把这歌传给大家。歌是这样念:

入了农救会,力量大几倍,
谁敢压迫咱,大家齐反对。
清算老恒元,从头算到尾;

黑钱要他赔,押地要他退;
减租要认真,一颗不许昧。
干部不是人,都叫他退位;
再不吃他亏,再不受他累。
办成这些事,痛快几百倍,
想要早成功,大家快入会!

提起反对老恒元,阎家山没有几个不赞成的,再说到能叫他赔黑款,退押地……大家的劲儿自然更大了,虽然也有许多怕得罪不起人家不敢出头的,可是仇恨太深,愿意干的究竟是多数。还有人说:"只要能打倒他,我情愿再贴上几亩地!"他们听了这入会歌,马上就有二三十个入会的,小保就给他们写上了名。山窝铺的佃户们,无事不到村里来。老杨同志道:"谁可以去组织他们?"有才道:"这我可以去!我常在他们山上放牛,跟他们最熟。"打发有才上了山,小明就到村里去活动,不到晌午就介绍了五十五个会员。小明向老杨同志道:"依我看来,凡是敢说敢干的,差不多都收进来了;还有些胆子小的,虽然也跟咱是一气,可是自己又不想出头,暂且还不愿参加。"老杨同志道:"不少,不少!这么大个小村子,马上说话马上能组织起五十多个人来,在我做过工作的村子里,还不算第一次遇到。从这件事上看,可以看出一般人对他们仇恨太深,斗起来一定容易胜利!事情既然这么顺当,咱们晚上就可以开个成立大会,选举出干部,分开小组,明天就能干事。这村里这么多的问题,区上还不知道,我可以连夜回区上一次,请他们明天来参加群众大会。"正说着,有才回来了,有几家佃户也跟着来了。佃户们见了老杨同志,先问:"要是生起气来,人家要夺地该怎么办?"老杨同志就把法令上的永佃权给他们讲了一遍,叫他们放心。小明道:

"山上人也来了,我看就可以趁着晌午开个会。"老杨同志道:"这样更好!晌午开了会,赶天黑我还能回到区上。"小明道:"这会咱们到什么地方开?"老杨同志道:"介绍会员不叫他们知道,是怕那些坏家伙混进来;开成立大会可不跟他们偷偷摸摸,到大庙里成立去!"吃过了午饭,庙里的大会开了,选举的结果,小保、小明、小顺当了委员。三个人一分工,小保担任主席,小明担任组织,小顺担任宣传。选举完了,又分了小组,阎家山的农救会就算正式成立。

老杨同志向新干部们道:"今天晚上,可以通知各小组,大家搜集老恒元的恶霸材料。"小顺道:"我看连广聚、马凤鸣、张启昌、陈小元的材料都可以搜集。"老杨同志道:"这不大妥当,马凤鸣、张启昌不是真心顾老恒元的人,照你们昨天谈的,这两个人有时候也反对恒元。咱们着个跟他说得来的人去给他说明利害关系,至少斗起恒元来他两人能不说话。小元他原来是你们招呼起来的人,只要恒元一倒,还有法子叫他变过来。把这些人暂且除过,只把劲儿用在恒元跟广聚身上,成功要容易得多。"老杨同志把这道理说完,然后叫他们多布置几个能说会道的人,预备在第二天的大会上提意见。

安顿停当,老杨同志便回到区公所去。他到区上把在阎家山发现的问题大致一谈,区救联会、武委会主任、区长,大家都莫名其妙,章工作员三番五次说不是事实,最后还是区长说:"咱们不敢主观主义,不要以为咱们没有发现问题就算没有问题。依我说咱们明天都可以去参加这个会去,要真有那么大问题,就是在事实上整了我们一次风。"

老恒元也生了些鬼办法,除了用家长资格拉了几户姓阎的,又打发得贵向农救会的个别会员们说:"你不要跟着他们胡闹!他们这些工作人员,三天调了,五天换了,老村长是永远不离阎家山的,等他们走了,你还出得了老村长的手心吗?"果然有几个人听了这话,去找小明要退出农救会,小明急了,跟小保小顺们商议。小顺道:"他会说咱也会说,咱们再请有才老叔编上个歌,多多写几张把村里贴满,吓他一吓!"有才编了个短歌,连编带写,小保也会写,小顺、小福管贴,不大一会就把事情办了,连老恒元门上也贴了几张。第二天早上,满街都有人在墙上念歌:

　　　　工作员,换不换,
　　　　农救会,永不散,
　　　　只要你恒元不说理,
　　　　几时也要跟你干!

这样才算把得贵的谣言压住。

吃过早饭,老杨同志跟区长、救联主席、武委会主任、章工作员一同来了,一来就先到老槐树底蹓了一趟,这一着是老恒元、广聚们没有料到的,因此马上慌了手脚。

群众大会开了,恒元的违法事实,大家一天也没有提完。起先提意见的还只是农救会人,后来不是农救会人也提起意见了。恒元最没法巧辩的是押地跟不实行减租,其余捆人、打人、罚钱、吃烙饼……他虽然想尽法子巧辩,只是证据太多,一条也辩不脱。

第二天仍然继续开会,直到响午才算开完。斗争的结果老恒元把八十四亩押地全部退回原主,退出多收了的租,退出有证据的黑钱。因为私自减了喜富的赔款,刘广聚由区公所撤职送县查办。喜富的赔款仍然如数赔出。在斗争时候,自然不能十分痛快,像退押契、改租约……也费了很大周折,不过这种斗争,人们差不多都见过,不必细叙。

吃过午饭,又选村长。这次的村长选住了小保,因此农救会又补选了委员。因为斗争胜利,要求加入农救会的人更多起来,经过了审查,又扩充了四十一个新会员。其余村政委员,除了马凤鸣跟张启昌不动外,老恒元父子也被大家罢免了另行选过。

选举完了,天也黑了,区干部连老杨同志都住在村公所,因为村里这么大问题章工作员一点也不知道,还常说老恒元是开明士绅,大家就批评了他一次,老杨同志指出他不会接近群众,一来了就跟恒元们打热闹,群众有了问题自然不敢说。其余的同志,也有说是"思想意识"问题或"思想方法"问题的,叫章同志做一番比较长期的反省。

批评结束了,大家又说起闲话,老杨同志顺便把李有才这个人介绍了一下,大家觉着这人很有趣,都说"明天早上去访一下"。

## 十 "板人"作总结

老杨同志跟区干部们因为晚上多谈了一会话,第二天醒得迟了一点。他们一醒来,听着村里地里到处喊叫,起先还以为出了什么事,仔细一听,才知道是唱不是喊。老杨同志是本地人,一听就懂,便向大家道:"你听老百姓今天这股高兴劲儿!'干梆戏'唱得多么喧!"(这地方把不打乐器的清唱叫"干梆戏"。)

正说着,小顺唱着进公所来。他跳跳打打向老杨同志跟区干部们道:"都起来了?昨天累了吧?"看神气十分得意。老杨同志问道:"这场斗争老百姓觉着怎样?"小顺道:"你就没有听见'干梆戏'?真是天天地高兴,比过大年高兴得多啦!地也回来了,钱也回来了,吃人虫也再不敢吃人了,什么事有这事大?"老杨同志道:"李有才还在家吗?"小顺道:"在!他这几天才回来没有什么事,叫他吧?"老杨同志道:"不用！我们一早起好到外边蹓一下,顺路就蹓到他家了!"小顺道:"那也好！走吧!"小顺领着路,大家就往老槐树底来。

才下了坡,忽然都听得有人吵架。区长问道:"这是谁吵架?"小顺道:"老陈骂小元啦！该骂!"区干部们问起底细,小顺道:"他本来是老槐树底人,自己认不得自己,当了个武委会主任,就跟人家老恒元打成一伙,在庙里下不来。这两天斗起老恒元来了,他没处去,仍然回到老槐树底。老陈是他的叔父,看不上他那样子,就骂起他来。"区干部们听老杨同志说过这事,所以区武委会主任才也来了。区武委会主任道:"趁斗倒了恒元,批评他一下也是个机会。"大家本是出来闲找有才的,遇上了比较正经的事自然先办正经事。因此就先往小元家。老陈正骂得起劲,见他们来了,就停住了骂,把他们招呼进去。武委会主任也不说闲话,直截了当批评起小元来,大家也接着提出些意见,最后的结论分三条:第一是穿衣吃饭跟人家恒元们学样,人家就用这些小利来拉拢自己,自己上了当还不知道;第二是不生产,不劳动,把劳动当成丢人事,忘了自己的本分;第三是借着一点小势力就来压迫旧日的患难朋友。区武委会主任最后等小元承认了这些错误,就向他道:"限你一个月把这些毛病完全改过,叫全村干部监视着你。一个月以后倘若还改不完,那就没有什么客气的了!"老陈听完了他们的话,把膝盖一拍道:"好老同志们！真说得对！把我要说他的话全说完了!"又回头向小元道:"你也听清楚了,也都承认过了！看你做的那些事以后还能见人不能?"老杨同志道:"这老人家也不要那样生气！一个人做了错,只要能真正改过,以后仍然是好人,我们仍然以好同志看他！从前的事情已经过去了,尽责备他也无益,我看以后不如好好帮助他改过,你常跟他在一处,他的行动你都可以知道,要是见他犯了旧错，常常提醒他一下，也就是帮助了他了……"

谈了一会，已是吃早饭时候，老杨同志跟区干部们就从小元家里走出。他们路过老秦门口，冷不防见老秦出来拦住他们，跪在地下咕咚咕咚磕了几个头道："你们老先生们真是救命恩人呀！要不是你们诸位，我的地就算白白押死了……"老杨同志把他拉起来道："你这老人家真是认不得事！斗争老恒元是农救会发动的，说理时候是全村人跟他说的，我们不过是几个调解人。你的真恩人是农救会，是全村民众，哪里是我们？依我说你也不用找人谢恩，只要以后遇着大家的事靠前一点，大家是你的恩人，你也是大家的恩人……"老秦还要让他们到家里吃饭，他们推推让让走开。

李有才见小顺说老杨同志跟区干部们找他，所以一吃了饭，取起他的旱烟袋就往村公所来。从他走路的脚步上，可以看出比哪一天也有劲。他一进庙门，见区村干部跟老杨同志都在，便道："找我吗？我来了！"小保道："这老叔今天也这么高兴？"有才道："十五年不见的老朋友，今天回来了，怎能不高兴？"小明想了一想问道："你说的是个谁？我怎么想不起来？"有才道："一说你就想起来了！我那三亩地不是押了十五年了吗？"他一说大家都想起来了，不由得大笑了一阵。

老杨同志向有才道："最好你也在村里担任点工作干，你很有才干，也很热心！"小明道："当个民众夜校教员还不是呱呱叫？"大家拍手道："对！对！最合适！"

老杨同志向有才道："大家想请你把这次斗争编个纪念歌好不好？"有才道："可以！"他想了一会，向大家道："成了成了！"接着念道：

阎家山,翻天地,
群众会,大胜利。
老恒元,泄了气,
退租退款又退地。
刘广聚,大舞弊,
犯了罪,没人替。
全村人,很得意,
再也不受冤枉气,
从村里,到野地,
到处唱起"干梆戏"。

大家听他念了,都说不错,老杨同志道:"这就算这场事情的一个总结吧!"

谈了一小会,区干部回区上去了,老杨同志还暂留在这一带突击秋收工作,同时在工作中健全各救会组织。

# 三里湾

## 从旗杆院说起

三里湾的村东南角上，有前后相连的两院房子，叫"旗杆院"。

"旗杆"这东西现在已经不多了，有些地方的年轻人，恐怕就没有赶上看见过。这东西，说起来也很简单——用四个石墩子，每两个中间夹着一根高杆，竖在大门外的左右两边，名字虽说叫"旗杆"，实际上并不挂旗，不过在封建制度下壮一壮地主阶级的威风罢了。可是在那时候，这东西也不是哪家地主想竖就可以竖的，只有功名等级在"举人"以上的才可以竖。

三里湾的"举人"是刘家的祖先，至于离现在有多少年了，大家谁也记不得。有些人听汉奸刘老五说过，从刘家的家谱上查起来，从他本人往上数，"举人"比他长十一辈，可是这家谱，除了刘老五，刘家户下的人谁也没有见过，后来刘老五当了日军的维持会长，叫政府捉住枪毙了，别人也再无心去细查这事。六十多岁的王兴老汉说他听他爷爷说，从前旗杆院附近的半条街的房子都和旗杆院是一家的，门楣都很威风，不过现在除了旗杆院前院门上"文魁"二字的匾额和门前竖过旗杆的石墩子以外，再没有什么东西可以证明当日刘家出过"举人"了。

旗杆院的房子是三里湾的头等房子。在抗日战争以前，和旗杆院差不多的好房子，本来还有几处，可惜在抗日战争中日军来"扫荡"的时候都烧了，只有旗杆院这两个院子，因为日军每次来了自己要住，所以在刘老五死后也没有被他们烧过。在一九四二年枪毙了刘老五，县政府让村子里把这两院房子没收归村；没收之后，大部分做了村里公用的房子——村公所、武委会、小学、农民夜校、书报阅览室、俱乐部、供销社都设在这两个院子里，只有后院的西房和西北小房楼上下分配给一家干属住。这一家,男女都在外边当干部,通年不回家,只有一个六十多岁的妈妈留在家里。这位老太太因为年纪大、住在后院,年轻人都叫她"后院奶奶"。

三里湾是个模范村——工作开辟得早、干部多,而且干部的能力大、经验多。县里接受了什么新的中心工作,常好先到三里湾来试验——锄奸、减租减息、土改、互助,直到一九五一年试办农业生产合作社,都是先到这个村子里来试验的。每逢一种新的工作开始,各级干部都好到试验村取得经验,因此这个村子里常常住着些外来的干部。因为后院奶奶有闲房子,脾气又好,村干部常好把外来的干部介绍到她家里去住,好像她家里就是个外来干部招待所。

近几年来,旗杆院房子的用处有点调动:自从全国大解放以后,民兵集中的次数少了,武委会占的前院东房常常空着,一九五一年村里成立了个农业生产合作社,开会、算账都好借用这座房子,好像变成了合作社的办公室。可是在秋夏天收割的时候,民兵还要轮班集中一小部分来看护地里、场上的粮食;这时候也正是合作社忙着算分配账的时候,在房子问题上仍然有冲突;好在乡村里的小学、民校都是在收秋收夏时候放假的,民兵便临时到对过小学教室里去住。到一九五二年,到处搞扫盲运动,县里文教科急于完成扫盲工作,过左地规定收秋不放假,房子又成了问题,后来大家商量了个解决的办法是吃了晚饭上一会课,下了课教室还归民兵用。

## 一　放　假

就在这年九月一号的晚上,刚刚吃过晚饭,支部书记王金生的妹妹王玉梅便到旗杆院西房的小学教室里来上课。她是个模范青年团员，在扫盲学习中也是积极分子。她来得最早，房子里还没有一个人，黑咕隆咚连个灯也没有点。可是她每天都是第一个先到的，所以对这房子里边的情况很熟悉——她知道护秋的民兵把桌子集中在北墙根作床子用。她知道板凳都集中在西墙根，把路留在靠门窗的一边。她知道煤油灯和洋火都放在民兵床头的窗台上。她凭着她的记性，也碰不了板凳也碰不了桌子，顺顺当当走到窗跟前，放下课本，擦着火点上灯，然后来疏散那些桌子板凳。她的力气大、动作快，搬起桌子来让桌子的腿朝上，搬到了放的地方轻轻一丢手就又跑了。她正跑来跑去搬得起劲，忽听得门外有人说："这武把还练得不错！"她不用看也听得出说话的人是谁，便回答他说："你不只不来帮一帮忙，还要摆着你那先生架子来说风凉话！"

来的这个人是个穿着中学生制服留着短发的男青年，名叫马有翼，是本村一个外号"糊涂涂"正名马多寿的第四个儿子，现在当的是本村扫盲学校乙班的教员。这村有两个扫盲教员：一个就是马有翼，上过二年半初中，没有毕业；另一个是个女的，叫范灵芝，是村长范登高的女儿，和马有翼是同学，本年暑假才在初中毕了业。马有翼教乙班，范灵芝教甲班。马有翼爱和灵芝接近也爱和玉梅接近，所以趁着乙班还没有人来的时候，先溜到甲班的教室来玩。玉梅要他帮忙搬桌子板凳，他便进来帮着搬。他见玉梅拿着桌子板凳抡来抡去，便很小心地躲着空子走，很怕碰破了他的头。玉梅说："你还是去教你的'哥渴我喝'去吧！"

不大一会，两个人把桌子板凳排好了，玉梅去擦黑板，有翼没有事，便在窗下踱来踱去。他溜到灯跟前，看见玉梅的课本封面上的名字写得歪歪扭扭的，便说："玉梅！你怎么把个'梅'字写得睡了觉了？"玉梅回头看了一眼，见他说的是课本外面的名字，便回他说:"谁知道那个字怎么那样难写?写正了也难看,写歪了也难看!"说着便在刚才擦好了的黑板上练起"梅"字来。她一边写一边向有翼说:"你看!写正了是这个样子。"写了个正的。"写歪了是这个样子。"又写了个歪的。有翼说:"歪的时候也要有个分寸!让我教一教你!"说着跑过去握着玉梅的手腕又写了一个,果然写得好一点。有翼又说:"你为什么要用那么个难写的名字?"玉梅说:"你不用说我!你那个'翼'字比我这'梅'字更难写!越写越长!"有翼说:"你也写一个我看看!"玉梅写了好大一会才写出个"翼"字来,比刚才写的那个"梅"字长两倍,引得有翼哈哈大笑。有翼说:"看你把我写了多么高?"玉梅说:"你不就是个高个子吗?"有翼说:"高是高了,可惜画成个蟆蚰了!也让我教一教你!"他正又握住玉梅的手腕去教,忽听得后面有人说:"握着手教哩!我说玉梅写字为什么长进得那么快!"有翼听见灵芝来了便放了手;玉梅嫌那个像蟆蚰一样的字写得太难看,拿起刷子来擦了。灵芝一晃看见一个"梅"字和一个"翼"字并排写着,便笑了一笑说:"两个人排一排队很好玩,为什么擦了呢?"玉梅说:"两个'字'排在一块有什么好玩?像你们一块儿上学、一块儿当教员、一个互助组里做活,不更好玩吗?"灵芝又正要答话,门外来了一阵脚步声,有几个学员进来了,大家便谈起别的话来。

忙时候总是忙时候,等了很久,甲班只来了五个人,乙班只来了四个人。大家等得发了急,都又到大门外的石墩子上去瞭望。一会,又来了一个人。这个人是玉梅的近门本家哥哥,是个单身过日子的小伙子,名叫王满喜,外号"一阵风"——因为他的脾气是一阵一个样子,很不容易捉摸。他来了,另外一个青年说:"我们的人到齐了!"大家问:"怎么能说是'齐'了?"这个青年说:"甲班来了五个乙班也来了五个,两班的人数不是齐了吗!"大家听了都笑起来。

王满喜说:"快不要把我算在数里!我是来请假的!"有翼问:"又是还没有吃饭吗?"满喜说:"不只没有吃,连做还没有做;不只没有做,现在还顾不上做!""忙什么?""村里今天该我值日。专署何科长来了,才派出饭去,还没有找下房子住!"玉梅问:"后院奶奶那里哩?"满喜说:"住满了——水利测量组、县委会老刘同志、张副区长、画家老梁、秋收评比检查组,还有什么检查卫生的、保险公司的……都在那里!哪里还有空房子?我在村里转了好几个圈子了,凡是有闲房子的家都找过,可是因为正收着秋,谁家的空房子里都堆满了东西。"玉梅说:"还是你没有找遍!我提一家就有空房子!""谁家?""谁家?有翼哥他们家!你去过了吗?"满喜说:"他们家呀?我不怕有翼见怪!他家的房子什么时候借给干部住过?我不去他妈跟前碰那个钉子!"玉梅向有翼说:"有翼哥!你不能帮忙回家里商量一下?"有翼说:"咱不行!你不知道我妈那脾气?"灵芝说:"这话像个团员说的吗?"另一个青年说:"叫他去说呀,管保说不到三句话,他妈就用一大堆'烧锅子'骂得他闭上嘴!"玉梅想了一想说:"我倒有个办法!满喜哥!你先到我二嫂的娘家去借他们的西房……"满喜说:"他们那里不用去!他们那西房,早给干豆荚、干茄片子、烟叶子、黍子、绿豆……堆得连下脚的空儿都没有了!"玉梅说:"你等我说完!说借他们的西房不过是个话头儿,实际上是叫天成老婆替你问房子去!你不要对着天成老汉说,只用把他老婆点出来,悄悄跟她说,就说专署法院来了个干部,不知道来调查什么案子,村里找不到房子,想借她的西房住一下。她要说腾不开的话,你就请她替你到有翼哥他妈那里问一问他们的东房,管保她顺顺当当就去替你问好了。因为……"满喜不等她说完便截住她的话说:"我懂得了!这个法子行!只要有翼不要先跟他妈说!"有翼说:"我不说,不过以后她总会知道!"满喜说:"只要等人住进去,她知道了不过是骂两句,又有什么关系？哪个坟里的骨头是骂死的？"说着就走了。

忙时候总是忙时候,大家等了好久,九个人仍是九个人。王满喜还来请个假,别的人连假也不请,干脆不来。有个学员说："我说县里的决定也有点主观主义——光决定先生不准放假,可没有想到学生会放先生的假。"正说着,又听到西边一阵脚步声。玉梅说："来了来了！这一回来的人可不少！"说话间,果然有好几个人从西房背后走过来,一转弯就向大门这边来了。当头走的是党支部书记兼农业生产合作社副社长王金生,接着便是副村长张永清、生产委员魏占奎、社长张乐意、女副社长秦小凤,连一个学员也没有,尽是些村里、社里的重要干部。灵芝说："再等也是这几个人,今天的课又上不成了！大家散了吧！"大家解散了,学员中有两个该值班的民兵,又到教室里去合并那些刚才摆开的桌子。灵芝问副村长张永清："是不是可以少放几天假？"张永清说："人们都自动不来了,还不和放假一样吗？"

## 二　万宝全

玉梅离开了旗杆院的大门口往家里走,通过了一条东西街,上了个小坡,便到了她自己的家门口。她的家靠着西山根,大门朝东开,院子是个长条形,南北长东西短；西边是就着土崖挖成的一排四孔土窑,门面和窑孔里又都是用砖镶过的；南边有个小三间南房,从前喂过驴,自从本年春天把驴入了合作社,这房子就闲起来,最近因为玉梅的二哥玉生和她大哥金生分了家,临时在里边做饭；北边也有个小三间,原来是厨房,现在还是厨房；东边,大门在中间,大门的南北各有一座小房,因为房间太浅,不好住人,只是用它囤一囤粮食，放一放农具、家具。西边这四孔窑，从南往北数，第一孔叫"南窑"，住的是玉生和他媳妇袁小俊；第二孔叫"中窑"，金生两口子和他们的三个孩子住在里边；第三孔叫"北窑"，他们的父亲母亲住在里边；第四孔叫"套窑"，只有个大窗户，没有通外边的门，和北窑走的是一个门，进了北窑再进一个小门才能到里边，玉梅就住在这个套窑里。

玉梅刚走到大门外，听见里边"踢通踢通"响，她想一定是她爹和她二哥打铁；赶走进大门来，看见北边厨房里的窗一亮一亮的，果然是打铁，便走到厨房里去看热闹。这时候厨房里已经有五个人，不过和她爹打铁的不是她二哥，是她一个本家伯伯名叫王申，其余是她大哥的三个孩子——大的七岁，是女的，叫青苗；二的五岁，男的，叫黎明；三的三岁，也是男的，叫大胜。

这两位老人家，是三里湾两个能人。玉梅爹叫王宝全，外号"万宝全"，年轻时候给刘老五家当过长工，在那时候学会了赶骡子，学会了种园；他什么匠人也不是，可是木匠、铁匠、石匠……差不多什么匠人的活儿也能下手。王申也是个心灵手巧的人，和万宝全差不多，不过他家是老中农，十五亩地种了两辈子，也没有买过也没有卖过，直到现在还是那十五亩地。他一个人做惯了活，活儿做得又好，所以不愿和别人合伙，到活儿拥住了的时候，偶然雇个短工；人家做过的活儿，他总得再修理修理，一边修理着一边说"使不得，使不得"，因此人们给他送了个外号叫"使不得"。按做活儿说，在三里湾，使不得只赞成万宝全一个人，万宝全也很看重使不得，所以碰上个巧活儿，他们两人常好合作。

他们两人都爱用好器具。万宝全常说："家伙不得劲了，只想隔着院墙扔出去。"使不得要是借用别人的什么家伙，也是一边用着一边说"使不得，使不得"。动着匠人活儿，他们的器具都不全，不过他们会想些巧法子对付。像万宝全这会打铁用的器具,就有四件是对付用的:第一件是风箱,原是做饭用的半大风箱;第二件是火炉,是在一个破铁锅里糊了些泥做成的;第三件是砧,是一截树根上镶了个扁平的大秤坠子;第四件是小锤,是用个斧头来顶替的——所以打铁的响声不是"叮当叮当"而是"踢通踢通"。这些东西看起来不相称,用起来可也很得劲。

他们这次打的是石匠用的钻尖子。钻尖子这东西,就是真的石匠也是自己打的,不用铁匠打——因为每天用秃了,每天得打,找铁匠是要误事的。这东西用的铁,俗话叫锭铁,比普通用的钢铁软,可是比普通的熟铁硬(大概也是某种硬度的钢铁,看样子也是机器产品),买来就是大拇指粗细的条子,只要打个尖、蘸一蘸火就能用。每一次要打好几条,用秃了再打,直用到不够长了才换新的。

玉梅见他们打的是钻尖,问他们断什么,宝全老汉说:"洗场磙!"("场磙"就是打粮食场上用的碌碡磙,"洗"是把大的石头去小的意思。)玉梅问:"为什么洗场磙?"王申老汉和她开玩笑说:"因为不够大!""还能越洗越大?""你问你爹是不是!"玉梅又问宝全老汉:"爹!是能越洗越大吗?"宝全老汉笑了。宝全老汉说:"是倒也是,可惜你伯伯没有给你说全!'不够大'是说场磙在场上转的圈子不够大。咱们成立了合作社,把小场子并成大场子了,可是场磙原是小场上用的,只能转小圈子;强要它转大圈子,套绳就要擦磨牲口的右后腿,所以得洗一洗!"玉梅又问:"洗一洗怎么就能转大圈子?"宝全老汉说:"傻闺女!把大头洗小了,转的圈子不就大了吗?"玉梅笑了笑说:"知道了!只洗一头啊!"王申老汉又和她开玩笑说:"谁教你们成立合作社哩?要不是成立合作社,哪有这些事?"玉梅说:"为了多打粮食呀!我说申伯伯,你怎么不参加我们的合作社？难道你不愿意多打粮食吗？"宝全老汉说："你伯伯的地每年都是数着垄种的。他还怕人家把他的垄沟种错了哩！"王申老汉向宝全老汉说："老弟！你说得对！咱老弟兄俩，再加上你玉生，怎么合作都行；要说别人呀，我实在不愿意跟他们搅在一块儿做活！"玉梅说："那你为什么还让接喜哥参加互助组？"王申老汉说："下滩那五亩由他去瞎撞，山上的十亩不许他乱搅！"玉梅说："你把人家分出去了吗？"宝全老汉说："他父子们是分地不分粮。你伯伯嫌人家做的活儿不好，可是打下粮食来他不嫌多！"王申老汉说："难道是我一个人要了？他不是也吃在里边？"……玉梅见这两个老汉斗起嘴来没有完，便又问宝全老汉说："我二哥上哪里去了？怎么不跟你来打铁来？"王申老汉说："你爹在这里当铁匠，他在南窑里当木匠哩！"玉梅问："又做什么木匠活？"王申老汉说："做场磙！""木匠怎么做场磙？""做木头场磙！你们合作社就有这些怪事！"玉梅又问宝全老汉说："爹！是吗？"宝全老汉又笑了。宝全老汉说："又和刚才一样！是倒也是，可惜你伯伯又没有给你说全！他做的是……"王申老汉指着火炉里的钻尖说："只顾说闲话，烧化了！"宝全老汉也不再说木头场磙的事，停了风箱拿起斧头，左手用钳子去夹那烧过了火的钻尖。玉梅见他顾不上再说了，就说："我自己到南窑看看去！"她正转身要往外走，宝全老汉夹出那条冒着白火花的钻尖来，放在砧上，先把斧头横放平了轻轻拍了一下。他虽然没有很用力，可是因为铁烧得过了火，火星溅得特别多。有个火星溅在三岁的大胜腿上，大胜"呀"的一声哭了，两个老汉赶紧停了手里的活去照顾孩子，玉梅也转回身来帮着他们查看烫了什么地方。王申老汉抱起大胜来说："小傻瓜！谁叫你光着腿来看打铁？"宝全老汉查明了大胜只是小腿上烫了个小红点，没有大关系，就向玉梅说："快给你大嫂抱回去吧！"玉梅接过大胜来才一出厨房门,金生媳妇就已经跑来了。金生媳妇一边从玉梅手里接住大胜,一边问玉梅说:"烫了哪里?"玉梅说:"不要紧,小腿上一点点,贴上一点膏药吧!"说着和金生媳妇相跟到中窑去给大胜贴膏药。

## 三　奇怪的笔记

中窑是一门两窗,靠北边的窗下有个大炕。金生媳妇把大胜放到炕上去找膏药,玉梅用自己手里的课本逗着大胜让他止住哭。大胜这孩子是个小活动分子,一止了哭就赤光光地满炕跑。金生媳妇找着了膏药来给他贴,他靠住墙站着不到前边来。玉梅说:"大嫂!你看那赤光光的多么好玩。"金生媳妇说:"穿个衣裳来管保烫不着了!早就给他预备下衣裳他就是不穿!生多少气也给他穿不到身上!"玉梅说:"穿上什么好衣裳也没有这么光着屁股好看!快过来给你贴上点膏药!"大胜还是不过来,玉梅从窗台上取起个红皮笔记本来说:"你看我这红皮书!"大胜见是个新鲜东西,就跑过来拿,金生媳妇向玉梅:"可不敢玩人家那个!那是你大哥的宝贝!"可是大胜的手快,一把就夺过去了。玉梅爬上炕去抱住他说:"不要玩这个!姑姑换给你个好东西玩!"说着从衣袋里掏出个顶针圈儿来套在自己的铅笔上给他摇着看,他才放开了笔记本。他一放手,笔记本里掉出个纸单儿来。金生媳妇抱住大胜去贴膏药,玉梅腾出手来拾起纸单儿正要仍夹进笔记本里去,可是又看见纸单子上的字很奇怪,不由得又端详起来。

单上的字,大部分又都是写好了又圈了的,只有下边一行十个字没有圈,玉梅一个一个念着:

"高、大、好、剥、拆、公、畜、欠、配、合。"

金生媳妇说:"你大哥有时候好管些闲事!公畜欠配合有什么

坏处？又不会下个驹！"玉梅说："我看也许指的是公畜不够配合，母畜就不能多下驹。让我数数咱们社里几个公畜几个母畜：老灰骡是公的，银蹄骡也是公的……"金生媳妇笑着说："你糊涂了？为什么数骡？"玉梅想了一下也笑了笑说："真是糊涂了！骡配合不配合没有什么关系，咱就数驴吧！社长的大黑驴是母的，小三的乌嘴驴是……"玉梅正数着驴，没有注意门外有人走得响，突然看见她大哥金生揭起竹帘走进来。金生媳妇说："会散了？"金生说："还没有开哩！"又看着玉梅拿着他的笔记本，便指着说："就是回来找这个！"玉梅把手里拿的那张纸单子向金生面前一伸说："大哥！你这上边写的是什么，怎么我连一句也不懂？"金生说："那都是些村里、社里的问题，我记得很简单，别人自然懂不得！"玉梅说："为什么写好了又都圈了呢？"金生说："解决了哪一项，就把哪一项圈了。"玉梅说："那么下边这一行是没有解决的问题了！怎么叫个'高大好剥拆'？"金生说："那些事马上给你说不清楚！快拿来吧！紧着开会哩！"玉梅："不用细讲，只请你给我简单说说是什么意思。"金生说："不行！你听这个也没有用！"

也不怨金生嘴懒不肯说，真是一下不容易说明这几个字的意思。原来他们村里的农业生产合作社有个大缺点是人多、地少、地不好。金生和几个干部研究这缺点的原因时候记了这么五个字——"高、大、好、剥、拆"。上边四个字代表四种户——"高"是土改时候得利过高的户，"大"是好几股头的大家庭，"好"是土地质量特别好的户，"剥"是还有点轻微剥削的户。这些户，第一种是翻身户，第二、三、四种也有翻身户，也有老中农，不过他们有个共同的特点就是对农业生产合作社不热心——多数没有参加，少数参加了的也不积极。地多、地好的户既然参加社的不多，那么按全村人口计算土地和产量的平均数，社里自然要显得人多、地少、地不好了。这些户虽说还不愿入社,可是大部分都参加在常年的互助组里,有些还是组长、副组长。他们为了怕担落后之名,有些人除自己不愿入社不算,还劝他们组里的组员们也不要入社。为着改变这种情况,村干部们有两个极不同的意见。一种意见,主张尽量动员各互助组的进步组员入社,让给那四种户捧场的人少一点,才容易叫他们的心里有点活动;四种户中的"大"户,要因为入社问题闹分家,最好是打打气让他们分,不要让落后的拖住进步的不得进步。另一种意见,主张好好领导互助组,每一个组进步到一定的时候,要入社集体入,个别不愿入的退出去再组新组或者单干;要是把积极分子一齐集中到社里,社外的生产便没人领导;至于"大"户因入社有了分家问题,最好是劝他们不分,不要让村里人说合作社把人家的家搅散了。这两种意见完全相反——前一种主张拆散组、拆散户,后一种主张什么也不要拆散。金生自己的想法,原来和第一种意见差不多,可是听了第二种意见,觉着也有道理,一时也判断不清究竟拆好还是不拆好,所以只记了个"拆"字,准备以后再研究。"高大好剥拆"五个字是这样凑成的,三两句话自然说不清楚,况且跟玉梅说这个也不合适,所以金生不愿说。

玉梅见金生把事情说大了,也无心再追问,就把本子和纸单儿都还给金生。金生正要走,金生媳妇顺便和他开玩笑说:"玉梅说上边还写着什么'公畜欠配合'是什么意思?难道母畜就不欠配合吗?"金生说:"没有!谁写着什么'公畜欠配合'?"玉梅说:"你再看看你的单子不是那么写着的吗?"金生又取出他才夹回本子里去的那张纸单一看,连他自己也笑了。他说:"那不是叫连起来念的!'公'是公积金问题,'畜'是新社员的牲口入社问题,'欠'是社里欠外债的问题,'配'是分配问题,'合'是社内外合伙搞建设的问题。哪里是什么'公畜''母畜'的问题!"说罢三个人都大笑了一阵,连三岁的大胜也糊里糊涂笑起来。金生便取了他的笔记本走了。

金生走后,玉梅问:"大嫂!申伯伯说我二哥在南窑做木头场磙是吗?"金生媳妇说:"是木头车轮!不知道叫做什么用的!"大胜说:"我知道!"又叉开他的两只小手比着说:"圆圆的,大大的,咕噜咕噜转……"玉梅说:"就是那么样转法?姑姑去看看!"玉梅正要走,大胜说:"我也去!"说着爬到炕边扭转身屁股朝前就往下溜。金生媳妇抓住他说:"你该睡了!你不是看过了吗?"大胜仍然闹着要去,玉梅说:"你睡吧!姑姑不去了!"说着又回头来坐到炕沿上。金生媳妇又向大胜说:"快睡了,妈给你做鞋!看你这鞋钻出小麻雀来了(前边露了趾头)!"玉梅笑着问:"大胜!你几天穿一对鞋?"这句话引起金生媳妇的牢骚。金生媳妇说:"玉梅呀!提起做鞋来我就想把他们送给人家那些没孩子的!"玉梅说:"你要真送,我替你找家!人家黄大年老婆想孩子跟想命一样!"又逗着大胜说:"你跟了人家黄大年吧?跟了人家天天穿新鞋!"大胜说:"不!妈!"金生媳妇说:"不不!你姑姑是跟你说着玩的!"又向玉梅说:"光这些零碎活儿就把人赶死了!三个孩子的鞋都透了,爹和你大哥的鞋也收不下秋来了!前几天整了两对大鞋底连一针也没有顾上纳,明天后天得上碾磨,要不然一割了谷社里的牲口就要犁地,碾磨就得使人推了。说话秋凉了,大大小小都要换衣裳。白天做做饭,跟妈两人在院里搓一搓大麻,捶一捶豆角种,拣一拣棉花,晒一晒菜……晚上这些小东西们又不早睡,跟他们争着抢着做一针活儿抵不了什么事,等他们睡了还得熬夜!"玉梅说:"以后,晚上我可以帮你!你先把大胜的鞋交给我做好了!"金生媳妇说:"你白天上地,晚上还要学习,哪里顾得上做?"玉梅说:"收开秋这四五天,我们的课就没有上好,人越来越少,今天晚上又没有上成。我看以后越不行了,索性等收完秋再学习吧!大嫂你不要客气!你伺候得我长这么大了,难道我不能帮帮你的忙?再说二嫂也分出去了,家里的杂活……"

金生媳妇说:"你快不要提她!一提她我就有气!过门来一年了,她给家里做过什么活?没有下过一次地!碰上使碾磨就躲回娘家去!在院里没有动过扫帚!轮着班做做饭她还骂着说:'谁该着伺候你们这一大群?'我进门来你二哥才十岁,要说'伺候'的话,吃的穿的我整整给他做了十年,连去年结婚的衣服鞋子都是我一针一线给他做的!天天盼着兄弟娶媳妇,娶来个媳妇只会怄气,才进门三天就觉着伺候了我!就和我闹着分家!要按我的意思呀,她早滚开一天少生一天气,偏遇上你大哥那种专讲'影响'的人,糊糊补补舍不得叫分开,硬叫你二哥教育她,一直糊补到现在,教育到现在,还不是分开了?'影响不好','影响不好',现在的影响还不是'不好'?快不要提她!走开了干净得多!"玉梅说:"谁也知道她是什么样的人,咱们不提她吧!不要让她听见了又得吵!"金生媳妇说:"吃了饭连碗也没有洗就不知道上哪里蹓晃去了!她能跟家里待一会吗?她在我也要说!吵就吵!多吵几回也叫大家多听听!省得不知道的还说我这当大嫂的尖薄——容不得一个兄弟媳妇!"金生媳妇和谁也没有生过大气,就是一提玉生媳妇气就上来了。玉梅见她说上气来,很后悔自己不该先提起玉生媳妇,好容易等她说到一个段落上停下来,正想用别的话岔开,忽听得南窑里有人说:"这是谁找谁的事呀?"她们两个人都听出来是玉生媳妇的口音,都觉着这一下可惹起麻烦来了。金生媳妇的气还没有下去,推开大胜要往外走,玉梅拉住她说:"大嫂你不要动,让她找得来再说!你要先出去了,她还要说是你找着她闹哩!"金生媳妇听玉梅这么一说也就停住了。玉梅的话还没有落音,就听见玉生说:"你随便买了东西回来跟我要钱,难道是我找你的麻烦?"玉梅跟金生媳妇说:"你听!刚才她那话不是跟咱说的,一定又是她在外边买了什么东西回来跟我二哥要钱来了。"

玉生两口子吵架,在没有分家以前,就已经成了平常事。金生媳妇和玉梅一听出是他们两个人吵,都以为是没有事了,就取过针线筐来坐到灯下准备做活;可是才把活儿拿到手,又听着他们越吵越紧,吵着吵着打起架来。金生媳妇总算是个好心肠的人,虽说跟玉生媳妇有那么大的气,可是人家这会真打起架来了,她还是跟玉梅跑去给人家劝架去。

## 四 "这日子不能过了"

想知道玉生为什么和他媳妇打起来,总得先知道这两个人是两个什么样的人:

玉生从小就是个能干孩子,性情有点像他爹,十岁时候就会用荆条编个小花篮,十二岁时候就会用铜子打个戒指,后来长大了些,能做些别人做不来的巧活,人们都叫他"小万宝全"。他的研究精神很好,研究起什么来能忘了吃饭。三里湾村西边有一条黄沙沟,每年发水时候要坏河滩一些地。一九四九年他发明了个活柳笆挡沙法,保护得他们互助组里两块地没有进去沙;来年大家都学会了他的办法,把可以进去沙的地一同保护起来,县里的劳模会上给了他一张特等劳模奖状。

玉生媳妇叫袁小俊,是本村袁天成的女儿,从小是个胖娃娃,长大了也不难看,说话很利落。她和玉生的结婚,是在个半新半旧的关系上搞成的。她比玉生小一岁,从小跟玉生也常在一块玩。后来玉生成了村里个小"能人",模样儿长得又很漂亮,年纪虽说不大,大人们却也不得不把他当成个人物来看待,特别是在他得了奖状那几天,人们就更看重他——每当他从人群中间走过去,总有人在后边说:"小伙子有本领!""比他爹还行!"……在这时候,村里的年轻姑娘们,差不多都愿意得到像玉生这样的一个丈夫,袁小俊也是其中一个。袁天成老婆也看见玉生不错,就跟袁天成说:"把咱小俊嫁给玉生吧?"袁天成是三里湾有名的怕老婆的人,自然没有别的话说,他老婆便去找范登高做媒人。乡村里留下的旧风俗是只要女方愿意,男方的话比较好说,况且小俊长得还好看,在社会上也没有表现过什么缺点;玉生虽说有研究的精神,可是还没有学会研究青年姑娘,只是觉得小俊长得还不错,也没有露过什么毛病,所以就答应下来。那时候,金生媳妇有点替玉生担心。要说小俊有毛病的话,金生媳妇也没有什么根据,不过她觉着袁天成老婆不是个好东西,教出来的闺女恐怕也靠不住。她把她的意见向金生说过一次,金生说:"家里的教育自然有关系,不过人是活的,天成老婆真要是把她教育坏了,难道玉生就不能把她再教育好了吗?"金生媳妇觉着这话也有道理,所以就取消了自己的意见。

小俊和玉生初结了婚的时候,也不闹什么气,后来的事情果然坏在天成老婆身上。天成老婆外号"能不够",跟本村"糊涂涂"老婆是姊妹,都是临河镇一个祖传牙行家的姑娘。当她初嫁到袁天成家的时候,因为袁天成家是个下降的中农户,她便对袁家全家的人都看不起,成天闹气,村里人对她的评论是"骂死公公缠死婆,拉着丈夫跳大河"。到小俊初结了婚的时候,她把她做媳妇的经验总结成一套理论讲给小俊。她说:"对家里人要尖,对外边人要圆——在家里半点亏也不要吃,总得叫家里大小人觉着你不是好说话的;对外边人说话要圆滑一点,叫人人觉得你是个好心肠的人。"她说:"对男人要先折磨得他哭笑不得,以后他才能好好听你的话。"从前那些爱使刁的女人们常用的"一哭二饿三上吊"的办法她不完全赞成。她告小俊说:"千万不要提上吊——上吊有时候能耽搁了自己的性命;哭的时候也不要真哭——最好是在夜里吹了灯以后装着哭;要是过年过节存了一些干粮的话,也可以装成生气的样子隔几天不吃饭。"这两个办法她都用过,要不天成老汉也不会像现在这样听她的话。

以上还只是她一些原则的指示,后来的指示就更具体了:她嫌玉生家里人口多,小俊不能当家,便和小俊说:"你犯不上伺候他们那一大群,应该跟玉生两个人分出来过个小日月;不过你不要提分家,只搅得他们一会也不得自在,他们就会把你们两口子分出来;等分出来了你们一方面过着自己的清净日子,一方面还可以向别人说是他们容不得人把你们分出来的。"小俊照着她的指示和金生媳妇闹了几回气,金生媳妇果然想和她分家,可是金生不愿意。金生悄悄和媳妇说:"你让着她一点!不要叫别人笑话咱们连个兄弟媳妇都容不下!"金生媳妇听了金生的话,遇着她寻气的时候不搭她的碴,她找不到一点缝儿,只得和她妈另外研究办法。她妈后来又想了个办法,叫她回去挑拨玉生和他大哥提出分家,她便回去跟玉生说:"我伺候不了你们这一大家!你跟大哥说说咱们分出来过!"玉生说:"我们这一大家,除了小孩们都是参加生产的!说不上是谁来伺候谁!""生产的东西又不是给了我,轮着我做饭可是得做一大锅!""生产的东西没有给你,难道你吃的穿的都是天上飞来的?""我也不愿意沾他们的光!""你愿意分,光把你分出去,我是不愿意分出去过的!""要你这男人就是叫把自己的媳妇分出去哩?那还不如分个彻底——干脆离了婚算拉倒!""你讲不讲理?这是你自己要分呀,还是我要把你分出去哩?""要分就是叫把我一个人分出去吗?""自然是谁愿意分把谁分出去!我不愿分!我觉着这么着过就很好!""我跟大嫂合不来!""我觉着大嫂是个好人,毛病都出在你身上!""大嫂好你就跟大嫂过好了,为什么还要跟我结婚?""放屁!""你为什么骂人?""你前边那话是怎么说的？再说一遍我听听?""用不着说别的！干脆两条路:要不就分家,要不就离婚!""离就离！分家我不干!"玉生要离婚,金生问明了情由说:"不用离！分开就分开过吧！分开有什么坏处呢？要说怕影响不好,因为分不了家就离了婚,影响不更坏吗?"这才把他们分出去。这还是最近几天的事。

分开家这几天,能不够更抓紧时间教了小俊一些对付玉生的原则和办法。她说:"离开了当家人,两口子过日子,一开头就马虎不得:他做得了的事你不要替他做——替过三趟来就成你的事了！你将就能当家的事不要问他——问过三趟来你就当不了他的家了!"小俊就照着她的话办。前两天,睡过了午觉,合作社打了钟,玉生拿起镰刀要上地,小俊说:"水缸里没水了！担了水再走!"玉生说:"打钟了！你去担一担吧!""我担不动!""玉梅还能担动你担不动?""可惜你娶的不是玉梅!""分得了家过不了家算什么本事？担不动你看着办！打了钟我不能不上地!"玉生说罢走了,没有去担水。小俊马上去找能不够。小俊把事由交代完了以后问能不够说:"我自己要不担,晚上的饭怎么做哩?"能不够说:"可不要给他行下这个规矩！没有水晚饭不用做！你自己到我这里来吃饭!"那天晚上小俊果然没有做饭。小俊吃的是她娘家的饭,玉生吃的是他大哥家的饭。金生也叫玉生在分开家以后好好教育小俊,可是能不够正帮着小俊给玉生立规矩哩,小俊哪里会听玉生的话？

先要了解了这些历史,才能知道他们两口子吵架的真原因。

这天晚上,宝全老汉约着王申老汉来打钻尖。王申老汉刚来的时候说范登高的骡子回来了,贩来了好多新东西。小俊听了这个消息,最后的半碗饭也没有吃完,就放下碗往范登高家里去了。她到了范家,见范登高家的桌子上、床上放着好多新东西——手电筒、雨鞋、扑克牌、水果糖、棉绒衣、棉绒毯子、小孩帽子、女人帽子、头卡……还有些没有拆开的纸包。消息灵通的人,早已挤满了一屋子,小俊的妈妈能不够也在那里看。小俊看中了一身棉绒衣,问能不够说:"这一套衣裳不知道得用多少钱?"能不够说:"我问过了,九万!""我想买一套,可不知道玉生给出钱不!""你穿到身上他就得出钱!不过你头一次当家买东西最好是少买一点,不要让他真没有钱给你顶回来!你可以先买个上身——四万五,上下一样!"小俊就拿了个上身,范登高给她用纸包起来,伸手来接她的钱,她说:"没有带钱来!一会给你送过来好了!"范登高说:"好吧!一会你可就送过来!这是和人家合伙做的个生意!"说罢了把东西递给她,顺手记在自己的账单上。就在这时候,灵芝和有翼相跟着进来了。灵芝向范登高说:"爹!你还不去开会?人家别的主要干部都到齐了!"范登高说:"马上就去!"又向买东西的人们说:"我要走了!要什么明天再来吧!"说罢,又吩咐赶骡子的王小聚明天早点喂牲口就走了。买东西的人们接着也就都慢慢散了。

小俊拿着东西先挤出门来跑回家去。她回到院子里的时候,金生媳妇和玉梅正在中窑里谈论她,不过她一心回去向玉生要钱,没有顾上注意这些,一股劲跑回南窑去了。

从吃过晚饭以后,玉生就到南窑修理他做的场磙样子,连小俊出去了没有他也不知道。他这个场磙样子,是用一根木棍子两头安着两块圆木板做成的,看起来像车轮,不过两头不一般大。这东西是他下午在场上比着场磙做的,因为还没有弄得太合适天就黑了,才搬回家里来修理。他们社里要洗的场磙一共有三个,长短粗细都不一样,要是做三个样子也太麻烦。他想了个办法是照着最大的做,大的用罢了再改成小的。他做的这东西,小头是按原场磙的小头做的,大头比原场磙的大头小一点,至于究竟应该小多少他弄不准,只是做成了在场上滚着试,不对了再用木锉锉去一圈,直到对了为止。他下午做成的样子有两点不满意:第一是木板太厚,锉一次很费工夫;第二是小头的窟窿偏了一点,要改了窟窿轴子就太细,要去了外边轮廓就不够大。这两个毛病他觉着改起来比换两块板还慢,因此他又重新做了一次。他正拿着他的曲尺比量中间的窟窿,小俊跑回来向他要钱。

　　小俊一进南窑门,看见满地刨渣、锯末、碎木片就觉着讨厌。她说:"不能拿到院里去弄?谁能给你一遍一遍扫地?"玉生说:"等弄完了我扫!你不用管!院里有风,点不着灯!"小俊说:"弄那些奇奇怪怪的东西有什么好处?"玉生说:"用处大得很!"玉生跟小俊说着话,只是注意着手里的活儿,并没有看见小俊手里拿着东西。小俊打开纸包把棉绒衣一抖说:"你看这件衣服好不好?"玉生正按着尺寸在木板上画点儿,只瞟着有个红东西闪了一下,便顺口答应说:"好,好。"小俊用指头捏着衣服说:"你看!厚得很!"玉生仍然没有注意,还以为是说他的木板,便又答应说:"不厚了!已经换成薄的了!"小俊自然也不懂玉生的话,还以为是说范登高拿回来的衣服被别人替换了,便又说:"没有人换,才拿回来的!"玉生说:"我换的我不知道?""你拿什么换的?""薄板!""你是说什么?"这句话小俊说得很高,把玉生吵得抬起头来。小俊又问了一遍:"你是说什么?"玉生也问:"你是说什么?""我说这件衣服!""那是人家谁的?""我买的!好不好?"玉生觉着已经把问题弄清楚了,便又随便答了一声"好",然后仍低下头去干自己的事。小俊说:"还没有给人家钱哩!"玉生说:"怎么不给人家?""我没有钱!""嗯。"玉生当她只是说明一件与自己没有关系的事,所以只轻轻"嗯"了一声,算是把谈话结束了。小俊没有解决了问题,自然还得开口。小俊说:"给我钱!"玉生愣了一下,随后才明白她的意思。玉生说:"多少钱?""四万五!""前天还只卖四万!""这不是供销社的!""东西都一样!""一样你不早给我买一件?""五斗米!够做件棉袄了!""棉袄是棉袄,这个是这个!""可惜没有钱!现在天还不冷,过几天再买吧!"玉生说罢又去做他的活。小俊说:"你说得倒容易!把人家的拿回来了,怎么再给人家送回去?"玉生说:"既然不是供销社的,一定就是范登高的,那有什么难退?没有钱有他的原物在,又没有给他穿坏了!"小俊说:"不不不!我不退!你给我钱!""我不是告你说没有钱吗?""没有钱你想办法!""我不管!""连家里穿衣吃饭的事都不管,却能管人家别人的扯淡事!""我管过什么扯淡事?"小俊指着他手里做的活儿说:"这还不是扯淡事吗?"玉生见她把自己用全副精力做的事看成了扯淡事,觉着很伤心,可是马上又跟她讲不明道理,只是暗暗叹了一口气,埋怨自己认错了对象,埋怨大哥不同意自己离婚。他再不愿意多说一句什么话,低下头仍然做自己的活,心想只当没有小俊这么一个人算了。可是事实总是事实,小俊仍然站在他的对面。小俊见他不答话也不发急,便一把夺了他手里的曲尺说:"不管?非管不行!"玉生最反对人动他的家伙,特别是他这个曲尺。这个曲尺是他自己做的,比一般木匠用的曲尺细,上边还有一排很规矩的窟窿,可以用来画圆圈;因为有这好多窟窿,就很容易折断,所以就得特别当心保护。小俊把他这个宝贝夺了,他便发了急,可是又怕把东西弄坏了,只好央告说:"你要什么都行,只要先把尺子给我!"小俊说:"四万五!先拿过钱来!"玉生说:"不论多少都行,可惜我这会没有钱!"小俊说:"没有钱你就不用要尺子!"说罢了凑到炕沿边把尺子坐到屁股下。玉生说:"我什么地方得罪了你,你偏要来找我的事?"小俊说:"跟你说个正经话你故意装样子不理,这是谁找谁的事呀?"玉生说:"你随便买了东西回来跟我要钱,难道是我找你的麻烦?"说着便跑过去夺尺子。小俊知道自己不是玉生的对手,趁玉生还没有赶到自己跟前,便先把尺子拿出来往墙角上一摔说:"什么宝贝东西?"玉生本来没有准备和小俊打架,可是一见尺子飞出去,不知道哪里来的一股劲儿,就响响打了小俊一个耳光。接着,小俊就大号大叫,把地上的木板、家伙都踢翻了。玉生见她把东西毁坏了,也就认真和她打起来。就在这时候,金生媳妇和玉梅跑进来才把他们拉住。

玉生说:"这日子不能过了!"说了就挺挺挺走出去。小俊也说:"这日子不能过了!"说了也挺挺挺走出去。玉生往旗杆院去了,小俊往她娘家去了。

## 五　拆不拆

玉生跑到旗杆院前院,看见有三座房子的窗上都有灯光:西边教室里是值班的民兵班长带岗,该不着上岗的民兵睡觉;东房里是农业生产合作社会计李世杰正在准备分红用的表格;北边大厅西头的套间是村公所的办公室,村、社的主要干部会议就在那里开。玉生听见他大哥金生在西北套间里说话,便一鼓劲走进去。

这时候,套间里已经挤满了人:除了党支书王金生、村长范登高、副村长兼社内小组长张永清、村生产委员兼社内小组长魏占奎、社长张乐意、女副社长秦小凤这几个本村干部之外,还有县委会刘副书记、专署农业科何科长和本区副区长张信同志三个人参加。秦小凤又是村妇联主席,魏占奎又是青年团支书。玉生正在气头上,一进门见了这些人,也不管人家正讲什么,便直截了当讲出他自己的问题来。他说:"这可碰得巧,该解决我的问题!我和小俊再也过不下去了！过去我提出离婚,党、团、政权、妇联,大家一致说服我,叫我教育她,可是现在看来,我的教育本领太差,教育得人家抄起我的家来了！这次我是最后一次提出,大家说可以的话,请副区长给我写个证明信,我连夜到区上办手续；大家要是还叫我教育她,我就只好当个没出息人,连夜逃出三里湾！"魏占奎说："你这话像个青年团员说的话吗？"玉生说："我也知道不像,可是我有什么办法呢？"魏占奎说："你逃走的时候要不要团里给你写组织介绍信？"玉生没话说了。金生看着玉生,忽然想起洗场碾的事来,便向玉生说："回头再说离婚的事,你先告我说,场碾样子做得怎么样了？"玉生说："就是因为她把那个给我捣毁了我才跑来！"张乐意听说洗场碾的事停了工,也着了急,便向玉生说："洗不出场碾来,明天场上五百二十捆谷子的穗就得转着小圈碾！一个后半天,要是碾完了扬不出来,晚上分不出去,就把后天的工也调乱了！"金生接着张乐意的话问玉生说："你说这个要紧呀还是离婚要紧？"玉生听到张乐意的话已经觉得顾不上先去离婚了,又听金生这样问他,他便随口答应说："自然是这个要紧,可是她不让我做我又怎么办？"还没有等得别人开口,他就又接着说："要不我拿到这里东房来做吧？"金生说："在那里做也行！误不了明天用就好！"玉生再没有说什么就回去取他的东西去了。玉生一出门,魏占奎便给他鼓掌,不过他的两只手并不碰在一块,只做了个鼓掌的样子,叫人看得见听不见,因为怕玉生听见了不好意思。大家都忍着笑,估计着玉生将走出旗杆院的大门,就都大笑起来。何科长说："这个青年有趣得很——社里有了任务,就把离婚的事搁起了。"金生说："玉生是不多发脾气的,恐怕是事情已经闹得放不下了！"又向秦小凤说："你明天晌午抽个空儿给他们调解一下！不要让他们真闹出事来！"又向大家说："我们还是开我们的会吧！"

大家已经讨论完了领导秋收,接着便谈起准备扩社、开渠的问题。村长范登高说:"以下的两个问题,和行政的关系不大;我的骡子明天还要走,我可以先退席了。"金生说:"这两件事也是全村的事,怎么能说和行政关系不大呢?"登高说:"我以为扩社是你们社里的事,社外人不便发言;开渠的事虽说和全村有关,不过渠要经过的私人地基还没有说通,其他方面自然还谈不到。"副村长张永清说:"扩社在咱们村的行政范围里扩,而且是党的号召;渠是要社内外合伙开的,都不能说和行政关系不大。至于开渠用私人的地基问题,也正是我们今天晚上要谈的问题。你不要为了照顾你的私人小买卖,把责任推得那么干净……"一提小买卖,范登高就着了急——因为他发展私人小买卖在党内有人批评过他,不过他没有接受。县委一时也说不服他,准备到了冬天整党时候慢慢打通他的思想。他当时解释的理由,其中有一条是说他的私人事务并不妨害工作。这次县委又在场,他怕县委问他,所以着急。他不等张永清再说下去就抢着说:"咱们说什么只说什么!不要把哪件事也和我搞小买卖联起来!况且我是个半脱离生产干部,私事总还得照顾一些!两个骡子在家闲住一天,除了不得生产,还得白吃一斗料,要不抓紧时间打发骡子走了,光料我也贴不起!"县委副书记老刘同志说:"登高!你对你的错误不只没有打算克服,而且越来越严重了!你是个半脱离生产干部,对你那资本主义生产抓得那么紧,为什么让人家这些完全不脱离生产的干部比你管更多的事呢?"范登高见风头不对,赶紧说:"好好好!我参加到底!"

会议又继续下去,很快就讨论到扩社是否应该拆散互助组那个老问题上去。有范登高在场,这个问题提起来没有完。他说金生有本位主义,为了扩社把积极分子都抽到社里去,留下了落后分子,给以后行政上领导生产造成很大的困难。他的目的只有一个,那就是怕拆散互助组,自己不得不入社。不过他的话说得很圆滑,弄得老刘同志在形式上也找不出驳他的理由;跟他讲本质他又故意装听不懂,故意绕着弯子消磨时间。

金生见这样拖下去不会有结果,便向大家说:"这样一直辩论下去,咱们的工作也没法布置。我想这样好不好?在我们动员的时候,哪个互助组报名的人多了,尽量争取他们全部加入,实在不行的话,仍把个别户留下;要是哪个组只有个别户报名,我们也不拒绝;等到报名完了以后,再研究一下具体情况,真要是留在社外的户就连互助组长也选不出来的话,党内可以按具体情况派几个党员暂且留在社外领导他们。"大家都说这样很好,范登高见金生提出的这个办法把他作为根据的那个理由给他彻底消灭了,便再说不出什么来。

谈到开渠的地基问题,何科长听见他们说只有一户没有说通,便向他们建议说:"你们尽可以作宣传、订计划,万一最后真说不通,向政府请准,也可以征购他的。"这一下也把范登高的嘴给堵住了。

原则上的争吵过去之后,接着大家就计划起怎样宣传,怎样动员、组织的步骤来。

## 六  马家院

小俊跑到老天成院子里,见能不够不在家,就问天成老汉说:"爹!我妈哩?"天成老汉叹了口气说:"谁知道飞到什么地方去了?吃了饭连碗也没有洗就出去了,直到现在不回来!"原来这能不够和她女儿一样,也是没有洗锅碗就走了。小俊听天成老汉一说,心里明白,也不再往下问,就又跑到范登高家里来。

这时候,范登高家桌上、床上的货物已经收拾到柜里去了,灵芝和马有翼围着范登高老婆不知道正谈什么闲话,小俊一进去,见房子里只有这三个人,就问:"我妈不在这里了?"范登高老婆说:"你一出去她就出去了!没有回去?"小俊说:"没有!"马有翼说:"大概到我们家去了!"灵芝说:"你怎么知道?"有翼说:"你忘记了玉梅跟满喜在学校说的是什么了?"灵芝一想便带着笑说:"你去吧!准在!"小俊自然猜不着他们说的是哪一回事,不过从口气上听起来她的妈妈一定是到她姨姨家去了,便不再问情由,离了范家又往马家去。

她走到马家的大门口,见门关着,打了两声,引起来一阵狗叫。马家的规矩与别家不同:三里湾是个老解放区,自从经过土改,根本没有小偷,有好多院子根本没有大门,就是有大门的,也不过到了睡觉时候,把搭子扣上防个狼,只有马多寿家把关锁门户看得特别重要——只要天一黑,不论有几口人还没有回来,总得先把门搭子扣上,然后回来一个开一次,等到最后的一个回来以后,负责开门的人须得把上下两道栓关好,再上上碗口粗的腰栓,打上个像道士帽样子的木楔子,顶上个连槲柮刨起来的顶门杈。又因为他们家里和外边的往来不多——除了他们互助组的几户和袁天成家的人,别人一年半载也不到他家去一次,把个大黄狗养成了个古怪的脾气,特别好咬人——除见了互助组和袁天成家的人不咬外,可以说是见谁咬谁。

小俊打了两下门,大黄狗叫了一阵,马有喜媳妇陈菊英便出来开了门,大黄狗见是熟人,也就不叫了。小俊问:"三嫂!我妈在这里吗?"陈菊英说:"在!你来吧!"小俊进去,陈菊英又把门搭子扣上。小俊听见她妈在北屋里说话,便到北屋里去。

小俊的妈妈能不够几时到马家来的呢？原来她从范登高家出来正往她自己家里走，迎头碰上了王满喜。满喜说："婶婶！我正要找你商量个事哩！"能不够是村里有名的巧舌头，只要你和她打交道，光有她说的，就轮不到你开口。不过王满喜这个一阵风，专会对付这种人。满喜和她一开口，她便说："你说吧孩子！只要婶婶能办的事，婶婶没有不答应的。"满喜说："专署来了个重要干部，找不下个清静一点的房子，想借你那西房住一住！""好孩子！不是婶婶舍不得把房子借给人住！要是春天的话，那房子马上收拾一下就能住人，可惜如今收开秋了，里边杂七杂八堆得满满的，实在找不下个腾的地方！不信我领你看看去！""要是做普通工作的干部，我也不来麻烦婶婶，旗杆院那么多的房子，难道还挤不下一个人？可是这个人是有特殊任务的……""做什么工作的?"满喜想："要是完全照着玉梅的主意把话说死了，倘或她先知道是农业科长，她一定不信；就是现在完全不知道，将来知道了也不好转弯，不如把话说活一点。"想到这里，便故意走近了一步，低低向她说："说是专署农业科的，又有人说实际上是专署人民法院派来调查什么案件的。婶婶！这可是秘密消息，你可千万不要跟谁说！""孩子！你放心！永不用怕走了风！婶婶的嘴可严哩！"满喜故意装成不在乎的样子说："婶婶的西房要是不好腾，我先到别处找找看——我去看看你亲家家里的两个小东房是不是能腾一个，要不行的话，回头再来麻烦婶婶！"说罢就故意走开，不过还留了个活口，准备让她想想之后再来找她。可是满喜才走了四五步，能不够又叫住他说："满喜你且等等！"满喜想："有门！"能不够赶了几步走到满喜跟前说："马家院你去过了没有？"满喜说："没有！那老大娘很难说话，我不想去丢那人！""只要说对了脾气，我姐姐也不是难说话的人！

要不婶婶去替你问问！""婶婶要能帮我点忙，我情愿先请婶婶吃顿饭！""好孩子！不知道的人都说婶婶顽固，其实婶婶不是顽固的人！""婶婶可肯帮人的忙哩！"满喜也故意说，"谁敢说婶婶顽固？婶婶要是个顽固人的话，我还来找婶婶吗？婶婶要肯替我去，我就跟着婶婶到马家院门口等等！"只有天成老婆这个"能不够"，才会为了自己又卖假人情；也只有满喜这个"一阵风"，才有兴趣把这场玩笑开得活像真的。他们两个人一前一后来到马家院门口，满喜远远地等着，天成老婆便叫开门进去。

这时候，马多寿和他老婆、大儿子、大儿媳都坐在院里。这四个人都有外号：马多寿叫"糊涂涂"，前边已经讲过了，他老婆叫"常有理"，他的大儿子马有余叫"铁算盘"，大儿媳叫"惹不起"。有些人把这四个外号连起来念，好像三字经——"糊涂涂，常有理，铁算盘，惹不起"。除了这四个人以外，还有四个人：一个是马多寿的三儿媳，叫陈菊英，在她住的西北小房里给她的女儿玲玲做鞋。一个就是这玲玲，是个四岁的女娃娃。一个是铁算盘的八岁孩子，叫十成，正和玲玲两个人在院里赶着一个萤火虫玩。铁算盘还有个两岁的孩子，正在惹不起怀里吃奶。

能不够一进去，有外号的四个人都向她打招呼。铁算盘问："姨姨！在院里坐呀还是到屋里坐？"能不够说："到屋里去吧！有点事和你们商量一下！"说着也不等他们答应，便领着头往北房里走。

马家还有个规矩是，谁来找糊涂涂谈什么事，孩子们可以参加，媳妇们不准参加，所以只有铁算盘跟着他爹妈走进北房，惹不起便抱起她的两岁孩子回避到她自己住的西房里去。

常有理点着了灯，大家坐定，能不够把王满喜和她说的那秘密报告了一遍。她报告完了接着说："我想咱们村里，除了前两个月姐姐出名在县人民法院告过张永清一状以外,别人再没有告过状的。告上以后,县里只叫村上调解,没有过一次堂,一定是县里报告了专署,专署派人来调查来了!"铁算盘说:"也许!我前几天进城,听说各机关反对什么'官僚主义',上级派人来查法院积存的案件。"能不够说:"满喜听我说我的西房腾不开,他就要去找老万宝全腾他的小东房……"糊涂涂说:"他姨姨!你还是答应下来吧!要是住到他们干部家里,他们是不会给咱们添好话的!你要知道我'刀把上'那块地紧挨着就是你的地!我那块地要挡不住,开了渠,你的地也就非开渠不可了!"能不够说:"我就是没有那一块地,知道了这消息也不能不来说一声!姐姐是谁,我是谁?不过我那个西房实在腾不开!我想你们的东房里东西不多,是不是可以叫他来这里住呢?"糊涂涂说:"可以!住到咱家自然相宜,不过谁知道人家愿不愿到咱家来住?"能不够说:"找不下房子他为什么不愿来?满喜的值日,我跟他说我替他来找你商量一下,他还在外边等着哩!"糊涂涂他们三个人都说"行",糊涂涂说:"你出去让他进来打扫一下,就把行李搬来好了!"常有理说:"你把他叫进来你也还返回来,咱们大家商量一下见了人家怎么说!"能不够见事情成功了,便出去叫王满喜。

能不够一出去,糊涂涂便埋怨他的常有理老婆说:"见了专署法院的人,话该怎么说,咱打咱的主意,怎么能跟她商量呢?"常有理说:"我妹妹又不是外人!"糊涂涂说:"什么好人?一张嘴比电报还快!什么事让她知道了,还不跟在旗杆院楼上广播了一样!快不要跟她商量那个!跟她谈点别的什么事好了!"糊涂涂有个怕老婆的声名,不过他这怕老婆不是真怕,只是遇上了自己不愿意答应的事,往老婆身上推一推,说他当不了老婆的家,实际上每逢对外的事,老婆仍然听的是他的主意。他既然不让说那个,老婆就只好准备谈别的。

能不够走出大门外,见了王满喜,又卖了一会人情,然后领着满喜进来,又搭上了大门到北房里来。

满喜向常有理要了钥匙和灯去打扫东房,糊涂涂、常有理、铁算盘都不放心——怕丢了什么东西。常有理喊叫大儿媳说:"大伙家!去帮满喜打扫打扫东房!"惹不起说:"孩子还没有睡哩!"常有理又喊叫三儿媳说:"三伙家!大伙家的孩子还没有睡,你就去吧!"陈菊英就放下玲玲的鞋底子走出来。这地方的风俗,孩子们多了的时候,常好按着大小叫他们"大伙子、二伙子、三伙子……",因此便把媳妇们叫成"大伙家、二伙家、三伙家……"。满喜按邻居的关系,称呼惹不起和陈菊英都是"嫂嫂",又同在一个互助组里很熟惯,所以爱和她们开玩笑。常有理叫她们"大伙家、三伙家",满喜给她们改成了"大货架、三货架"。陈菊英出来了,满喜说:"三货架!给咱找个笤帚来吧!"菊英找了个笤帚,满喜点着个灯,一同往东房打扫去,十成和玲玲也跟着走进去玩。

打扫房子的人分配好了,能不够又坐稳了,糊涂涂既然不让谈打官司的计划,常有理便和她谈起小俊的事。常有理问分开家以后怎么样,能不够才接上腔,就听见外边又有人打门。接着又听见陈菊英叫十成去开门,十成不去,她自己去了。能不够只是稍停了一下便接着说:"唉!分开也不行!玉生那东西不听话,还跟人家那一大家人是一气……"

就在这时候,小俊跑进来。小俊一边喘气一边说:"妈!不能过了!"能不够问:"怎么?他不认账?""除不认账不算,还打起我来了!""啊?他敢打人呀?""就是打了嘛!不跟他过了!""好!分开家越发长了本事了!去找干部评评理去!""他已经先去了!""他先去了也好!有理不在乎先告状!咱们在家里等着!"能不够的有理话说了个差不多,忽然又想起个不很有理的事来问小俊说:"你把绒衣给人家范登高送回去了吗?"小俊说:"没有!还在他家里丢着!""傻瓜!你亲手拿人家的东西,人家是要跟你要钱的呀!快先给人家把东西送回去,回头咱再跟玉生那小东西说理!"小俊听她妈妈这么一说,也觉着自己太粗心,便说:"那么我马上就拿出来给人家送去!"说了便走出去,走到院子里又回头喊:"妈!你可快回来呀!我送了那个,就回咱家里等你!"没有等能不够答话她就开了门跑出去了。常有理自然又喊三伙家去把门关上。

  能不够这会已经顾不上帮常有理打什么主意,还想请常有理在小俊的事上帮她自己打打主意,所以她要在常有理面前按照她的立场分析一下玉生家里的情况。她说:"姐姐呀!在小俊的婚事上,我当初真是错打了主意了!玉生他们那一大家人,心都不知道是怎么长着的:金生是个大包单,专门在村里包揽些多余的事——像成立农业生产合作社呀,开水渠呀,在别人本来都可以只当个开心话儿说说算拉倒的,一加上个他,就放不下了。玉生更是个'家懒外头勤',每天试验这个、发明那个,又当着个民兵班长,每逢收夏、收秋、过年、过节就在外边住宿,根本不是个管家的人。老万宝全是个老娃娃头,除不管教着孩子们过自己的日子,反勾引着孩子们弄那些没要紧的闲事。把这些人凑在一起算个什么家?我实在看不过,才叫小俊和他们闹着分家。我想玉生是个吃现成饭不管家事的年轻人,不懂得老婆是要自己养活的,分开家以后让他当一当这个掌柜他就懂得了。小俊跟他要死要活地闹了一年,好容易闹得将就把家分开了,没有想到分得了人分不了心,人家还跟宝全、金生是一股劲,对村里、社里的事比对家里的事还要紧。小俊要是说说人家,说得轻了不抵事,说得重了就提离婚。姐姐呀!你看我倒运不倒运!我怎么给闺女找了这么个倒运家?真他妈的不如干脆离了算拉倒!"糊涂涂不等常有理答话便先和能不够说:"他姨姨!你要不先说这话,我也不便先跟你说!离了好!别人都说我是老封建,在这件事上我一点也不封建!正像你说的,那一家子都不是过日子的人!咱小俊跟着他们享不了什么福!"常有理说:"对!那一家子都不是过日子的人!我那有翼常跟他家的玉梅在一处鬼混,骂也骂不改!那玉梅还不跟她爹、她哥是一路货?他们要真是自主起来,咱这家里可下不了那一路货!都怨我那有翼不听话!要是早听上咱姊妹们的主意做个亲上加亲的话来,那还不是个两合适?"能不够说:"姐姐!小俊跟玉生要真是离了的话,我还愿意,小俊自然更愿意,不过人家有翼还有人家更合适的、有文化的对象,咱姊妹们都是些老封建,哪里当得了人家的家?"常有理说:"你说灵芝呀?那东西翅膀榾柮更硬!更不是咱这笼里养得住的鸟儿!如今兴自主,我一个人也挡不住,不过也要看他跟什么人自主——他要是真敢把玉梅和灵芝那两个东西弄到我家里来一个,我马上就连他撺出去!小俊跟玉生真要是离了的话,我看咱们从前说过的那话也不见得就办不到!如今兴自主,你不会叫小俊跟他自主一下?"糊涂涂觉着常有理的话说得太直,恐怕得罪了他那个能不够小姨子,便假意埋怨常有理说:"五六十岁的人了,说起话来老是那样没大没小的!"能不够倒很不在乎。能不够说:"你不用管!我姊妹们又说不恼!他两个人又都不在跟前,说说怕什么?"糊涂涂本来是愿意让她们谈个透彻的,只是怕能不够不好意思,见她不在乎,也就不再说什么,让她们姊妹接着谈下去了。后来能不够露出一定要挑唆小俊和玉生离婚的话,糊涂涂觉着他自己要听的话已经完了,可是他老婆越谈越有兴头,不知道怎么又扯到她娘家哥哥的事上。糊涂涂说:"你怎么又扯起那些五百年前的淡话来了?小俊还急着要人家妈回去哩!"他一提小俊,能不够才想起自己还有要紧事来，马上把闲话收起说："呀！我怎么糊涂了？小俊还等着我哩！我去了！"说着便走出去。糊涂涂他们三个人只送到门帘边，常有理喊："三伙家！送你姨姨去！"

能不够一出门，糊涂涂又埋怨常有理说："她那人扯起闲话来还有个完？好容易把她送走了，快计划咱们的正事吧！"随后三个人又坐定了，详详细细计划起要向"法院干部"说的大道理来。

## 七 "惹不起"遇"一阵风"

陈菊英送走了能不够，又按马家的规矩扣上大门搭子回东房里来。就在她出去送能不够这一小会，两个孩子又出了点小事：满喜在这东房南间里搬笨重东西，怕碰伤了他们，叫他们到北间去玩。北间的地上，平躺着一口没有门子的旧大柜，柜上放了个圆木头盒子。十成把盒子搬到地上，揭开盖子拿出个东西来说："看这个黑布煎饼！"他把这个东西拿出去以后，玲玲看见下边还有许多碎东西，便弯下腰去翻检。就在这时候，菊英便返回来了。菊英一见他两个人在这盒子里拿东西，便拦住他们说："可不要翻那个盒子呀！爷爷知道了可要打你们哩呀！"说着便把十成手里拿的红缨帽夺住。满喜听见菊英这么说，扭过头来看了一眼，才知道刚才十成说那"黑布煎饼"原来指的是这顶前清时代的红缨帽。满喜说："你们家里怎么还有这个古董？"菊英低低地指着盒子说："这里边的古董还多得很！我看都是没有半点用处的，不知道老人们保存这些做什么用。"满喜这个一阵风，本来就好在糊涂涂身上找点笑话材料，听她这一说，也凑到跟前来翻着看。里边的东西确实多得很——半截眼镜腿、一段破玉镯、三根折扇骨、两颗没把纽扣、七八张不起作用的废文书、两三片祖先们订婚时候写的红庚帖、两个不知道哪一辈子留下来的过端阳节戴的香草袋……尽是些没用东西。两个孩子一看见两个花花绿绿的香草袋,都抢着要玩,菊英笑着说:"可不要动爷爷的宝贝!"满喜拿出来说:"这本来就是叫戴的!我当家!一人一个!拿上戴去吧!"说着把这两个小东西分给了两个孩子,又指着盒子里的东西和菊英说:"你说这些东西能做什么?烧火烧不着,沤粪沤不烂,就是收买古董的来了,也难说收这些货!我看不如——"他的意思是说"不如倒到地上和垃圾一齐扫出去",可是他没有往下说,却把盒子端起来做了个要泼出去的样子。菊英说:"我也觉着那样痛快,不过在这些没要紧的事情上还是不要得罪这些老人家吧!"满喜本来是说着玩的,见菊英这么说就又放下了。菊英又把盒子盖起来,同满喜继续去打扫。

两个香草袋不一样——一个瓶子样的,一个花篮样的。十成要用瓶子换玲玲的花篮,换过了。隔了一会,十成又要把花篮换成瓶子,又换过了。又隔了一会,十成又去用瓶子换玲玲的花篮,可是当他把花篮拿到手以后,索性连瓶子也不给玲玲,把两个一同拿去。玲玲和他夺了一阵,可惜一个四岁的女孩子,无论如何夺不过个八岁的男孩子,夺到最后,终于认了输,哭了。满喜看见了说:"十成!给玲玲一个!"十成说:"不!就不!"菊英也看见十成不对,不过一想到她大嫂惹不起的性情,也不敢替她教育十成,只好向玲玲说:"玲玲儿!咱不要它!妈到明天给你做个好的!"玲玲不行,越哭得厉害了。满喜走过去劝十成说:"十成!一个人一个!要不我就要收回了!"一边说,一边从十成手里夺出那个花篮来给了玲玲。这一下惹恼了十成。十成发了脾气有点像他妈,又哭、又骂、又躺在地上打滚,弄得满喜收不了场。就在这时候,惹不起在西房里接上了腔。她高声喊着说:"十成!你这小该死的!吃了亏还不快回来,逞你的什么本事哩?一点眼色也认不得!人家那闺女有妈！还有'爹'！你有什么？"满喜低低地向菊英说："你听她这是什么话？让我出去问问她！"菊英摆摆手也低低地回答他说："算了算了！闲气难生！由她骂吧！"可是怎么能拉倒呢？十成还在地上哭着骂着不起来，惹不起接着又走出门外来说："你这小死才怎么还不出来？不怕人家打死你？人家男的女的在一块有人家的事，你搅在中间算哪一回哩？"满喜也不管她惹得起惹不起，也顾不上听菊英的劝说，便走出东屋门外来问她说："你把话说清楚一点！什么男的女的？"惹不起说："我说不清楚！除非他们自己清楚一点！"满喜走过去一把揪住她说："咱们找个地方去说！我就非要你说清楚不可！"满喜一揪她，她便趁势躺倒喊叫："打死人了！救命呀！"这一着要是对付别人，别人就很难分辩，可是对付满喜这一阵风便没有多少用处。满喜说："你要真死了由我偿命，没有死就得跟我走！"说着使劲儿捏住她的胳膊说："起来！"惹不起尖尖地叫了一声"妈呀"就乖乖地随着他的手站起来，还没有等站稳，就被他拖着向大门那边走了两三步。铁算盘才听得满喜说话就赶紧往外走，可是走着走着，惹不起就已经被满喜拉住了。铁算盘知道满喜不是好惹的，赶紧绕到大门边拦住满喜说好话。满喜说："老大哥！话还是得说清楚！三嫂是军属，大嫂这话我担不起！我们到法院去，她举出事实来，我坐牢；她举不出来，叫法院看着办：反正得弄清楚！"这时候，糊涂涂和常有理也都出来了，十成也哭着跑出来，菊英拉了玲玲也跟出来。糊涂涂、常有理、铁算盘三个人都知道满喜在自己的利益上不算细账——在别人认为值不得贴上整工夫去闹的事，在满喜为了气不平也可以不收秋也可以不过年。因为他们三个深深知道满喜这个特点，所以都赶上来向他赔情道歉；惹不起满以为自己的本事可以斗得过满喜，现在领了一下教也知道不行，所以也不敢再开口，可是满喜还没有放手。

最觉着作难的是菊英：菊英是个青年团员，做事顾大场，团里给她的经常任务是和家庭搞好关系，争取家里的落后分子进步。可是糊涂涂、常有理、惹不起三个人都把她看成了敌人——因为她的丈夫马有喜从学校里出来去参军的时候，到她娘家和她作过一次别，糊涂涂和常有理两个人说是她把有喜放走了，因此便和惹不起打伙欺负她。这次满喜和惹不起闹起来，把自己也牵扯在里边，说话吧，一个青年团员和一个有名的泼妇因为几句闲话闹一场，也真有点不合算；不说话吧，让一个泼妇血口喷人侮辱自己一顿，也真有点气不过；想来想去，为了怕妨碍自己的长期工作任务，也只好忍气吞声、吃亏了事。可是她见满喜拉着惹不起死不放手，自己愿吃亏也不能了事，又只得帮着公婆大伯劝满喜：“满喜！用不着说那么清楚！我不怕！她爱怎么说怎么说！只要人家别信她的话！”铁算盘拉住满喜的手说：“老弟！算了！你还不知道她是个什么东西？”满喜所以要和惹不起闹，一方面固然是因为自己受了冤枉，另一方面也是为了不想叫连累菊英，现在见菊英不在乎，也就息了几分气，放开了惹不起。惹不起吃了这么一场败仗，再没有敢开口，拉着十成回去了。铁算盘又向满喜说：“兄弟！你也回去歇歇！我替你打扫房子！”满喜说：“谢谢你！还是我打扫吧！”说罢仍往东房去。铁算盘向菊英说：“我帮着满喜打扫，你也回去吧，小孩子也该着睡觉了！”菊英见他这么说，也和玲玲回去了。铁算盘为什么这么仁义呢？这也是用算盘算出来的——得罪了菊英，怕菊英提出分家；得罪了满喜，怕满喜离开他们的互助组：不论得罪哪一个，对他都是很不利的事。

这一场小风波过后，满喜和铁算盘又继续去打扫房子。

农村的闲房子实际上都带一点仓库性质。像马家的东房在三里湾比较起来，里边储藏的东西算是简单一点的了，可是色样、件数也还不太少——钉耙、镢头、木锨、扫帚、破箱烂柜、七铜八铁，其中最笨重的还有糊涂涂准备下的两副棺材板，两个窗户还是用活砖在糊窗纸里边垒着的。这些情况，给一个做不惯或是手脚慢的人做起来，归置归置总得误个一朝半日；要给满喜他俩，就没有那样困难。王满喜这个一阵风，做起活来那股泼辣劲好像比风还快；马有余这个铁算盘，算起自己的小账来虽说尖薄些，可是在劳动上也不比满喜差多少。这两个人默默不语在这座房子里大显身手，对里边的一切，该拆的拆，该垒的垒，该搬的搬出去，该摆的摆起来，连补窗子、扫地、抹灰尘，一共不过误了点把钟工夫，弄得桌是桌，椅是椅，床位是床位，干干净净，很像个住人的地方。

房子收拾妥当以后，满喜才返回旗杆院给何科长取行李去。

## 八　治病竞赛

小俊听了她妈的话，从马家院跑出来，回玉生家取了绒衣往范登高家里去送。这时候，灵芝和有翼围着范登高老婆谈笑。范登高老婆见她拿着绒衣，只当是这绒衣上有什么毛病，便止住笑向她说："怎么？不合适吗？都还在柜子里，再换一件好了！"小俊不想说玉生不给钱，只说是想换一件淡青的，因为她知道刚才见的那些里边没有淡青的。范登高老婆说："没有淡青的！"小俊说："没有就暂且不买吧！等以后贩回来再买！"说着就把手里拿的那件红绒衣递给范登高老婆，又扯了几句淡话走了。她一出门，有翼便猜着说："大概是玉生不给她拿钱！"接着便和灵芝又扯了一会玉生和小俊的关系，又由这关系扯到小俊爹妈的外号，又由那两个人的外号扯到自己家里人的外号……真是"老头吃糖，越扯越长"。

有翼和灵芝的闲谈已经有三年的历史了，不过还数这年秋天谈的时候多。从前两个人都在中学的时候，男女分班，平常也没有多少闲谈的机会，到了寒暑假期回家来，碰头的机会就多一点。他们两个人谈话的地方，经常是在范登高家，因为马家院门户紧，又有个大黄狗，外人进去很不方便；又因为范登高老婆没有男孩子，爱让别家的男孩子到她家去玩，所以范家便成了这两个孩子假期闲谈的地方；范登高老婆自己也常好参加在里边，好像个主席——有时候孩子们谈得吵起来她管调解。这一年，有翼早被他爹把他从学校叫回来了，灵芝在暑假毕业以后也没有再到别处升学去，两个人都在村里当了扫盲教员，所以谈话的机会比以前多得多。这一年，他们不只谈得多，而且谈话的心情也和以前有点不同，因为两个人都已经长成了大人，在婚姻问题上，彼此间都打着一点主意。这一点，范登高老婆也看出来了。范登高老婆背地问过灵芝，灵芝说她自己的主意还没有拿稳，因为她对有翼有点不满——嫌他太听糊涂涂的摆弄，不过又觉着他是个青年团员，将来可以进步，所以和他保持个"不即不离"的关系；可惜这几个月来看不出有翼有什么进步，所以有时候想起来也很苦恼。他们两个人都参加地里的劳动，并且都在互助组里，经常也谈些工作上、学习上的正经话，可是隔几天就好到范登高家里来扯一次没边没岸的淡话，或者再叫一个别的人来、再配上范登高老婆打个"百分"，和在学校的时候过礼拜日差不多。

这天晚上，当小俊进来送绒衣以前，他们三个人正比赛着念一个拗口令。这个拗口令里边有"一个喇嘛拿了根喇叭，一个哑巴抓了个蛤蟆……"几句话，范登高老婆念不来，正在那里"格巴、格巴"，小俊便进来了。小俊放下绒衣走了以后，大家就谈起小俊的问题,再没有去管喇嘛和哑巴的事。后来由小俊问题扯到了外号问题,灵芝和有翼就互相揭发他们家里人的外号——两个人一齐开口,灵芝说:"你爹叫糊涂涂,你娘叫常有理,你大哥叫……"有翼说:"你爹叫翻得高,你娘叫——"说到这里,看了范登高老婆一眼,笑了,灵芝可是还一直说下去。范登高老婆说:"算了算了!谁还不知道你们的爹妈都有个外号?"范登高老婆的外号并不难听,叫"冬夏常青",因为她自生了灵芝以后再没有生过小孩,所以一年四季身上的衣服常是整整齐齐干干净净的。

斗过了外号,灵芝问她妈妈说:"妈!有些外号我就不懂为什么要那么叫。像老多寿伯伯,心眼儿那么多,为什么叫'糊涂涂'呢?"范登高老婆说:"他这个外号起过两回:第一回是在他年轻的时候有人给他起的。咱们村里的年轻人在地里做活,嘴里都好唱几句戏,他不会,后来不知道跟谁学了一句戏,隔一会唱一遍。这句戏是'糊涂涂来在你家门'。"灵芝打断她的话说:"所以就叫成'糊涂涂'了吧?"范登高老婆说:"不!还有!有一次,他在刀把上犁地,起先是犁一垄唱两遍,后来因为那块地北头窄南头宽,越犁越短,犁着犁着就只能唱一遍,最后地垄更短了,一遍唱不完就得吆喝牲口回头,只听见他唱'糊涂涂——回来''糊涂涂——回来',从那时候起,就有人叫他'糊涂涂'。"灵芝问:"这算一回。你不是说起过两回吗?"范登高老婆说:"这是第一回。这时候,这个外号虽说起下了,可是还没有多少人叫。第二回是在斗争刘老五那一年。"又面向着有翼说:"你们家里,自古就和刘家有点来往,后来刘老五当了汉奸,你爹怕连累了自己,就赶紧说进步话。那时候,上级才号召组织互助组,你爹就在动员大会上和干部说要参加。干部们问他要参加什么,他一时说不出'互助组'这个名字来,说成了'胡锄锄';有人和他开玩笑说'胡锄锄除不尽草',他又改成'胡做做'。"又面向着灵芝说："你爹那时候是农会主席,见他说了两遍都说得很可笑,就跟他说:'你还不如干脆唱你的糊涂涂!'说得满场人都笑起来。从那时候起,连青年人们见了他也叫起糊涂涂来了。那时候你们都十来岁了,也该记得一点吧?"有翼说:"好像也听我爹自己说过,可是那时候没有弄清楚是什么意思。"灵芝说:"不过这一次不能算起,只能算是这个外号的巩固和发展。你爹的外号不简单,有形成阶段,还有巩固和发展阶段。"有翼说:"你爹的外号却很简单,就是因为翻身翻得太高了,人家才叫他翻得高!"范登高老婆说:"其实也没有高了些什么,只是分的地有几亩好些的,人们就都瞎叫起来了。"有翼说:"就那就沾了光了嘛!"范登高老婆说:"也没有沾多少光,看见有那么两个老骡子,那还是灵芝她爹后来置的!你记不得吗?那时候,咱们的互助组比现在的农业生产合作社还大,买了两个骡子有人使没人喂,后来大组分成小组的时候,往外推骡子,谁也不要,才折并给我们。"有翼说:"这我可记得:那时候不是没人要,是谁也找补不起价钱!登高叔为什么找补得起呢?还不是因为种了几年好地积下了底子吗?"

范登高老婆提起从前的互助组比现在的农业生产合作社还大,大家的话头又转到农业生产合作社这方面来。灵芝说:"那时候要是早想出办社的法子来,大组就可以不拆散!"范登高老婆说:"可不行!那时候人都才组织起来,什么制度也没有,人多了尽打哈哈耽误正事,哪能像如今人家社里那样,做起什么来不慌不忙、有条有理?"有翼说:"婶婶!你既然也觉着人家的社办得好,那么你们家里今年秋后入社不?"他这一问,问得灵芝和她妈妈齐声答应,不过答应的话不一样——灵芝答应"一定入",她妈答应"那要看你叔叔"。有翼说:"我看一定入不成!全家一共三口人,婶婶听的是叔叔的话,按民主原则少数服从多数,叔叔不愿意入,自然就入不成了!"灵芝说:"你怎么知道我爹不愿意入?"有翼说:"他跟我爹说过!""几时说的?""割麦时候!""怎么说来?""我爹问他秋后入社不,他反问我爹说:'你哩?'我爹说:'我不!'他说:'你不我也不!等你愿意了咱们一齐入!'""照这话看来,我爹也不是不愿意入,他是想争取你家也入哩!""可是又没有见他对我爹说过什么争取的话!"灵芝又想了一阵说:"就是有点不对头!怨不得党支部说他有资本主义思想哩!唉!咱们两个人怎么逢上了这么两个当爹的?"范登高老婆说:"那又不是别的东西可以换一换!"灵芝说:"换是不能换,可是能争取他们进步!"又对着有翼把手举起来喊:"我们要向资本主义思想作斗争!"范登高老婆说:"见了你爹管保你就不喊了!"灵芝说:"不喊了可不是就不斗争了!"有翼说:"哪里有这团员斗争党员的?"灵芝说:"党员要是有了不正确的地方,一般群众都可以说话,团员自然更应该说话了!"范登高老婆说:"你爹供你念书可供得不上算——要不你还不会挑他的眼!"灵芝说:"妈!这不叫挑眼!这叫治病!我爹供得我会给他治病了,还不上算吗?"又向有翼说:"多寿伯伯也供你上了二年半中学,你也该给他治一治病!"有翼说:"唉!哪天不治?就是治不好!也不知道怨病重,还是怨我这医生不行!"灵芝说:"不要说泄气话!咱们两个人订个公约,各人给各人的爹治病,得保证一定治好!"有翼说:"可以!咱们提出个竞赛条件!治好了以后怎么样?"说着向灵芝的脸上扫了一眼。灵芝说:"治好了就算治好了吧,还怎么样?难道还希望他再坏了?"有翼笑了笑说:"我指的不是这个!"灵芝很正经地说:"我早就知道你指的不是那个!一个团员争取自己家里人进步是自己的责任,难道还可以是有条件的吗?要提个竞赛条件也可以,那只能说'咱看谁先治好',不能说'治好以后怎么样'!照你那个说法,好像是说:'你要不怎么样,我就不给他治了。'这像话吗?"有翼见她这么一说,也觉着自己的话说得不太光明,赶紧改口说:"我是跟你说着玩的!难道我真是没有条件就不做了吗?"灵芝说:"好!就算你是说着玩的!咱们现在讲正经的吧:我爹不是跟你爹说过他们两个人可以一齐参加农业生产合作社吗?咱们要让他们把假话变成真话——我负责动员我爹,你负责动员你爹,让他们在今年秋后都入社。"有翼说:"条件不一样:你爹是共产党员,党支部可以帮助他进步;我爹在村里什么团体也不参加,谁也管不着他的事,光凭我一个人怎么争取得了他?"灵芝说:"再加上你三嫂,你们一家就两个团员,难道不能起一点作用吗?"有翼说:"不行,不行!你还不知道我爹那人?我们两个年轻人要向他说这么大的事,他管保连理也不理,闭上他那眼睛说:'去吧,去吧!干你们的活儿去!'"范登高老婆说:"这还估计得差不多!遇上他不高兴的时候,还许骂一顿'小杂种'!"灵芝想了想又向有翼说:"事实也许会是这样,不过老是照着他的主意活下去,不是都要变成小'糊涂涂'了吗?一家两个青年团员,就算起不了带头进步的作用,也不能让落后的拖着自己倒退!我给你们建个议:不论他理不理,你们长期和他说,或者能争取到叫他不得不理的地步;要是说到最后实在不能生效,为了不被他拖住自己,也只好和他分家!"范登高老婆说:"你这个建议要不把有翼他爹气死才怪哩!人家就是怕有翼的翅膀长硬了,才半路把他从学校叫回来。人家常说:'四个孩子飞了一对了,再不能让这一个也飞了!'你如今建议要人家分家,不是又给人家弄飞了吗?"灵芝说:"飞了自然合算!要不早一点飞出来,再跟着他爬几年,就锻炼成个只会爬的了!"范登高老婆向灵芝说:"要是你爹不听你的话,你是不是也要飞了?"灵芝说:"我怎么能跟他比?不论我爹听不听我的话,我迟早还不是个飞?"说罢把脸合在她妈妈怀里哈哈地笑起来。有翼说:"咱们一齐飞好不好?"灵芝抬起头来说:"你这进步怎么老是有条件的?我要不飞你就爬着!是不是?"有翼说:"我没有那么说!我只是说……"灵芝说:"算了算了!这一下我才真正认识你了!你的进步只是表演给我看的!"有翼说:"你不能这样小看人!将来的事实会证明你是胡说!"灵芝说:"可是过去的事实一点也没有证明我是胡说!你回来半年多了,在你的家里起过点什么好作用?""你回来也快三个月了,在你的家里起过些什么好作用?""我起的作用都汇报过团支部!你呢?"有翼一时答不上来。范登高老婆说:"那么大两个人了,有时候跟两只小狗一样,一会儿玩得很好,一会儿就咬起来了!谈点别的笑话好不好?为什么只谋算着对付你们那两个好爹?"灵芝听她这么一说,忽然觉着不应该对着她泄露自己对付爹的意图,就赶紧掉转话头说:"好!尊重妈妈的意见!"又向有翼说:"奇怪!为什么谈着闲话谈着闲话就扯到这上边来了?我们今天晚上本来是当礼拜日过的,还是谈些轻松的吧!"

　　有翼正被灵芝问得没话说,忽然见她释放了自己,才觉着大大松了一口气,接着三个人又和开头一样,天上地下乱扯起来,直扯到范登高老婆打了呵欠,才算结束了这个小小的漫谈会。

　　灵芝把有翼送出大门外来,正要回去,忽然看见旗杆院的西南墙角下转过来几道用电棒打来的光,接着又听见有几只狗叫起来。有翼说:"大概是旗杆院的会也散了!"往村里来的电棒光一道一道散开了,可是还有两道没有往村里来,却往旗杆院南边、农业生产合作社的大场上去。灵芝说:"怎么还有人往村外走?"有翼说:"大概是护秋的民兵!"正说着,又有一条电棒的光已经打到他们脸上,不大一会,范登高便走近了。他们两个人向范登高打过招呼,灵芝指着南边的电光问:"爹!怎么还有人往村外去?"范登高说:"不!那是玉生到场上去试验一个东西!"玉生是村里有名的试验家,他要试验的东西,差不多都很新鲜。两个青年听到这个消息,都要去看,范登高只好把电棒给了灵芝说:"早点回来!"灵芝答应着,便和有翼往大场上去。

这时候,场上一共有五个人——玉生、金生、张乐意,还有两个值班的民兵。从闪闪烁烁的电棒光中,可以看到场东南两边上的新谷垛子,好像一道半圆圈的围墙;别的角落上,堆着一些已经打过的黍秸和绿豆秆;场的正中间,竖着一个石磙,原是玉生早已盘量好了的"中心"的记号。玉生用了个小孩子滚铁环时候用的卡子,推着一个像车轮形的东西在半个场上转,第一圈转到中间碰在竖着的石磙子上,张乐意和金生一齐说"对了";可是第二圈,这个木头车轮却切着石磙子的一边过去。张乐意说:"怎么两次不一样?"玉生说:"这东西太轻,推的时候用的力气不规矩一点就有变动!"金生说:"行了!只要大数不差,在真正碾的时候,只要把缰绳松一松或者紧一紧,都能趁过来!"

灵芝向玉生问明了原委,知道是想把小场用的石磙子洗一下给这大场用,便向他们大家说:"这个用不着试验,可以计算出来!"金生说:"是!会计李世杰也说能算出来!他说他见别人算过,可惜没有记住那个算法。你会不会这个算法呢?"灵芝说:"我想是可以找出算法来的!"说着便蹲在场边和有翼两个人用两根草棒子在地上画着商量了一阵,然后向金生说:"可以算,不过得先知道场子的大小、石磙的长短和石磙两头的大小!"玉生说:"这些数目字都有!得多么长时间能算出来?"灵芝说:"用不了多么大一会,不过得有个灯儿,打着电棒算,着急得慌!"玉生说:"这个自然!你要真有把握的话,咱们回旗杆院算去!那里纸笔算盘都有!"灵芝说:"可以!有把握!"灵芝是个很实在的姑娘,大家都相信她不是胡吹,就领着她到旗杆院前东房里来。

张乐意告灵芝说三个才试对了一个,还要算两个;玉生说他试的那一个也不十分对,三个都还得再算。玉生怕这算法万一和事实不符合了误事,所以想让灵芝把自己试过的那一个也算一下看有没有出入。灵芝先让玉生交代出她需要的那几个数目字,立起式子来向有翼说:"你算一个,我算两个!"然后就分头算起来。灵芝先把玉生试过的那一个算完,说出了计算的结果,张乐意问玉生对不对,玉生说:"除了用我的尺子还量不出来的一点小数以外,完全对了。这点小数现在还没有法子量,可以不管它!"金生说:"可见人还是多上一上学好!"玉生说:"对呀!咱们要是早会算的话,哪里用得着费那么多的工夫做小样?"不多一会,他们把那两个也算好了,这个问题就这样轻轻巧巧得到了解决。

## 九 换 将

第二天,金生家北窑的窗上才有点麻麻亮,宝全老汉就起来整理家伙,又叫起玉生来,父子俩上场里去洗碌。金生媳妇趁孩子还没有醒来便爬起来叫醒了女儿青苗,要她起来跟自己去扫院。玉梅也起来去担水。只有金生晚上睡得太迟,大家没有惊动他。

玉梅担着水回来向金生媳妇:"我二嫂她妈,又在她门口骂人哩!"金生媳妇说:"咱们惹下人家了,堵得住人家骂?"玉梅说:"不是骂咱们,是骂满喜哥! 等我倒了水出来告你说!"她把水担进厨房倒在缸里,然后挑着空桶出来向金生媳妇说:"人家看见满喜哥走过来,就故意冲着他骂。人家骂的是:'谁哄了他祖奶奶,叫他一辈子也找不上个对象!'满喜哥没有理她。"金生媳妇说:"总是满喜怎么骗了人家了吧!"玉梅说:"我告诉你怎么骗了她……"接着就把昨晚找房子时候自己怎样给满喜出主意才把何科长送到糊涂涂家的事说了一遍。金生媳妇说："你们打伙哄了人家,自然人家骂的也有你一份——也叫你一辈子找不上个对象!"玉梅说："你这个老大嫂,怎么也帮着能不够骂起人来了!"说着就挑着水桶做了个要向金生媳妇头上砸的样子。金生媳妇说："不要闹不要闹!不要把你大哥闹醒了!"金生在中窑里隔着门帘说："我早就醒来了!"玉梅吐了吐舌头,接着和金生媳妇一齐笑起来。

玉梅挑着水桶正准备走开,金生又在里边说了话,她也只好仍站住听。金生说："你们都学正派一点好不好?争取一个人很不容易,打击一个人马上就见效,你们团里也布置过说服老多寿的工作,可是只用这么一下就把几个月的争取说服工作都抵消了。"玉梅说："我看打击不打击都一样。有翼和菊英两个团员都住在他家,争取来争取去有什么作用?糊涂涂天生糊涂涂!一辈子也争取不过来!"金生说："难道到了社会主义时候,还要把他们留在社会主义以外吗?争取工作是长期的!只要不是生死敌人,就得争取!"说着就穿好衣服走出来。玉梅笑着说："你不是说过争取中间也要有斗争吗?"金生说："斗争也应该正正派派斗争,哄了人家,人家下次还信咱们的话吗?再不要跟人家开这种玩笑!"玉梅听到这里,知道他的话说完了,便挑着水桶往外走,可是才走了两步,就又听得金生叫她。

金生这会可不像刚才那么严肃,只是轻轻叫了一声说："玉梅!你且把水桶放下,我跟你商量个别的事!"玉梅见他不再追问哄了能不够和糊涂涂的事,也就觉着轻松了一点,便把水桶放下来问他商量什么事。金生说："咱们社里又要分粮食了。去年的社才二十来户,在分粮食时候,一个会计都搞不过来,今年发展到五十户了,会计方面要是再不加人,恐怕分配就很成问题。我想把灵芝动员到社里来当会计你说好不好?"玉梅说："那当然好了!不过她不是社员呀?"金生说:"我想工换工总可以。咱们换给他们互助组里一个人,我想他们也不会不答应。灵芝本人是团员,到社里又不屈她的才能,我想更没有什么不答应的理由。"玉梅说:"可是该把谁换出去呢?"金生说:"我就是和你商量这个。我想把你换给他们组里。你同意不同意?"这一下问得玉梅马上没有回答上来。她恨自己文化程度低,但是明明低,自己也不能不认输。她想自己低也倒罢了,为什么偏要用自己作抵头,去换人家那高的呢?她想到这里,便反问金生说:"社里那么多的人,为什么偏要拿我去换呢?"金生说:"这也有些原因:社里各组都是大包工,男劳力抽调不动。要用女劳力换,总还得换给人家个强的,不能让人家说光图咱的合适,不给人家打算。咱社里强的女劳力虽说还有几个,可是除了你和小凤是一个团员一个党员,其余都是群众,不一定很好说话,今天晌午打下谷子来就要分,顾不上等着慢慢和她们商量,所以我才想到你——小凤是副社长,自然不能换出去。我想这是为了咱社的顺利,对你也没有害处。你想想是不是可以去。"玉梅说:"为了咱们社自然是好事,大哥说什么话自然都是经过考虑的,可是等我想想我自己行不行。我担回这担水来答复你好不好?"金生说:"好!你去吧!"玉梅挑起水桶走了,宝全老婆从北窑里出来问:"你们要把我玉梅换给人家谁呀?"金生媳妇有时候爱和婆婆逗笑。她说:"换给供销社,给你换一匹洋布穿!"宝全老婆笑了笑说:"能值一匹洋布也不错!"

　　玉梅走出大门,第一个念头仍是恨自己耽误了学文化。她和灵芝同岁。当她们在十四岁的时候,正是刘邓大军南下的那一年(一九四七年)。那时候,太行山区已经没有敌人了,县里的高级小学正式恢复,因为没有学生,县教育科派人到各村动员。在三里湾本来打算让她和灵芝两个女生都去,后来她妈妈说一个十四岁的傻姑娘,出了门自己顾不住自己,她自己也不愿意离开妈妈到城里去,所以结果只有灵芝去了。现在灵芝是初中毕业了,她自己却连初小学的那点东西也忘了一半,还得在夜校补习。这一点,她早晚想起来都有点不服气。她觉着她的天资一点也不比灵芝差,只怨错打了主意才耽搁得不如人家。她从小也曾听说过些什么姑娘跟着什么灵山老母学艺,学成了以后,老母赐了她一个宝葫芦,要甚有甚。她觉着灵芝现在好比是得了宝葫芦了,自己本来也可以得到,可是误了。这个念头在她脑子里只要起个头,接着就要想起一大串,想拦也拦不住。她想着想着,就已经走到井台上。比她先到的还有三个人没有绞水。她把水桶挨着那第三个人的水桶一放,猛然发现自己又想到宝葫芦那条老路上了,就突然暗暗纠正自己说:"又想这个干什么?回去就向大哥说这个吗?"接着就转了一个方向想下去。第一她想到糊涂涂他们那一组里的活也没有什么难做——青年妇女只有个陈菊英,老年妇女有的根本不下地,有的下地也做不了多少,自己倒也不怯她们。第二想到组里的青年少,不太热闹,不过有了和有翼接近的机会,满可以补起这个缺点。她和有翼的感情是从学文化上好起来的。她以为有翼的葫芦里的宝可能没有灵芝的全,不过就是这不全的,自己一时也倒不完,满可以做自己的老师。第三想到互助组是工资制,不是分红制,在报酬上可能要吃点亏。第四是她听满喜说给谁做活如果吃谁的饭,抵三斤米。糊涂涂家爱让人家在他家吃饭,可是他家的饭吃不饱……她正想着这些,前边的三个人都绞起水来担走了,后边的人催她绞水,她猛然发现自己想的又不是路,又暗自埋怨说:"呸!为什么又光给自己打算起来?回去就向大哥说这个吗?"她用索头套上了水桶,吱咕吱咕一气绞了两桶水,担起来往回走。这时她索性把自己的思想简单化了一下:"什么也不用考虑了!能给社里换来一个好会计,还不是一大功吗?"

她担着水一进了大门,金生便问她:"考虑得怎么样?行不行?"玉梅说:"行!马上就换过去吗?"金生说:"等我和各方面都商量了再换。我先到场里和乐意老汉商量一下!"说着便要走。

金生媳妇说:"慢着!你先把这一口袋麦子捎带扛到磨上!"又向玉梅喊:"玉梅!你倒了水给我送一下笸箩、簸箕好吗?我先到社里牵牲口去!"又向婆婆说:"娘!请你给我听着孩子!要是大胜醒来了,给我送到磨上来叫他吃些奶!"

金生扛起麦子,金生媳妇领着女儿青苗跟着走出去。玉梅倒了水,拿起笸箩、簸箕、罗床、钢丝罗、笤帚等一堆家具也走出去。

金生送了麦子去找张乐意,金生媳妇牵了牲口去套磨,玉梅送了磨面家具转到场里去削谷穗①,走到半路上,碰上她娘领着她大嫂的五岁孩子黎明往磨上送。这老人家见了玉梅便向黎明说:"跟你姑姑到场里玩去吧!不要到磨上麻烦你娘了!"

## 十　不能只动一个人

才收开秋,场上的东西色样还不太多,不像快收割完了时候那样红黄黑绿色色都有,最多的是才运到场上还没有打的谷垛子,都是成捆垒起来的;其次是有一些黍秸、绿豆秆,不过因为不是主要粮食,堆儿都不大,常被谷垛子堵得看不见。可是就从这简单的情况中,也可以看出哪个场是合作社的,哪个场是互助组的,哪个场是单干户的。最明显的是社里的大场,一块就有邻近那些小场子的七八块大,谷垛子垛在一边像一堵墙;三十来个妇女拖着一捆一

---

① 这个"谷"是指北方碾小米的谷子,应该叫"粟",可是俗话都叫"谷"。

捆的带秆谷子各自找自己坐的地方,满满散了一场,要等削完了的时候,差不多像已经摊好了一样;社长张乐意一边从垛子上往下推捆,一边指挥她们往什么地方拖,得空儿就拿起桑杈来匀她们削下来的谷穗;小孩们在场里场外跑来跑去闹翻天;宝全老汉和玉生把两个石磙早已转到场外空地里去洗。社长"这里""那里""远点""近点"的喊嚷,妇女们咭咭呱呱的聒噪,小孩们在谷穗堆里翻着筋斗打闹,场外有宝全和玉生两人"叮嘣叮嘣"的锤钻声好像给他们大伙儿打板眼,画家老梁站在邻近小场里一个竖起来的废石磙上,对着他们画着一幅削谷穗的图。互助组的场上虽说也是集体干,可是不论场子的大小、谷垛子的长短、人数的多少,比起社里的派头来都比不上。单干户更都是一两个人冷冷清清地削,一场谷子要削大半个上午,并且连个打打闹闹的孩子也没有——因为孩子们不受经济单位的限制,早被社里的小孩队伍收吸去了。

就在这个大热闹的时候,金生来找张乐意。金生把他想拿玉梅换灵芝来当会计的计划向张乐意说明以后,张乐意拍了一下手说:"昨天晚上我见她算石磙算得那么利落,也想到怎么能把她借过来才好,可没有想到换!"因为他见金生和他想到一条路上,觉着特别高兴,说话的声音高了一点,可是忽然又想到灵芝就在紧靠社场西边马多寿的场上给马家摊场,觉着可能被她听见,向西看了一看,灵芝正停了手里摊着的连秆小谷(早熟谷),指着这边场里向马有翼说话,他想八成是听见了,便用嘴指了指西边向金生说:"咱们说的人家听见了!"金生向西一看,正碰上灵芝和有翼转回头来看他们,两方面都笑了。

金生走到场边低声说:"听见了我就先和你谈谈,不过且不要向外嚷嚷!你觉着怎么样?愿意吗?"灵芝说:"这么好一个学习机会,我自然愿意!你能跟我爹说一说吗?"金生说:"那自然要去说!

还能越过了组长？我说且不要嚷嚷，就是说等完全说通了再宣布。不过有余是副组长！有余！你看怎么样？"有余听到别人低声讲话时候，只怕人家是议论他们家里的落后，所以没有不偷听的。这次他没有从头听起，正愁摸不着头脑，又不便打听，恰巧碰到金生问他，他便装作一点也没有听见的样子说："什么事？和我有关系吗？"当金生又给他说了一遍之后，他立刻答应说："可以！我们组里用不上人家的才能，换过去就不屈材料了！"其实他是铁算盘，马上就算到这么一换对他有利——玉梅的劳动力要比灵芝强得多。

灵芝向有翼悄悄说："要他们再找一个人连你也换过去好不好？"有翼也悄悄怪她说："你不知道我生在什么家庭？"

金生见这一头很顺利，便和张乐意说："这一头算说妥了，我再去找范登高去！"乐意老汉说："慢着！还有魏占奎那一头哩！"接着他想了想又说："你先去吧！一会他担谷回来我向他说！"金生便去了。

一会，十个青年小伙子每人担着一担带秆的谷子回来了。乐意老汉问："担完了吗？"小组长魏占奎说："还有八担！"他们担的是昨天担剩下的一部分，所以不再另打垛，直接分送到削谷穗的妇女们面前，拔出尖头扁担来便又走了。

乐意老汉叫住魏占奎说："占奎你不要去了，我和你商量个事！"魏占奎凑近了他，他便把用玉梅换灵芝的计划向他说明。魏占奎说："可以！不过你得再给我们组里拨人！"乐意老汉说："你提得也不嫌丢人？全社的青年小伙子三分之二都集中在你们组里，一个秋天还多赶不出一个妇女工来？"魏占奎说："我们今年的工包得吃了亏了。就像刚才担的这四亩谷子，在包工时候估是六十担，现在担了七十担，地里还有八担……"乐意老汉说："十八担谷不过多跑上两遭，那能差多少？""光担吗？也要割、也要整、也要捆，哪

115

里不多误工能行?""那也不是光你们组,大家都一样——在产量方面我们都估得低了点!""我也不是光嫌我们组里吃了亏!我考虑的是怕不能合时合节完成秋收任务!前天是八月三十一号,我们组里结算了一段工账,全年包下来的工做得只剩下四百零两个了,按我们现有的人力,赶到九月底还能做五百一十个,可是按每块地里庄稼的实际情况估计,非六百以上的工收割不完。再者,玉梅是个强劳力,除了社里规定不让妇女挑担子以外,不论做什么都抵得上个男人……"乐意老汉打断他的话说:"小利益服从大利益嘛!分配工作做好了,每次一个人少在场上等一会,你算算能省多少工?想想去年到年底还结不了账,大家多么着急?"魏占奎说:"这道理我懂,换人我也赞成,只是我们的任务完不成也是现实问题。你说怎么办我的老社长!要不把包给我们的地临时拨出去几亩也行!"乐意老汉说:"那还不一样?能拨地还不能调人?你等我想想看!"老头儿盘算了一会说:"园里可能想出办法来——黄瓜、瓠子都卖完了,秋菜也只有点芹菜和茄子了,萝卜、白菜还得长一个多月才能卖,秋凉了也不费水了,大概可以调出一个人来。这样吧!决定给你调个人,你先把玉梅让出来吧!""什么时候?""玉梅马上就要,给你调的人最迟是明天给你调过去!"魏占奎见这么说,也就没有意见了。

## 十一　范登高的秘密

金生走到范登高大门口,听见范登高和给他赶骡子的王小聚吵架,就打了个退步。他不是听人家吵什么——事实上想听也听不见,只能听见吵得声音太大的字眼,像"算账就算账"呀,"不能两头都占了"等等——他只是想等他们吵完了然后再进去,免得当面碰上了，弄得两个人不继续吵下去下不了台。可是等了半天，人家一点也没有断了气，看样子谁也没有停下来的意思，就那样平平稳稳吵一天也说不定。金生是有事人，自然不能一直等着，便响响地打了几下门环，叫了一声。这一叫，叫得里边把争吵停下来，范登高在里边问了一声"谁呀？"金生才走进去。

登高一见是金生，心里有点慌，生怕刚才犯争吵的事由已经被他听见，就赶快让座说："有什么事这么早就跑来了？"

他准备用新的话头岔开，让金生不注意刚才吵架的事，可是怎么岔得开呀？小聚还站在那里没有发落哩！小聚没有等金生开口就抢着向登高说："还是先说我的！我得回去打我的谷子！只要一天半！"登高这会的要求是只要小聚不说出更多的话来，要什么答应什么，所以就顺水推舟地说："去吧去吧！牲口后天再走！"

小聚去后，金生在谈问题之前，顺便问候了一句："大清早，你们东家伙计吵什么？"范登高知道一个党员不应该雇工，所以最怕别人说他们是"东家伙计"。他见金生这么一提，就赶紧分辩说："我不是早向支部说过我们是合伙搞副业吗？我出牲口他出资本，怎么能算东家伙计？"金生说："我的老同志！这就连小孩也哄不过去！谁不知道小聚是直到一九五〇年才回他村里去分了三亩机动地？他会给你拿出什么资本来？"

这王小聚原来是三里湾正西十里"后山村"的一个孤孩子，十二岁就死去了父母，独自一个人在临河镇一家骡马大店当小伙计，因为见的牲口多，认得好坏，后来就当了牲口集市上的牙行，就在临河镇娶了个老婆安了家。在一九四七年平分土地的时候，后山村的干部曾打发人到镇上问他回去种地不，他因为怕劳动，说他不回去种地。从前的当牙行的差不多都是靠投机取巧过日子。他在一九五〇年因为在一宗牲口买卖上骗了人，被政府判了半年劳动改造，期满了强迫他回乡去劳动生产。这时候，土地已经分过了，村里只留了一部分机动地，准备给无家的退伍军人安家的，就通过后山村的机动地管理委员会临时拨给他三亩。本来还可以多拨给他一点，可是他说他种不了，怕荒了出不起公粮，所以只要了三亩。

三亩地两口人，就是劳力很强的人也只够维持生活，他两口子在过去根本没有种过地，自然觉得更吃力一些，但是就照这样参加到互助组里劳动几年，锻炼得有了能力，到了村里成立农业生产合作社的时候参加了社，生活还是会好起来的，只是他不安心，虽说入了互助组，组里也管不住他，隔个三朝五日就仍往临河镇上跑一次，仍和那些不正派的牙行鬼鬼祟祟偷偷摸摸当个小骗子。

一九五一年秋收以后，有一天，范登高赶着骡子到临河镇上缴货，走到半路恰巧和他相跟上。他说："三里湾村长！我给你赶骡子吧？"范登高本来早就想雇个人赶骡子，可是一来自己是党员，直接雇工党不允许，变相雇工弄穿了也有被开除党籍的可能，二来自从平分土地以后，愿意出雇的人很少，所以没有雇成。现在小聚一问他，他随便开着玩笑说"可以"，可是心里想："雇人也不要你这样的人！"两个人相跟着走了一阵子以后，范登高慢慢又想到："现在出雇的人这样缺，真要雇的话，挑剔不应太多，一点毛病没有是很不容易的。"心眼一活动，接着就转从小聚的优点上想——当过骡马店的伙计，喂牲口一定喂得好；当过牙行，牲口生了毛病一定看得出来；常在镇上住，托他贩货一定吃不了亏：他又觉得可以考虑了。就在这一路上，范登高便和王小聚谈判好了，达成了下面四条协议：每月工资二十万；生意赚了钱提奖百分之五；不参加庄稼地里工作；对外要说成合伙搞副业，不说是雇主和雇工。

这次吵架的原因，依登高说是小聚没有认真遵守协议的精神，依小聚说是不在协议范围之内。事实是这样：骡子经常是给别人送脚，有时候给登高自己捎办一些货物，采办货物时候，事先是由登高决定，可是小聚也有机动权，见了便宜可以改变登高的计划。这次贩绒衣是登高决定的，在进货时候恰巧碰上供销社区联社也在那一家公营公司进货，小聚便凑了区联社一个现成进货价钱。在小聚还觉着小批进货凑一个大批进货的价钱一定是便宜事，回来和登高一说，登高嘴上虽说没有提出批评，心里却暗自埋怨他不机动，竟和区联社买了同样的货，再加上他又向别处交了一次给别人运的货，迟回来了两天，区联社的绒衣就已经发到三里湾来了。供销社的卖价只是进货价加一点运费和手续费，"进价"可以凑，"卖价"凑不得——要跟供销社卖一样价就没有钱可赚了。范登高想："照昨天晚上的事实证明，这批绒衣不赚钱也不好出手，只好放在柜子里压着本不得周转。"他正为这事苦恼了半夜，早上刚一起来又碰上小聚要请假回家收秋，这又与他的利益冲突了：脚行里有句俗话说，"要想赚钱，误了秋收过年"，越是忙时候，送脚的牲口就越少，脚价就越大。登高想："要在这时候把骡子留在家里，除了不能赚高价运费，两个骡子一天还得吃一斗黑豆的料。里外不合算。"他觉着小聚不应该太不为他打算。他把上边的道理向小聚讲了一遍，不准小聚请假。小聚说："我给你干了快一年了，你也得照顾我一下！我家只种了那三亩地，我老婆捎信来说明天要打谷子，你也能不让我回去照料一下吗？"登高说："打谷子有你们互助组替你照料！打多少是多少吧，难道他们还要赚你的吗？要说照顾的话，我不能算不照顾你——一月二十万工资，还有提奖，难道还不算很大的照顾吗？偏在能赚钱的时候误我的工，你可也太不照顾我了！"小聚说："工资、提奖是我劳力劳心换来的，说不上是你的照顾！""就不要说是照顾，你既然拿我的钱，总得也为我打算一下吧！

119

难道我是光为了出钱才找你来吗?""难道我光使你的钱没有给你赶骡子吗?""要顾家你就在家,在外边赚着钱,不能在别人正要用人时候你抽工!一个人不能两头都占了!""可是我也不能死卖给你!今天说什么我也得回去!不愿意用我的话,咱们算了账走开!""算账就算账!该谁找谁当面找清!""长支你的工资只能等我到别处慢慢赚着钱还你!用你那二三十万块钱霸占不住我!"……两个人越吵理由越多,谁也不让谁一句。在登高知道小聚长支的钱马上拿不出来,所以说话很硬;在小聚知道登高这位雇主的身份见不得人,不敢到任何公共场面上说理去,所以一点也不让步。要不是金生到那里去,他们两个真不知道要吵出个什么结果来。

登高见金生猜透了他和小聚的真实关系,赶紧分辩说:"唉!跟你说真话你不信,我有什么法子?"金生说:"不只我不信,任是谁都不信!好吧!这些事还是留在以后支部会上谈吧!现在我先跟你谈个别的小事!"接着就提出要用玉梅换灵芝当会计的计划。登高见他暂不追究雇工的事,好像遇上了大赦;后来听到自己女儿的能力,已经被支部书记和社长这些主要干部尊重起来,自己也觉得很光荣,便很顺利地答应说:"只要她干得了,那不很好吗?"

这时候,金生的女儿青苗跑进来喊:"爹!何科长和张副区长找你哩!"金生向范登高说:"我得回去了!那事就那样决定了吧?"登高说:"可以!"金生便跟青苗回去了。

## 十二 船头起

金生回到家,何科长先和他谈了一下糊涂涂老婆常有理告状的事,然后提出要全面看一下三里湾的生产建设情况,让他给想一个最省工又最全面的计划。金生说："计划路线倒很容易,只是找个向导很困难——主要干部顾不上去,一般社员说不明问题。"副区长张信说："向导不用找,我去就行了!"金生说："你要去的话,就连计划也不用订了。一切情况你尽了解。"张信说："可是何科长只打算参观一天,想连地里的生产建设、内部的经营管理全面了解一下,所以就得先好好计划一下了。"三个人商量的结果是:上午跑野外,下午看分配,夜里谈组织和经营。谈了个差不多,管饭的户就打发小孩来叫何科长和张副区长吃饭来了。

吃过早饭,张信同志便带领着何科长出发。他们过了黄沙沟沿着河边石堰上向南走。张信同志一边走着一边向何科长介绍情况说："这黄沙沟往北叫上滩,往南叫下滩。社里的地大部分在下滩,小部分在山上,上滩也还有几块。社里的劳动力,除了喂骡驴的、放牛的、磨粉、喂猪的几个人以外,其余共分为四个劳动组。三里湾人好给人起外号,连这些组也有外号:咱们现在就要去的这个组是第三组,任务是种园卖菜,组长是金生的父亲王宝全,因为和各组比起来技术最高,所以外号叫'技术组'。打这里往西,那个安水车的地方叫'老五园'。在那里割谷的那一组是第二组,组长是副村长张永清,因为他爱讲政治——虽说有时候讲得冒失一点,不过很好讲,好像总不愿意让嘴闲着——外号叫'政治组'。靠黄沙沟口那一片柳树林南边那一组捆谷的,连那在靠近他们的另一块地里割谷的妇女们是第一组,因为他们大部分是民兵——民兵的组织性、纪律性强一点,他们愿意在一处保留这个特点,社里批准他们的要求——外号叫'武装组'。社里起先本来想让他们分散到各组里,在组织性、纪律性方面起模范作用,后来因为要在那一片几年前被黄沙沟的山洪冲坏了的地里,起沙搬石头恢复地形,都需要强劳力,才批准了他们的要求。第四组今天在黄沙沟做活,我们现在还看不见,组长叫牛旺子,因为河滩以外山上的地都归他们负责,所以外号叫'山地组'。"

他们说着话已走近了菜园。

这菜园的小地名叫"船头起",东边是用大石头修成的防河堰,堰外的地势比里边低五六尺,长着一排柳树,从柳树底再往东走,地势越来越低,大约还有一百来步远,才是水边拴船的地方。大堰外边,有用石头垫成的一道斜坡,可以走到园里来,便是从河东岸来了买菜的走路。靠着大堰,有用柳枝搭的一长溜子扁豆架,白肚子的扁豆荚长得像皂荚。园里分成了若干片,一片一个样子,长着瓠子、丝瓜、茄子、辣子、白菜、红白萝卜等等杂色蔬菜,马上也判断不清还长着些什么别的东西。园子的东南角上有一座小孤房子,是卖菜的柜房,也是晚上看园人的宿舍。

这时候,水车上已经驾起骡子车水,有几个社员在种白菜那一片里拨水、灌粪,另一个社员拿着个筐子摘茄子。

副组长王兴老汉,正提着个篮子摘垄道两旁的金针花苞,因为摘得迟了一点,有好多已开了花(金针是快要开花时候就应摘的,开了花就不太好了),一边摘着一边给那个摘茄子的人讲做活应懂得先后,说茄子迟一会摘不要紧,应该先摘金针。他正讲着话,看见张信领着一个人走进园子里来,便把手里的篮子递给那个摘茄子的说:"副区长领了个参观的人来了。你且不要摘茄子,先给咱们摘金针,让我迎接人家去。"

王兴老汉迎到跟前,张信给他介绍过何科长,他握着何科长的手说:"就在石堰上休息一下吧!"他领着他们两个人走到石堰上一棵柳树荫下坐下。这里放着个向过路客人卖甜瓜用的木盘。王兴老汉说:"副区长你且陪何科长坐着,让我给你们先摘几个甜瓜吃!"何科长辞了一会,王兴老汉一定要让他们吃。张信说:"在老西北角上哩!你喊他们一个年轻人去吧!"王兴老汉说:"他们都是今年才学着种,认不得好坏!"说着自己就去了。

张信指着老汉向何科长说:"这老人家就是女副社长秦小凤的公公,今年六十五岁了,出身和王宝全老汉差不多,也给刘家种过园。"何科长指着园里那些豆棚、瓠架、白菜畦里的行列说:"怪不得活儿做得跟绣花一样哩!原来是这么两个老把式领导的!不错!称得起'技术组'!"

一会,王兴老汉摘了些甜瓜来放在盘里说:"哪一个不熟、不脆、不甜、不香都管换!"又向柳树上喊:"老梁同志!下来吃个甜瓜再画!"何科长和张信都抬头向上看着说:"树上还有人哩!"老梁在树上说:"谢谢你!我就下去!"又向何科长和张信说:"对不起!我没有和你们打招呼!"何科长笑着说:"没有什么!倒是我们打扰了你!你们艺术家们是怕人打扰的!"

大家坐下了,老梁也下来了,四个人围着盘子,一边吃甜瓜一边谈情况。何科长问起园里收入的情况,张信说:"按原来的预算是一千五百万,现在听说超过,可不知道超过了多少。"又问王兴老汉说:"大概可能卖到两千万吧?"王兴老汉说:"在造预算时候我就说过对园里的估计不正确。现在已经卖够一千五百万了,将来连萝卜白菜卖完了,至少也还卖一千五百万!"何科长说:"这是几亩?"王兴老汉说:"一共二十亩还有二亩种的是谷子。园地不费地盘,就是误的人工多。常说'一亩园十亩田'哩!"何科长说:"照现在这样是不是能抵住十亩田?"王兴老汉说:"按现在增了产的田算抵不住,要按从前的老产量说可以抵住。像这地,从前的产量是两石谷子,二十亩是四十石,按现在的谷价合,八万一石,四八合三百二十万。现在光种菜这十八亩就能卖三千万,粗说一亩还不是抵十亩的收入吗?"何科长说:"那二亩为什么不也种菜?"张信说:"那二亩是社的试验地,由玉生掌握,一会咱们可以去看看!"老梁问:"你们的社扩大以后,是不是可以种它五十亩呢?"王兴说:"不行!这里离镇上远一点,只能卖到东西山上没有水地的山庄上,再多种就卖不出去了。"

算了一会收入账,何科长又问了几种种菜的技术,就有个买菜的小贩挑着筐子走上石坡来。张信向何科长说:"咱们到各处走走吧!老汉要去给人家称菜了!"说着就站起来。接着大家就都站起来。王兴老汉说:"副区长!你就陪着何科长游一游,要是还有要问我的事,等我把这个客打发走了再谈!"说罢就分头走开——张信同何科长游园,王兴老汉去卖菜,老梁仍回到柳树杈上去画画。

何科长对每一种菜都要走到近处看看。他一边看,一边称赞他们的种植技术:菜苗的间隔、距离匀整,菜架子的整齐统一,好像都是量着尺寸安排的;松软平整的地面上,不只干净得没有一苗草,仿佛连一苗茄子几片叶子都是有数目规定的。他问张信说:"他们组里几个人?"张信说:"连在河边撑船摆渡的两个人一共十二个人——摆渡也是他们的副业收入,不只渡买菜的。"何科长说:"说起地面来,一个人平均种不到二亩,种的也确实不多,可是要把地种成这个样子,就是种一亩也不太容易!一家人在院子里只种几盆花,也不见得像人家这块地里的东西抚弄得整齐、茂盛。怪不得人家十八亩地就要收入三千万!人家真把工夫用到了!"

他们欣赏着各种蔬菜的种植技术,已经走到玉生经营的二亩试验地边。这二亩地没有垄道,又分成两块:靠园的一块种着颜色、高低各不相同的六种谷子,往外面一点的一块,种的是一色狼尾谷。何科长问:"园里的水走不到这里吗?怎么连垄道也不打?"张信说:"他们的谷子都种在旱地里。他们怕水地的经验到了旱地不能用，所以故意不浇水。"接着他又把这二亩谷子试验的目的向何科长介绍说："靠园的这块是试验谷种的。这地方的谷子种类很多，这六种都是产量最大的，可是六种自己比起来究竟哪一种更合适些，大家的说法不统一。玉生说就把这六种谷子种成六小片，每片都只种一分地，上一样粪，留一样稠的苗，犁锄的遍数、时期都弄得一样了，看看哪一块收得多。靠边的这一块是一亩四分，是试验留苗稀密的。去年省里推广密垄密植的经验，叫每亩地留一万二千苗，我们社里照那数目留下了，果然增了产。玉生说在咱们这地方留一万二千苗是不是最合适的还不知道。他说也可以试验一下，也可以分成好多小块，种同一种谷子，上一样粪，犁锄的遍数、时期也都弄一样了，只是把每一小块种成八寸垄、九寸垄、十寸垄，每分九百苗、一千苗、一千一、一千二、一千三、一千四都有，看哪块收得多。大家同意他试验二亩，所以就种了这二亩试验地。"何科长问谁给他出的主意，张信说是他自己想的。何科长说："这个青年的脑筋真管用，好多地方暗合科学道理！以后可以派县农场的同志们帮他每年都做一点这种试验，慢慢就可以把哪一个谷种最适宜种在什么土壤上、用什么肥料、留多少苗、什么时候下种、什么时候施哪一种追肥……都摸一下底。农业专家做试验也常要用这种办法，不过他们的知识和仪器都更精密一点罢了。"

他们看罢了试验地，便要往"政治组"去，临去向老王兴招手说："王老人！你忙着吧！我们去了！"王兴老汉身边正围着三四担菜筐子等他称菜，顾不上来送他两个，只高举着秤杆子招呼他们说："再见，再见！我顾不上送你们了！明天有工夫再来玩吧！"

## 十三　老五园

张信领着何科长离了船头起菜园,通过了几块棉花地,就钻进了一丈多高高秆的玉蜀黍地中间的小路上。张信介绍说:"这也是'政治组'种的地。"伸起手还探不着的玉蜀黍穗儿长得像一排一排的棒槌,有些过重的离开秆儿,好像横插在秆上,偶然有一两个早熟的已经倒垂下来。这些棒槌虽说和秆儿连接得很保险,可是在你不继续考虑这个关系的时候,总怕它会掉下来砸破你的头。他两个在走这一段路的时候,谁也不想多说话,只想早一点通过这个闷人的地方。

穿过了这段玉蜀黍地,便看见老五园。三里湾自古就向东西两边的山庄上卖菜,不过菜园子是汉奸刘老五家开的,就在这块地方。那时候,刘家用自己的威风,压着大家给他让一条卖菜的路,从船头起通到这里,贩菜的人和牲口每天踩踏着路旁的庄稼,大家也只好忍气吞声,直到刘老五犯了罪,这园被没收了分配给群众以后,才把这条路改小了。得地的人,都是些缺粮的小户,所以大家都不种菜而改种粮食,虽说后来在水井的两旁成立了两个互助组,又把辘轳换成水车,可是仍然不再种菜。在头一年(一九五一年)建社时候,井北边的一个组入了社,井南边的仍旧还是互助组。

何科长和张信快要走近这老五园的时候,正赶上这里的小休息。社里的"政治组"和井南边的互助组共同休息在井台附近。社里的组长就是前边提过的副村长张永清,互助组的组长是和王宝全打铁那个王申的孩子王接喜。两个组长好像正谈论着什么事,张永清拿着两柄镰刀不知道表演什么,引得大家大笑了一阵。有个老社员看见了何科长和张信,喊着说:"张信同志!你和何科长正赶上给我们修理机器。"张永清回头一看，见是何科长和张信来了，就弯腰拾起了两个谷穗子然后迎上去。

大家把何科长和张信让到井台的一角上坐下了。何科长问："修理什么机器？"问得大家又笑起来，比刚才笑得更响亮，更长久。原来当他们两个人还没有走近这里的时候，张永清正介绍他在省里国营农场参观过的一架"康拜因"收割机割麦子。这事情他本来已经作过报告，可是大家想知道得更详细一点，所以要让他一个部分一个部分谈。这个机器一共有多少部分，哪一部分管做什么，连他自己也没有记住，所以只好表演。他说那家伙好像个小楼房，开过去一趟就能割四五耙宽，割下来就带到一层层的小屋子里去，把麦子打下来，扬簸得干干净净，装到接麦子的大汽车上……他正用两只手指指画画叙述着，接喜问他："机器怎么会把四五耙宽的麦子捉住呢？"他说："是用很长的一个轮子，跟咱们风车里的风轮一样，那轮上的板把上半截麦子打在个槽里……"说着便旋着两根镰柄在谷地作样子，可是一用力就把两个谷穗子打掉了。有人说："这部机器还得修理修理。"说得大家"轰隆"一声都笑起来。那个老社员请何科长和张信修理机器，就指的是这个机器。何科长和张信问明了原因，也随着他们笑了一阵。

张永清看着何科长便想起了糊涂涂老婆常有理。他想何科长既然住在他们家，常有理一定要告自己的状——因为自从他顶撞了常有理的几个月以来，每逢新到村里来一个干部，常有理就要告一次状，连看牲口的兽医来了她都向人家告。他试探着问何科长说："你住的那一家的老太太向你告过状了没有？"还没等何科长回答，大家几乎是一齐说："那还用问？"何科长说："要不是她告状的话，我还不能一直睡到快吃饭才起来呢！"王接喜替张永清问："告得一定很恶吧？"何科长说："那老太太固然糊涂一点，可是张永清

127

同志说话的态度恐怕也不太对头。"又向张永清说:"人家说你说过:'在刀把地上开渠是一定得开的,不论你的思想通不通——通也得开,不通也得开!告状也没有用!我们一边开渠一边和你打官司!告到毛主席那里也挡不住!'这话如果是真的,那就难怪人家告你的状了!"何科长说到这里,别的人都看着张永清笑了。张永清说:"这几句话我说过,可是她就没有说我们是不是也向她说过好的?"何科长说:"只要说过这几句话,任你再说多少好的也没有作用了。"王接喜组里一个组员说:"何科长还不了解前边的事,依我看不能怨永清的态度不好。在永清没有说那几句话以前,大家把什么好话都给她说尽了——她要地给她换地,要租给她出租,要产量包她产量——可是她什么都不要,就是不让开渠,你说气人不?都要像她那样,国家的铁路、公路就都开不成了。依我说她那种像茅厕里的石头一样的又臭又硬的脑子,只有拿永清那个大炮才崩得开!"何科长说:"问题是崩了一阵除没有崩开,反把人家崩得越硬了!要是已经崩开了的话,人家还告他的状吗?为了公共事业征购私人的土地是可以的,但是在一个村子里过日子,如果不把思想打通,以后的麻烦就更多了。她是干属,是军属,是县级干部和志愿军的妈妈,难道不能和我们一道走向社会主义吗?大家要和她对立起来,将来准备把她怎么样?渠可以开,但是说服工作一定还得做!再不要用大炮崩!"张永清说:"对对对!我以后再不崩了!"一开头请何科长修理机器的那个老社员说:"以前崩的那几炮算是走了火了!"大炮能走火的事以前还没有听说过,所以又都笑了。

　　一个和王接喜年纪差不多的青年组员说:"接喜!你爹那脑子,依我看也得拿永清老叔的大炮崩一崩!"另一个组员纠正他说:"连'常有理'都不准崩了,怎么还可以去崩'使不得'?"

何科长见他们这一组热闹得很，数了数人也没有数清，好像大小有二十来个，便问他们说："你们这一组不觉着太大吗？"张信向他解释说："这是两个组。一个是社里的，另一个是互助组。"互助组一个组员说："我们明年就一同入社！"何科长说："全组都愿意吗？""都愿意，就是剩组长他爹不愿意了。"何科长又问到组长他爹是个什么想法，张信便把王申那股"使不得"的劲儿向他介绍了一番。以前说要拿大炮崩的那青年说："依我看那是糊涂涂第二！"张永清说："可不一样：糊涂涂是财迷，申老汉不财迷。到了扩社时候，我保险说得服他！"

又谈了一阵，张永清看了看水车的阴影说："该干活了！"那个青年也看了看阴影说："人家'武装组'和'技术组'都有个表，咱们连个表也没有。"张永清说："不要平均主义吧！咱们也不浸种、也不换岗，暂且可以不要，等咱们把生产发展得更高了，一人买一个都可以！"

两个组又都干起活来了，何科长和张信看他们割了一阵谷子，就又向黄沙沟口柳树林那里走去。

## 十四　黄沙沟口

何科长看见黄沙沟口柳树林那里那伙捆谷的青年不在地里了，另外有个人驾着一犋牛在里边耙地，就问张信说："怎么谷捆子还在地里就耙起地来了？"张信说："远地都是等担完了谷子才耙，近地只要先担了一溜就可以耙——耙的耙、担的担也赶得上。"何科长说："收秋这一段不是包工吗？"张信说："包工。谷子地连犁耙、种麦子都包在内；晚秋地不种麦子，不过秋杀地也包在内。犁耙地的，每组都有专人——一收开秋，他们不管别的事，只管耙地、犁地。"他们正说着,武装组的十个小伙子又扛着尖头扁担从场里返回地里来了。这十个人顺着地畛散开,一个个好像练把式,先穿起一捆谷子来,一手握着扁担紧挨那一捆谷子的地方,另一只手握着那个空扁担尖,跟打旗一样把它举到另一捆谷子的地方,把那一个空扁担尖往里一插,然后扛在肩膀上往前用力一顶,就挑起来了。不到五分钟工夫,他们便又连成一行挑往场里去。

何科长和张信又走了不多远,便听见在这柳树林边另一块地里割谷子的青年妇女们,用不高不低的嗓门,非正式地唱着本地的"小落子"戏,另有个十五六岁的小男青年,用嘴念着锣鼓点儿给她们帮忙。何科长他们走近了,那个小男青年一发现,便向妇女们打了个招呼,妇女们也都站起来了。小男青年布置了一下,大家齐喊:"欢、迎、何、科、长!"接着便鼓了一阵掌。何科长向大家打过招呼,大家又恢复了工作。

那十个担谷的又扛着空担子来了。他们向何科长打过招呼,又要散开,组长魏占奎说:"你们且走着,我同何科长看一下,马上就去!"一个爱向他开玩笑的青年说:"来不来由你!反正三趟一分工!"何科长说:"你们忙你们的吧!我和张信同志随便蹓蹓!"魏占奎说:"我应该给你介绍一下情况!"张信也和他开玩笑说:"误三担就是一分工,算你的呀算社的?"魏占奎说:"一担也误不了!到不了晌午我就能赶出来!"说着他便和何科长他们走向柳树林边的大沙岗旁边。

魏占奎指着几十步长、一人多高的一段沙岗说:"这沙是从这五六亩地里起出来的。在去年建社的时候,这五亩地还压在沙底,每亩地只算了三斗产量,只能种大麻也长不好,现在五亩地割了四十多担谷子。"何科长说:"这样土地产量该按多少分红?"张信说:"土地分红不增加,因为起沙是社的工。所有的地增了产,土地分红都不增加,因为增产不是土地增的。"何科长点了点头,又问:"土地多的户也同意吗?"魏占奎说:"他们为什么不同意?让他们自己种他们又增不了多少产,社里增了产每一个劳动日都分得多,自然也有他们的份儿。就像这块地,要不是用社里的工起沙,他一家哪有这力量?"

沙岗中间有用石头修成的一个水口,让山洪打这水口上流进来。何科长问:"这样不怕再进沙吗?"张信说:"沙给上边的柳篱笆挡住了。"他们一同登上水口去看柳篱笆。柳篱笆是用粗柳枝作骨干,用细柳枝编织在这骨干上的。柳枝是活的,是埋在地下浇上水然后才编的,所以都是栽活了可以生长的。从大柳树林边到地边,共有四层篱笆,前边的一层,骨干都有碗口粗,外边的沙已经和篱笆平了,沙上生满了荆条、蓬蒿,后边的三层,一层比一层小,可也都是青枝绿叶。魏占奎指着说:"这就是玉生发明的活篱笆。"何科长说:"就是这样?我从前在报上看过,上一次来了没有顾上来看。这很有意思!看这一排大的已经长成树了!"魏占奎说:"这是一九四九年栽的,当年秋天沙就积满了,以后才又在它的后边栽,一年栽一层,一层比一层高。现在这些沙上边的荆榍柤和草已经锈成一片,沙已经不来了。"张信说:"这一边是挡住了,要是不想根本办法,迟几年沟口的沙堆满了,还要往别的地方去。今年在正沟里也试栽了两行,沙也早积满了。要是将来全村都入了社的话,一道黄沙沟每隔十步栽一排,那就可以彻底解决问题了。"魏占奎说:"那一定能解决问题!听王兴老汉说,从前一道黄沙沟都是树林和荒地,沟里的水时常可以流出来。"接着他指了指两边山脚下说:"那一片地名叫'苇地洼'。王兴老汉说他刚刚记事那时候,苇地洼还有不多一点水,也还长着些苇,后来沟口住着的那十几户人家来了,把沟后的地一开,水就慢慢没有了。"正说着,担谷的那九个人又来了,和魏占奎开玩笑的那个青年喊着说:"魏占奎!三厘三!"魏占奎看了他们一眼,回头辞了何科长,就和他们一同去了。

在魏占奎和何科长他们说话的时候,有几个妇女只顾看他们的活动,忘记了割谷子,那个十五六岁的小男青年喊:"军干属同志们!加油呀!"这些妇女,差不多都是民兵和青年干部的家属,所以他那样喊。可是里边有一个姑娘向他提出抗议。这姑娘说:"你分清楚一点!都是军干属吗?"小男青年是个调皮一点的孩子,趁她这一问,便向她开玩笑说:"现在不是,将来还不是吗?——军干属,候补军干属!大家……""呸!你这个小调皮鬼!你这个小女婿!你这个圆蛋蛋!"因为这小青年姓袁,叫小旦,在村里演戏时候扮演过"小女婿"这个角色,所以她那样还口逗他。

何科长和张信离开这些一边做活一边玩笑的青年们,走进重重密密的柳树林中去。何科长问张信:"玉生究竟属哪个组?怎么园里也有他的工作,这里也有他的工作?"张信说:"他不参加包工,所以没有参加劳动小组。社里就有好多不参加劳动小组的人——像粉房老师、放牛的、放羊的、管驴骡的、会计——都不在这四个组里。这些人要是有了多余的工夫,光社里的杂活——像出圈、垫圈、割蒿积肥……就够做了。"何科长问:"社里的技术员不是有好几个吗?"张信说:"每组一个,玉生是总的。""平常他都管些什么事?""他是个百家子弟,什么事也能伸手。他分内的事是那些药剂拌种,调配杀虫药,安装、修理新式农具,决定下种时期、稀密,决定间苗尺寸……一些农业技术上的事,不过实际做的要多得多——粉房的炉灶、家具也是他设计的,牲口圈也是他设计的,黄沙沟后沟几百根柿树也是他接的……在生产技术上每出一件新事,大家就好找他出主意。他聪明,肯用思想,琢磨出来的新东西很多。"

他们谈论着玉生,穿过柳树林,走到黄沙沟口。

## 十五　站得高、看得遍

黄沙沟口的北岸上有一片杂树,从下边望上去,树干后边露出了几个屋檐角,在岸边上的槐树下睡着一头大花狗,听见下边有人走过去,抬头看了一眼又睡下去。张信向岸上指着给何科长介绍说:"山地组的十几户人家就住在这里。他们都是上一辈子才来的外来户。沟里、山上的地都是他们开的,原来给刘家出租,到刘老五当了汉奸以后这地才归他们所有。"

这条路是通后山村的大路,从这沟口庄门前往西北,路基就渐渐高起来。何科长和张信说着走着,不知不觉就已经离开河沟走到半山腰里。张信指着前边说:"顺着这条路一直往后走,恐怕到中午赶不回来,不如回过头来爬到这山上看看。这山叫'青龙背',到了山顶,往西可以看到沟里,往东可以看到河滩,看罢了也不用再到这边来,从金生他们那窑脑上的一条路上就回村去了。"何科长同意了。

快到山顶,听到牛铃"丁冬玲冬"响着,红牛、黑牛散成一片,毛色光滑得发亮,正夹在荆棘丛里吃草。残废了一条胳膊的"牛倌"马如龙正坐在一块石头上吸旱烟,见他们上去了便向他们打招呼。张信向何科长说:"让他给你介绍一下沟里的情况。他比我清楚得多。"他们走到马如龙跟前,马如龙让他们坐下,然后指着西边谈起沟里和山上的情况。

马如龙说:"这一带山上和沟里,一共才有一百二十亩地,还有好多是沙陂,产量都不多。这里主要的出产是核桃和柿子,不过都是私人的——入社不带已经结果的果树。社的地里也养了果树,不过都还小。对面山头上不是有一群羊吗?"张信插话说:"那羊也是社的。"马如龙接着说:"那羊群南边的洼里山地组正在那里割谷子的那几块谷地里,不是有好多长黄了的柿子吗?那是私人的。再往下那一垯豆地里不是有好多像酸枣树一样小的小树吗?那就是社里去年移栽进去的黑枣树,今年都已经接成柿树了,再有四五年才能结柿子。沟岸上那些玉蜀黍地后堰根都有小核桃树,现在还没有玉蜀黍高,我们看不见。社里的计划是多多发展果树,等到大家都入了社,慢慢把这一百二十亩地一齐栽成树。"何科长说:"对!那样子,沟里的沙就不会再流出去了。"马如龙说:"还不只为那个:种这一亩山沟地,平均每年误二十二个工;种一亩河滩地,只误十二个工,将来开了水渠,全村再都入了社,用很少数的人管理果树,剩下来的人工一齐加到上下滩的两千多亩地上,增的产量要比种这一百二十亩地的产量多得多。"

何科长问马如龙放牛的工怎么算,马如龙说:"我的工已经超出三百六十五天以外了。放一个牛一年顶二十个工,我放了二十一个,一共四百二十个工。"张信说:"社里有好多活是这样包的——放牛、放羊、做粉、喂猪、担土垫圈……好多好多都是。"又谈了一会,何科长和张信就又往山顶的最高处去。

刚上到山顶,看见河对岸的东山,又往前走走,就看见东山根通南彻北的一条河从北边的山缝里钻出来,又钻进南边的山缝里去。河的西边,便是三里湾的滩地,一道没有水的黄沙沟把这滩地分成两段,沟北边的三分之一便是上滩,南边的三分之二便是下滩。上滩的西南角上,靠黄沙沟口的北边山根便是三里湾村。在将近响午的太阳下看来,村里的房子,好像事先做好了一座一座摆在稀密不匀的杂树林下,摆成大大小小的院子一样;山顶离村子虽然还有一里多路,可是就连碾、磨、骡、驴、鸡、狗、大人、小孩……都能看得清清楚楚。

张信把何科长领到一株古柏树下坐了,慢慢给他说明上下滩的全面情况。他说:"咱们坐的这地方地名叫'青龙背'。顺着这山一直往东北快到河边低下去那地方叫'龙脖上'。龙脖上北边那个弯到西边去的大沙滩叫'回龙湾'。龙脖上南边叫……"何科长说:"哪来这么多的地名?叫人记也记不住!"张信说:"我说的都是大地名,每个大地名指的地方还有好多小地名——像从这青龙背往龙脖上走,中间就还要经过什么'柿树腰''羊圈门口''红土坡''刘家坟''山神庙'……他们这一带,不论在哪个村子里,地名似乎都要比人名还多,我乍来了也记不住,久了也就都熟悉了。"何科长说:"我们家乡的地名可没有……唔!也不少,也不少!"说着便笑起来——因为他也想起了家乡农村里的一大串地名。接着他又问:"你刚才说'龙'这个'龙'那个,那么哪里算龙头呢?"张信说:"河这边的龙脖上不是越往河边越低,低到和河平了吗?那里的对岸,不是也有厚薄和这边差不多的一段薄石岸又高起去了吗?那也叫'龙脖上'。和那连着再往东北跟河这边的回龙湾相对的地方,不是有个好像和东山连不到一块的小山头吗?那地方就叫'青龙脑'。"何科长说:"原来这条青龙是把头伸到河那边去了啊!那是三里湾以外的事了,我们还是谈三里湾吧!"张信说:"不!这些都与三里湾有关系!三里湾计划要开的水渠,就得从青龙脑对过这边把水引到回龙湾西边的山根下来。从那里到龙脖上的河床是整块的崖石,不过那里的水位比龙脖上高。只有从那里引水到三里湾的下滩才浇得着地。从回龙湾西边的山根下到龙脖上离河边四五十丈的地方不是插着一根木杆吗?就要从那地方凿个窟窿,把水引到上滩来——因为那里的石头最薄。"何科长说:"看来也还有四五十丈厚。"张信说:"已经挖着坑探过了四五十丈,只有三丈厚的石头,南边都是土。那里的南边不是有一条北边窄南边宽的狭长的地吗? 地名叫'刀把上'。昨天晚上那位老太太向你告状说大家要占她的那块地,就是这刀把上最北头种玉蜀黍的那一小块。整个的上滩,像一把菜刀,那一带地就像刀把。刀把上往南,滩地不是就弯到西边来了吗? 可是水渠不能靠着西山开——因为按滩地的地势说是西北高东南低,要从山根开,渠的最深处是一丈五;要从上滩中间斜着往村边开,最深处只是一丈,并且距离也短,能省好多土方。你从刀把上往村边看,不是不多远就竖着一根木杆吗? 那就是水渠要经过的地方。渠开到村里,离地面只有尺把深了,再用水桥接过去,大渠的水便可以沿着下滩的西山根走,全部下滩地都可以浇到。"何科长问:"上滩一点也浇不到吗?"张信说:"从村边开一条小支渠向东北倒流回去,可以浇到靠河边南部的一部分。照玉生的计划,可以把下滩的水车调到刀把上南边的水渠上,七个水车一齐开动,可以把上滩的地完全浇到。"

何科长听完,看着地形琢磨了一下三里湾的开渠计划,觉着还不错——可以把三里湾的滩地完全变成水地。他又问张信说:"照这样看来,大家的地都可以浇到,那么种上滩地的人为什么还有好多不同意的?"张信说:"真正不同意的也只是马多寿和一两户个别户——最主要的还是马多寿。"何科长说:"马多寿的地不是也可以浇到吗?"张信说:"他的心眼儿比较多一点。你看! 刀把上往南快到上滩中心那地方不是安着一台水车吗? 那地方的地名叫'三十亩',马多寿的地大部分在那一带,水车是他们的互助组贷款买的。名义上是互助组的水车,实际上浇得着的地,另外那四个户合起来也没有他一家的多,不论开渠不开渠,他已经可以种水地了。要是开渠的话,渠要从那个水车旁边经过,要把七个水车一齐架到那里,那样一来别的户就要入社,他就借用不上别的户的剩余劳动力了。叫他入社他又不肯——因为他的土地多,在互助组里用工资吸收别人的劳动力,实际上和雇工差不多。金生今天早上跟你谈话时候说过他有点剥削就是指这个。"何科长说:"你估计开了渠,别的户入了社,剩下马多寿他会怎么样?"张信说:"两个办法:一个是雇长工,再一个也许可能入社。"

这时候,已经是吃午饭的时候了,上下滩每条小路上的人都向村边流动;社的场上,宝全和玉生已经把石磙洗好回家去了,负责翻场的人已经提前吃了饭到场里来,用小木杈翻弄着场上晒着的谷穗;社里管牲口的老方,按照他的标准时间到金生媳妇磨面的磨上去卸驴。

何科长看见磨上似乎有一点争执,便问张信说:"看那个磨边好像有点什么事故。"张信看了看说:"就是有点事故,不过已经解决了。那两个女人,坐在地上罗面的是马多寿的三儿媳陈菊英,在左边那个磨盘上和一个小姑娘扫磨底的那是金生媳妇和她的女儿青苗,在没有卸的那盘磨旁边草地上蹲着玩的是陈菊英的小女孩子玲玲,卸了磨牵着驴子走了的是社里管牲口的老方。"何科长问:"出了点什么事故?"张信说:"其实也算不了事故:老方这个人名字叫马东方,因为他的性格是只能按规矩办事,一点也不能通融,所以人送他外号叫'老方'。社里有个规定:凡是用合作社牲口驾碾磨的,到了规定的时间一定得卸。老方就按那个时间办事——到了时间就是磨顶上只剩一把也不许再赶完。刚才可能是金生媳妇还没有赶完他就把驴子卸了——卸了也就没有事了。"何科长问:"管牲口的也有个表吗?"张信说:"没有!玉生给他发明了个简单的表——用一根针钉在老方住的那间房子窗外边的窗台上的砖上,又把砖上刻了一条线,针的阴影完全到了线上就是卸磨的时候。""天阴下雨怎么办呢?""天阴下雨就没有人用碾磨。"何科长想了一下,自己先笑了。

何科长说:"天也晌午了,咱们也看得差不多了,回村去吧!"两个人便从金生的窑顶上那条小山路上走下来。

## 十六　菊英的苦处

金生家门外坡下不远的空地里有两盘磨。早晨金生媳妇架磨的时候,陈菊英已经架了另一盘。磨麦子就数磨第二遍慢。两家都磨上第二遍的时候,便消消停停罗着面叙起家常来。一开始,金生媳妇谈的是玉生离婚问题,菊英谈的是在马多寿家享受的待遇问题。

不过菊英谈的不是夜里打扫房子时候和惹不起吵架,而谈的是自己的实际困难问题。她说:"大嫂呀!我看小俊也是放着福不会享!你们那家里不论什么时候都是一心一腹的——也不论公公、婆婆、弟兄们、小姑子,忙起来大家忙,吃起来大家吃,穿起来大家穿,谁也不偏这个不为那个。在那样的家里活一辈子多么顺气呀!我这辈子不知道为什么偏逢上了那么一家人!"金生媳妇说:"也不要那么想!十根指头不能一般齐!你说了我家那么多的好,一个小俊就能搅得人每天不得安生。谁家的锅碗还能没有个厮碰的时候?你们家的好人也不少嘛!有县干部、有志愿军、有中学生,你和你们老四又都是团员,还不都是好人吗?"菊英说:"远水不解近渴。这些人没有一个在家里掌权的,掌权的人还是按照祖辈相传的老古规办事。就说穿衣裳吧:咱们村自从有了互助组以后,青年妇女们凡是干得了地里活的人,谁还愿意去织那连饭钱也赶不出来的小机布呢?可是我们家里还是照他们的老古规,一年只给我五斤棉花,不管穿衣裳。"金生媳妇说:"你大嫂也是吗?"菊英说:"表面上自然也是,只是人家的男人有权,也没有见人家织过一寸布,可不缺布穿,发给人家的棉花都填了被子。""你没有问过她吗?""不问人家人家还成天找茬儿哩!就是要我织布我又不是不会,可是人家又不给我留下织布的工夫——我大嫂一天抱着个遮羞板孩子不放手,把碾磨上、锅灶上和家里扫扫摸摸的杂活一齐推在我身上,不用说织布,磨透了鞋后跟,要是不到娘家去,也做不上一对新的;衣裳脏成抹灰布也顾不上洗一洗、补一补。冬夏两季住两次娘家,每一次都得拿上材料给他们做两对大厚鞋——公公一对,老四一对。做做这两对鞋,再给我自己和我玲玲做做衣裳、鞋袜,再洗补一下旧的,就得又回这里来了。就那样人家还说'娶了个媳妇不沾家,光在娘家躲自在'哩!""那么你穿的布还是娘家贴吗?""不贴怎么办?谁叫他们养下我这么一个赔钱货呢?赔了钱人家也不领情。我婆婆对着我,常常故意和别人说:'受屈活该!谁叫她把她的汉糊弄走了呢?'"

金生媳妇说:"咦!我也好像听说过有喜是你糊弄走了的。究竟是怎么一回事呢?"菊英说:"不错,走的时候是打我那里走的,不过那是他自己的主张。我自己在那时候的进步还不够,没有能像人家那些进步的妇女来动员他参加志愿军,可是也没有学那些落后妇女来拖后腿。他们恨我,恨的是我不够落后。""那么有喜究竟是谁动员去的呢?""是谁?自然还是人家自己。本来人家在一九四九年就要参加南下工作团的。后来被我那个糊涂公公拖住了。那些事说起来就没有个完:我跟有喜是一九四八年结的婚,那时候我十八,他二十一。听他说他在十五岁就在小学毕了业。他说那时候他想到太行中学去升学,他爹说:'你二哥上了一次中学,毕业以后参加了政府工作,就跑得不见面了,你还要跟着他往外跑吗?

哪里也不要去！安安稳稳给我在家里种庄稼！'可是在我们结婚以后的第二年,我都生了玲玲了,他爹忽然又要叫他去上学……"金生媳妇说:"人家都说他是怕孩子参军。"菊英说:"就是那个思想。四九年春天,不是有好多人参加了南下工作团吗？在人家开会、报名时候,他爹把他和有翼两个人圈在家里不放出来,赶到夏天就把他们一齐送到县里中学去了。那时候他已经二十二了,站在同学们中间比人家大家高一头。人家都叫他老排头,背后却都笑他是怕参军才来。到了五○年,美国鬼子打到朝鲜来了,学校停了几天课,老师领着学生们到城外各村宣传抗美援朝,动员人们参加志愿军,有些村里人就在他背后指着他说:'那么大的人躲在娃娃群里不参加,怎么有脸来动员别人？'他说从那时候起,同学们都说他丢了学校的人,弄得他见了人抬不起头来。他说他早就想报名,只是有那么个爹,自己就做不得主。到去年(一九五一年)秋天,美国鬼子一面假意讲和,一面准备进攻,学生们又到城外各村宣传,这次人家不让他参加——大家出去宣传时候把他一个人留下。这时候,他越想越觉得他父亲做得不对,越想越觉得自己太落后了,因此就下了决心要报名参加中国人民志愿军,可是人家学校说学生参军一定得得到家里的同意。你想我们那家里会同意他去吗？到了冬天,他实在不愿意待下去,就请了两天假,说是回家可没有回,跑到我娘家去找我——那时候我在娘家住。他和我诉了半天苦,问我是不是同意他参加志愿军。大嫂！你想,我要再不同意,难道是想叫家里把他窝囊死吗？我实告你说你可不要向外说:我同意了。我留了他两天,给他缝了一套衣裳,把他送走了。后来家里知道了,我婆婆去找人家学校闹气,学校说他请假回家了,又拿请假簿给她看；她问有翼,有翼也说是,她没话说了才走开。这是有翼说的。她从学校出来又找到我娘家,你想我敢跟她说实话吗？我说'来是来了,住了一天又回学校去了',她当时也说不出别的话来,后来就硬说是我把她的孩子鼓动跑了。他走了,他那糊涂爹今年春天也不让有翼去上学了——只差半年也不让人家毕业。这老两口子的心眼儿不知道怎么好好就凑到一块儿!还有我那大嫂……"说到这里,糊涂涂老婆牵着个小驴儿走来了,菊英吐了吐舌头把话咽住。

糊涂涂老婆常有理向磨顶上一看便问:"二遍怎么还没有完呀?"菊英说:"只剩磨顶上那么多了!""大驴从早上磨到这时候了,该替了,可是小驴拉不动二遍。你不说早些赶一赶!"金生媳妇想替菊英解围,便向常有理说:"老婶婶!我看可以替!多了拉不动吧,那么一点总还可以!一会三遍上了就轻得多了!"常有理慢腾腾地应酬着把大驴卸下来,菊英接着把小驴换上。常有理看着小驴拉了两圈,见走得蛮好,就牵着大驴回去了,临走还吩咐菊英说:"撑快一点!晌午还要用驴碾场!"金生媳妇说:"你们那个到晌午可完不了。我这三遍都上去了还怕完不了哩!天快晌午了老大婶!"常有理也知道完不了,只是想让菊英作难,见金生媳妇看出道理来,也就改口说:"赶多少算多少吧!真要完不了多磨一阵子也可以!"说着便走远了。

菊英说:"你听她说的那像话吗?驴使乏了还知道替上一个,难道人是铁打的?'多磨一阵子'!从早晨架上磨到现在,只吃了有翼给送来的那么一碗饭,半饥半饱挨到晌午也不让卸磨,这像是待人吗?"金生媳妇说:"牲口不好,为什么一次不能少磨一些麦子?"菊英说:"这都是我大嫂的鬼主意!她们两人似乎是一天不吵架也睡不着觉,可是欺负起我来,她们就又成一势了。她们趁我在家,总是爱说米完了、面完了,差不多不隔三天就要叫我上一次碾磨,攒下的米面叫她们吃一冬天,快吃完了的时候我就又该回来了——算了算了！说起这些来一辈子也说不完。"

一会，宝全老婆来找金生媳妇，说小俊在玉生的南窑里取了个大包袱走了，不知道都拿走了些什么。金生媳妇说："娘，你不到场里告玉生说？"宝全老婆说："我去过了，玉生不管。玉生说：'只要她这一辈子能不找我的麻烦，哪怕她连那孔窑搬走了我也不在乎！'说是那么说，要是连玉生的衣裳都拿走了，叫我玉生穿什么？"金生媳妇说："娘！我想她真要想和玉生离婚的话，她不拿玉生的衣裳——因为那样一来她就走不利落了。我看玉生说得对，她真要能走个干净，咱们就吃上这一次亏也值得。丢了什么没有，等玉生晌午回去一查就知道了。依我说都是些小意思！算了吧娘！"宝全老婆也没有和人闹过气，经媳妇这么一说开，谈论了一阵子也就回去了。

这时候，两家的磨上都上了第三遍，驴子转两圈就要下一磨眼，连拨磨顶带罗面，忙得喘不过气来，闲话都顾不上说了，只听得驴蹄踏着磨道响、罗圈磕得罗床响，幸而有金生的七岁女儿青苗帮着她们拨两趟磨顶，让她们少跑好多圈儿。

金生家的麸还差一两遍没有溜净，老方就来卸磨。这时候，菊英才把第三遍磨完。

## 十七　三个场上

吃过午饭，社的场上试用洗好了的三个新石磙，直接参加过洗磙工作的宝全老汉、王申老汉、玉生、灵芝都早早跑来看结果，别的关心过这事的人也有来看的。

三个管场的社员，牵来了三个高大肥壮的骡子，驾着这三个石磙，转得很轻快，果然像玉生预料的一样，一点也用不着强牵强扭，自自然然每圈都能探着中心又探着边沿。驶牲口的人,觉着很得意,挽着缰绳、扬着鞭子,眼睛跟着骡头转;看热闹的人,也觉着很赏心,看那稀稀落落的骡蹄轻轻从谷穗子上走过,要比一个碌上驾两个小毛驴八条腿乱扑腾舒服得多。有人说:"驾这么大的牲口,碾这么大的场,不论打多打少,活儿做得叫人痛快!"大家看了一阵子又散开了——负责管场的社员就地参加了打场工作,不负场上责任的社员们和王申老汉那些非社员们各自又去忙他们自己的事,金生叫着灵芝和会计李世杰仍回旗杆院去做分配的准备工作,玉生被村里的调解委员会叫到旗杆院去解决婚姻问题。

西边场上,马有余正在翻他们的连秆小谷。按习惯,摊了场应该在午饭以前来翻一下,趁着正午的太阳晒一阵子,等吃了饭再碾,上下就都成干的了,可是马有余他们的互助组上午给他家割谷子,回来得晚了点,所以在别人都已经驾着牲口碾场时候他才来翻。一会,有翼和满喜来了。有翼告他说家里的两个驴都不能碾场——大驴才在磨上卸下来还没有吃饱,小驴还在磨上驾着没有卸下来。他埋怨了一会家里人做事没有打算,可是也想不出别的主意来。满喜告他说登高的骡这天早上没有走了,建议去借一个来。登高是他们的组长,骡子既然在家,问题就解决了,有余便叫有翼去牵骡子。

有翼从登高家牵出骡子来,在路上遇见玉梅,两个人便相跟着来了。满喜接住骡子驾上碌,碾着已经翻过的大半个场;有翼和玉梅也每人拿了一柄桑杈,帮着有余翻那没有翻完的一部分。有翼因为多上了几年学,场上的活儿做得不熟练,拿起家伙来没架式,玉梅笑他,满喜说他在这上边还得当学生,有余说:"你去歇歇吧!你翻得高一块低一块,碾过来不好碾!"有翼见自己做的那活儿也有点丢人,又见他们也快翻完了,就顺着他大哥的话,放下了桑杈

143

到西南角上一垛用泥封着的麦秸垛旁边去歇凉。有余和玉梅翻到快要完了的时候，玉梅见使用不开两柄桑杈了，便放下桑杈拿起扫帚来围了一个圈儿，然后也到麦秸垛旁休息。整个场上只有这么一块荫凉地方被两个青年占去，有余便到场东边闲看社场里碾场。

玉梅向有翼问了个奇怪问题。她问有翼说："字儿有没有数？"有翼说："有！听先生说，中国字一共有八千多，平常用得着的只是四千多。"玉梅说："那么上个中学怎么就得好几年？难道误着整工夫一年还认不完吗？"有翼说："你不是也上过初级小学吗？难道上学就只是认字吗？"玉梅说："不！还有什么算术呀，常识呀，什么什么呀，不过那时候三天两头打仗，什么也没有真正学会，好像记得顶数认字重要。"有翼说："在小学时候，每天要记的生字是多一点，以后的生字就越来越少，别的功课就越加越多。"玉梅问他还加些什么东西，他便把课程表上那些历史、地理、代数、几何，又是什么动植矿物、物理、化学、政治讲话，什么什么，数了一气，又举了些例子说明这些功课的内容。玉梅对这些东西一时也听不太懂，只听得什么中国、外国、古来、现代，又是什么根、茎、叶、头、胸、腹、地层、结晶、刮风、下雨、资本主义、社会主义，什么什么……麻麻烦烦，什么也听不进去，便赶紧摆手说："算了算了！我这一辈子只能当糊涂虫了！"她又恨自己当年不该错打了主意，不跟有翼和灵芝一道儿去上学。有翼见她很灰心，便鼓励她说："你不要这样想！政府的计划是把扫盲运动做过之后，再把民校经常化了，也像一般学校一样，按部就班一级一级教文化——说只有这样才能巩固扫盲成绩，提高人民文化水平。"玉梅好像和他开玩笑说："那么像我也能学到中学毕业吗？"有翼说："自然可以！不过到那时候，我和灵芝这两个当老师的早就把我们自己一点底货卖完了。"玉梅说："'你们俩'，到那时候，自然会再贩得更好的货来了！"有翼和玉梅谈话，常常注意避免提到灵芝，不过一不小心就要提到，一提到就要被玉梅打趣，这次又犯了老毛病。他知道再加什么解释反会弄得更不好意思，所以就找了点别的事拨转话头谈下去了。

一会，社场上卸了骡子，二十来个社员七手八脚忙起来。有个社员不知道玉梅和灵芝换工的事，看见玉梅在西场的麦秸垛下歇着，便喊她说："玉梅！不要歇着了！该动作了！"从武装组调来的小青年袁小旦嚷着说："不要喊玉梅了！玉梅已经成了人家的人了！"玉梅从麦秸垛下站起来向他还口说："等一会我揍你这个小圆蛋蛋！"——按习惯，"已经成了人家的人"这话，是说明姑娘已经出嫁了的时候才用的。袁小旦知道玉梅爱和有翼接近，故意用了这么一句两面都可以解释的话，才招得玉梅向他还口。

社场上攒起堆来扬过第一遍，马家的谷子也碾好了，组员黄大年和袁丁未也来了。有翼去给范登高送骡子，黄大年、袁丁未、王满喜、马有余、玉梅五个人便用桑杈抖擞着碾过了的谷秆。黄大年是个大力士，外号"黄大牛"，一个人可以抵两个人。他用的家伙都是特别定做的，比别人的都大一半，现在用的桑杈自然也是——挑一下抵住别人挑两三下。袁丁未外号"小反倒"，决定个什么事情，一阵一个主意；在做活方面，包件的活做得数量多质量坏，打伙儿的活是能偷懒就偷懒，现在和大家在一块抖擞谷秆，别人挑两下他也不见得能挑一下。玉梅是做惯了的，跟在有余后边和有余做个差不多。满喜有个顽强性，跟在黄大年后边见黄大年一杈挑过去的地方比他挑得宽一倍，他有点不服劲，挥着桑杈增加了挑动的次数——黄大牛挑一下他便能挑两下——第一次挑起去的还没有落地，第二次便又挑起，横着看起来，飞到空中的谷秆好像一排雁儿一个接一个连续着往下落。袁丁未见满喜这股劲儿把自己比衬得太不像样，便向他开玩笑说："满喜今天午上是吃上什么东西了？"

145

这一下把满喜说得泄了气,手里的权法就松下来。

说到吃饭问题,满喜就有点不满意:按他们互助组的规定,不论给谁家做活,要不管饭就多给三斤米的工资。糊涂涂家是愿意管饭的,不过他管的饭大家都不愿意吃,只有满喜是个单身小伙子,顾了做活顾不上做饭,所以才吃他家的饭。这天午饭吃的是什么,糊涂涂老婆的说法和满喜的说法就不太一致——照糊涂涂老婆常有理说是"每个人两个黄蒸,汤面管饱",照满喜的说法是"每个人两个黄蒸,面汤管饱",字数一样,只是把"汤面"改说成"面汤"。究竟谁说的正确呢?常有理说得太排场了一点,满喜说得太挖苦了一点,正确的说法应该是"每个人两个黄蒸、一碗汤面,面汤管饱"——黄蒸每个有四两面,汤面每碗有二两面,要是给黄大年吃,就是在吃饱饭以后也可以加那么一点;要是给王满喜吃,总还可以吃七分饱。

在抖擞过了一遍,快要搭起垛子的时候,有翼送骡子也回来了,糊涂涂马多寿老汉也来了。马多寿老汉见玉梅不论拿起什么家伙来都有个架式,便暗暗夸赞;又见有翼拿起什么家伙来也没个来头,便当面申斥。

等到马家场上攒起堆来,社里的谷子已经过了筛扬第二遍。袁丁未见社里做活的条件好,做得赶得住劲;又听说光菜园子的收入,每户平均就能分到差不多一百万元,便羡慕地说:"看人家社里做得多利落!我明年也入社哩!"满喜和他开玩笑说:"人家没有人顾上看你!"因为丁未做活总得有人看着,要让他一个人给别人做活,很难免在地里睡觉。黄大年也跟着满喜的话向丁未说:"到给你分粮食的时候,哪一次秤头低一点,你就要出社了!"两个人的话说得都不轻,可是丁未都没有还口。丁未这人最大的毛病就是受了批评不吭声,过后还是老样子。

攒起堆来头遍快扬完了,多寿老汉看见风不太好,便向有翼说:"有翼!你跟谁给咱们回去抬风车去吧!"有翼叫玉梅,玉梅说她怕狗,满喜说:"我跟你去!"有翼看了看玉梅,便又被东场的袁小旦看透他的心事。袁小旦说:"你放心去吧!跑不了她!"

一会,满喜和有翼把风车抬来了。满喜向老多寿说:"多寿叔!快回去一下吧!婶婶和大嫂又跟三嫂闹起来了!"他这么一说,说得老多寿和马有余都一愣。老多寿追问说:"怎么一回事呀?"满喜说:"快回去吧!回去再问,不要等闹出事来!"老多寿听他说得那样紧,也顾不上再问,只得糊里糊涂跑回去。

场上的人们虽然谁也忙得顾不上说话,马有翼仍旧找不着事——木锨、扫帚都拿过了,只是找不到下手的空儿。

老远的一个小场上有人喊:"有余!能不能给我匀一个人来帮一帮忙?"有余停住木锨看了看是袁天成,便向有翼说:"有翼!给姨夫帮忙去吧!"

有翼得着这么个差使,便通过社的大场边,往袁天成的小场上去。当他走过社的大场时候,社里有人喊着袁天成开玩笑说:"喂!要不要社里给你拨个帮忙的人?"天成老汉没有答话。

天成老汉是社员,不过他的自留地比入社地还多,到了忙时候,他要做他的活,社里掌握不住他的工,所以大家对他都有意见。刚才那个社员问他要不要社里拨人帮他,就是见他忙不过来,表示幸灾乐祸的意思。

在入社时候留这么多的自留地,也是他那个能不够老婆给他出的鬼主意。按他们的社章规定,自留地不得超过个人所有土地总数百分之二十,可是他有个早已参了军的弟弟,他老婆能不够便从他这个弟弟身上想出主意来了。能不够到临河镇找着了她自己娘家的当牙行的哥哥,给她捏造了个分家合同,说是袁天成弟弟临走的时候已经同着他舅舅把家分开了——袁天成舅舅死了,无法对证。能不够叫袁天成向社里说他当不了弟弟的家,不能替弟弟把土地入了社;至于自己名下的土地,仍可以按百分之二十留自留地。当时有些社员见他这么说,明知道他是打埋伏,不想要他,经过几天研究之后,还是要了。为什么经过研究又愿意要他呢?原来这袁天成也是一九三八年开辟工作时候的老干部,到减租时候分得的好地多了一点,而且他弟弟走了他便连他弟弟的一份也经管着,人们给他送了个外号叫"两大份",也属于王金生写的那"高、大、好、剥、拆"的"高"字类。在一九五一年社成立的时候动员他入社,他说他老婆的思想打不通;本年(一九五二年)扩社时候金生用党的原则说服他,他说不出别的话来,便听上能不够的话弄了点鬼。当大家猜透了他的谜,不愿接纳他的时候,金生说:"好地多一亩就有一亩的作用,至于他留的地多了,只顾做他的就顾不上做社的,他在社里做的工少了自然是大家做的工多了,也就是大家分得多了,他自己占不了社的便宜。跟他说过多少遍他不信,可以让他试一年。"大家计算了一下,也觉得不吃亏,所以在他入社时候才让他留下了那么多的自留地。

能不够在当初给袁天成立规矩的时候,坐根就没有立下给他在场里、地里帮忙的规矩。天成老汉在没有互助组以前,忙了雇短工;有了互助组,就靠互助组;现在自己入了社,村里组织得很好,没有出短工的,而能不够还不愿改变老规矩,自己又留了那么多的自留地,所以就照顾不过来了。

社里打场这一天,袁天成也要打他自己的。晌午他和他十三岁的一个小男孩子碾完了场,孩子把驴送回去,他便一个人挑、一个人攒堆。孩子来了,拿了个小扫帚扫着,比他妈在屋子里扫地也快不了多少。在扬场时候,一定得有个人在扬过的粮食上用扫帚捋那些没有被风吹出去的碎叶子、梗子,十三岁的小孩们干不了。天成老汉拿起木锨来扬两下子,就得放下木锨拿起扫帚来捋两下子,累得他在别人快往家里送粮食的时候,他还没有扬完。他向四周看了看,见马家快扬完了,便借着亲戚关系向马有余要求派个帮忙的。马有余这个铁算盘,不用算也知道有翼在自己场上的用处不大,便把有翼派去。

马有翼虽然比十三岁的孩子强一点,可惜也是深一下浅一下捋不到正经地方,仍得天成老汉停一会放下木锨来清理一次,停一会放下木锨来清理一次。将就扬了一半的时候,调解委员会便来叫有翼和满喜去作证。天成老汉见有翼这位帮忙的用处也不太大,便顺水推舟说:"你去吧!"

## 十八 有没有面

糊涂涂回到马家院,没有看见菊英,见他老婆坐在灶火边的小板凳上,大媳妇坐在阶台上面对面谈话。以前谈了些什么他不知道,只从半当腰里见大媳妇惹不起说:"……翅膀楛柮越来越硬了!"他老婆常有理说:"不怕!她吃不了谁!也不只告过咱们一次了,也没有见她拔过谁一根毛!"糊涂涂听这口气,知道菊英不在家,也想到她可能又是去找干部去了,不过既然回来了,总得问讯一下,就向他老婆问:"菊英哩?"常有理说:"谁管得了人家?还不是去告咱们的状去了?"糊涂涂又问:"又为什么吵起来了?"常有理说:"家常饭吃腻了,想要你给她摆一桌大菜吃吃!"糊涂涂着了急,便催着说:"说正经的!"常有理说:"有什么正经的?如今妇女自由了,还不是想找事就找事吗?"糊涂涂更急了。他见老婆的回话牛头不对马嘴,怕拖长了时间真让菊英到优抚委员会诉什么苦去,便向老婆和大媳妇发脾气说:"忍着点吧!趁咱们的运气好哩?趁咱们在村上的人缘好哩?"他也再顾不上问什么底细,便走出门来去找菊英去。

凭过去的经验他想到菊英一定会先到优抚主任秦小凤家里去,可是走到小凤家,没有。他又想到她会到村长范登高家里去,走到范登高家,又没有。他见秦小凤和范登高也都不在家,连着想到头一天晚上小俊和玉生的事。他想大家一定是都在旗杆院处理那事,这才又往旗杆院来。

他走进旗杆院,见前院北房门上挤着好多人——有些是拿着簸箕、口袋或者别的家什往场上去的青年,绕到这里来看结果——因为婚姻问题是很容易引起青年的注意的。糊涂涂好容易挤出一条路来挤到里边去,见里边的人比外边的人还密。他先不向桌边挤,跷起脚来把一个一个脸面都看遍,哪个也不是菊英。他正扭转身往外走,桌边坐着的秦小凤却看见了他。

小凤喊他说:"多寿叔!你且等一下!不要着急!我们给玉生写完了证明信,马上就调解你们的事!"糊涂涂见她这么说,知道菊英已经来过了,便向一个看热闹的人问菊英到哪里去了。那个人告他说去吃饭去了。他说:"没有回去呀?"那个人说:"难道不许到别人家里吃饭吗?"这些看热闹的人,见调解委员会把玉生的离婚问题调解得有了结果(没有平息下来,已经决定要向区公所写信证明调解无效,让他们去办离婚手续,也就算看出结果来了),其中有好多人本来正准备走散,恰好碰上菊英去找小凤诉苦,就又有些人留下来。小凤只听菊英提了个头儿,听她说还没有吃饭,就叫她先领着玲玲到后院奶奶家里借米做饭吃,才把菊英打发走了。这些情况,在场的人谁也听得明白——都知道菊英到后院奶奶家里去了,可是大家都恨常有理和惹不起欺负人,所以都不愿把情况告糊涂涂说。糊涂涂见人家不告他说，知道再问也无效，到别处瞎找也不见得能找到，也只好暂且挤在人中间等着。这些人差不多都是年轻人，而且又差不多是在打场工作中间抽空子来的，流动性很大，一直挤进来挤出去，糊涂涂这个老头站在中间很不相称，又吃不住挤，弄得东倒西歪不由自主。还是秦小凤看见有点不好意思，便向大家说："大家让一让！多寿叔请到这里来坐下歇歇！"大家给让开一条路，糊涂涂走过去，玉生站起来腾出一把椅子让他坐下。

一会，证明信写完，打发玉生和小俊走了，看热闹的人差不多也走了三分之一，会议室里便松动了好多，主任委员范登高便向糊涂涂说："是怎么一回事？你谈谈吧！"糊涂涂说："我一点也不知道呀！"有一个和他年纪差不多的人向他开玩笑说："一点也不知道，你来做什么呀？你真是糊涂涂！"看热闹的人哄笑了一阵子，糊涂涂把他才从场里回来的情况交代了一下之后，秦小凤说："还是把老婶婶和大嫂子请来吧！"便打发值日的去请常有理与惹不起。

又停了一阵子，菊英也来了，常有理和惹不起也来了。范登高说："好！大家都来齐了！各人都先把事实谈一谈，然后我们大家再来研究。菊英！你先谈吧！"菊英说："我不是已经谈过了吗？"登高说："你再谈一下，让她们两位也听一听，看事实有没有出入！"菊英说："很简单：我从早起架上磨，早饭只喝了一碗稠粥，吃中午饭也不让卸磨，直到他们碾完了场才卸下磨来。这时候家里早吃过饭了，只给我和玲玲留下些面汤……"惹不起说："说瞎话叫你烂舌根！我给你留的没有面？"常有理接上去说："大家吃什么你也只能吃什么！磨个面又不是做了皇帝了！我不能七碟子八碗给你摆着吃！"范登高拦住她们说："慢着慢着！还是一个人说了一个人说！菊英你还说吧！"菊英说："我说完了！她说有面我没有见！"小凤说："究竟有没有面，我提议连锅端得来大家看看！"菊英说："端什么？她早给驴倒到槽里去了！有没有面有翼和满喜都看见来！不能只凭她的嘴说！"惹不起说："放着面你不吃,我不能伺候到你天黑！"登高说："你就接着说吧！她已经说完了！"惹不起说："我也说完了！"登高又让常有理说,常有理倒说得端端有理。她说："孩子都是我的孩子,媳妇自然也都是我的儿媳,哪一根指头也是自己的骨肉,我也犯不上偏谁为谁！可是咱们这庄户人家,不到过年过节,每天也不过吃一些家常便饭,我吃了这么大也没有敢嫌坏。大家既然都吃一样饭,自然也没有给媳妇另做一锅的道理——我和孩子他爹这么大年纪了,也没有另做过小锅饭。今天的晌午饭是黄蒸和汤面,男人们在地里做重活,每人有两个黄蒸,汤面管饱；女人们在家里做轻活,软软和和吃顿汤面也很舒服,我和大伙家吃了没有意见,不知道我们的三伙家想吃什么！人和人的心事不投了,想找茬儿什么时候都找得出来！像这样扭扭别别过日子怎么过得下去呀？我也不会说什么,请你们大家评一评吧！"登高问菊英还有什么意见,菊英说："照我娘说的,好像是我不愿意吃汤面,可是我实在没有见哪里有汤面呀！吃糠也行——我也不是没有吃过,不过要我吃糠也得给我预备下糠呀！"在座的张永清,因为得罪过常有理,半天不愿意开口,到这时候看见双方谈的情况对不了头,便出主意说："我看就这样谈,谈不明白事实。菊英刚才不是说满喜和有翼看见过她们争论吗？我建议请他们两位来证明一下。"委员们,连看的人都说对,并且有人自动愿意去叫。惹不起听说要找证人,有点慌。她说："他们回来抬了个风车就走了,哪里知道什么底细？自己要是不凭良心说话,找谁也是白费！可知道别人的话是不是凭良心说出来的？"小凤说："大嫂子！这样说就不对了！难道人家别人都跟你有仇吗？"登高说："就找他们两个来吧！能证明多少证明多少！证不明也坏不了什么事！"这样决定下来,便有人去找有翼和满喜去了。

这两个人一来,登高便把案情简单向他们说了一下,然后先让满喜来作证。满喜对头天晚上和惹不起吵架的事仍然有点不平,便趁这机会把那件事埋伏在他的话里边。他说:"看见我倒是看见的,可是这证人我不能当!有嫌疑!"登高说:"有甚说甚,那有什么嫌疑?"满喜说:"我说的不是今天的吃饭问题,是人家军属的名誉问题!咱可担不起那个事!"他卖了这么个关节,大家自然要追问,他便趁势把头天晚上惹不起说玲玲"有娘""有爹"那些话一字不漏说了一遍。还没有等满喜说完,看热闹的人中间有好多军属妇女就都叫起来。有人向委员们说:"……且不要说今天的事了,先把昨天晚上的事弄清楚!先看她拿的是什么证据!要是拿不出证据来,血口喷人不能算拉倒!"登高说:"已经过去就不要提了,还是说今天的吧!"军属们仍然坚持不能放过去,说菊英担不起这个名声。菊英不愿转移吃饭问题的目标,便向大家说:"由她说去吧!只要别人信她的!"小凤说:"我是军属,也是优抚主任。我代表军属和优抚委员说句话。我也觉着说这话是要负责任的,不过菊英不追究了也就算了,再要那么说我们就要到法院去控告她。"登高说:"过去的事,已经说开了就算了。满喜!你还是谈谈今天的情况吧!"满喜说:"我还是不谈!谈了她会说我是报复她!有翼是他们家里人,可以先让他谈谈!"登高说:"也好!有翼你就先谈谈!"有翼还没有开口,常有理向有翼说:"看见就说你看见来,没看见就说你没看见!不要有的也说,没的也道!"有翼看了看她,又看了看范登高说:"我没有看见!"满喜说:"咱们走过去,不是正碰上她端起锅来往外走吗?你真没有看见吗?"有翼支支吾吾地说:"我没有注意!"满喜说:"好!就算你没有看见!你晌午吃了几碗汤面?"有翼说:"两碗!"满喜说:"第二碗碗里有面没有?"有翼又向他妈看了一眼,支支吾吾地说:"面不多了!"满喜说:"不要说囫囵话!有没有一两面?"有翼又看了他妈一眼,满喜追着说:"我的先生!拿出你那青年团员的精神来说句公道话吧!有没有一两面?"有翼再不好意思支吾,只好照实说了个"没有!"大家又哄笑了一阵,满喜说:"这不是了吗?也不能说一点面也没有,横顺一样长那面条节节,每一碗总还有那么十来片,不用说一两,要够二钱也算我是瞎说!"大家又笑起来,常有理气得把头歪在一边,指着有翼骂:"你这小烧锅子给我过过秤?"登高说:"事实就是这样子了。现在可以休息一会,让我们委员们商量一下看怎样调解好。你们双方有什么意见,有什么要求,也都在这时候考虑考虑,一会再提出来。"说了便和各委员们离开了座,往西边套间里去。满喜截住登高问:"没有我们证人的事了吧?"登高说:"没有了!你们忙你们的去吧!"说着便都走进套间——村长办公室里去。

常有理觉着没有自己的便宜,拉了一下惹不起的衣裳角,和惹不起一同走出旗杆院回家去了。

糊涂涂坐着没有动,拿出烟袋来抽旱烟。

一伙军属拉住菊英给她出主意,差不多一致主张菊英和他们分家。

天气已经到了睡起午觉来往地里去的时候,看热闹的人大部分都走散了,只是军属们都没有散,误着生产也想看一看结果。

套间里的小会开得也很热闹:范登高主张糊涂事糊涂了,劝一劝大家好好过日子,只求没事就好。秦小凤不同意他的意见。小凤说:"在他们家里,进步的势力小,落后的势力大,要是仍然给他们当奴隶、靠他们吃饭,事情还是不会比现在少的。让一个能独立生活的青年妇女去受落后势力的折磨,是不应该的。"范登高说:

"正因为他们家里有落后的,才要让进步的在里边做些工作。"范登高这话要打点折扣。实际上他也知道菊英在他们家里起不了争取他们进步的作用,可是他知道菊英要分出来一定入社,保不定也会影响得糊涂涂入社,所以才找些理由来让他们维持现状。小凤说:"想叫菊英在他们家里做些工作也是分开了才好做。分开了在自己的生活上先不受他们的干涉,跟他们的关系是'你听我的也好,不听我的我也用不着听你的';要是仍在一处过日子,除非每件事都听他们的,哪一次不听哪一次就要生气。"别的委员们也都说小凤说得对。登高见这个理由站不住,就又说出一个理由来。他说:"咱们调解委员会,不能给人家调解得没有事,反叫人家分了家,群众会不会说闲话呢?"小凤说:"你就没有看见刚才休息时候已经有人悄悄跟菊英说'分开''分开'吗?大多数的人都看到菊英在他们家里过不下去,要不分开,群众才会不同意哩!"登高最后把他和金生笔记簿上记的那拆不拆的老理由拿出来说:"要是咱们调解委员会给人家把家挑散了的话,咱们这些干部们,谁也再不要打算争取他们进步了!"张永清反驳他说:"想要争取他们进步,应该先叫他们知道不说理的人占不了便宜。让落后思想占便宜,是越让步越糟糕的。"范登高说:"难道除分家再没有别的办法了吗?"小凤说:"有!叫她们婆媳俩向菊英赔情、认错,亲口提出以后的保证,把菊英请回去,那是最理想的。你想这都办得到吗?"有个委员说:"一千年也办不到。"别的委员都说对,小凤接着说:"不行!哪个人的转变也不是一个晌午就能转变了的!可是要不分开家,菊英马上就还得回去和她们过日子!咱们先替菊英想想眼前的事:要不分家,今天晚上回去,晚饭怎么样吃?婆婆摔锅打碗、嫂嫂比鸡骂狗,自己还是该低声下气哩,还是该再和她们闹起来呢?"登高说:"那也只能睁一只眼合一只眼!才闹了气自然有几天别扭,忍着点过几天也就没有事了!"小凤说:"难道还要让受了虐待的人再向虐待她的人低头吗?"登高说:"就是要分家,今天也分不完,晚饭还不是要在一块吃吗?"小凤说:"不!要分家,就不要让菊英回去了——让菊英暂且住在外边,让他们家里先拿出一些米面来叫菊英吃,直到把家分清了然后再回到自己分的房子里住去!我赞成永清叔的话——不能让不说理的人再占了便宜。"大家同意小凤的意见,登高也不再坚持自己的主张。小会就开到这里为止,大家便从套间里走出来。

会议又恢复了,只是缺两个当事人——常有理和惹不起都回家去了,打发人去请了一次也请不来,糊涂涂便做了她们两个的代表。

范登高问菊英的要求,菊英提出和他们分开过。别的军属又替她提出追究造谣和虐待的罪行。范登高作好作歹提出"只要分开家过,不必追究罪行"的主张。糊涂涂没有想到要分家,猛一听这么说,一时得不着主意,便问范登高说:"难道再没有别的办法吗?"没有等登高答话,有一个军属从旁插话说:"有!叫她们婆媳俩先到这里来坦白坦白,提出保证,亲自把菊英请回去!"糊涂涂一想:"算了算了!这要比分家还难办得多!"永清劝他说:"弟兄几个,落地就是几家,迟早还不是个分?扭在一块儿生气,哪如分开清静一点?少一股头,你老哥不省一分心吗?"别的委员们也接二连三劝了他一阵子;年纪大一点的,又直爽地指出他老婆不是东西,很难保证以后不闹更大的事。说到再闹事他也有点怕。他的怕老婆虽是假怕,可是碰到管媳妇的事,老婆可真不听他的。他想到万一闹出人命来自己也有点吃不消。这么一想,他心里有点活动,只是一分家要分走自己一部分土地,他便有点不舒服。他反复考虑了几遍,便向调解委员们说:"要分也只能把媳妇分出去,孩子不在家,不能也把孩子分出去。"小凤说:"老叔!这话怎么说得通呢?你把孩子和媳妇分成两家子,怎么样写信告你的孩子说呢?要是那样的话,还叫有喜怀疑是菊英往外扭哩!事实上是她们俩欺负了菊英呀!"别的委员们又说服了一阵,说得糊涂涂无话可说。

这点小事,一直蘑菇到天黑,总算蘑菇出个结果来:自第二天——九月三号——起,三天把家分清;已经收割了的地分粮食,还没有收割的地各收各的;先拿出一部分米面来,让菊英住到后院奶奶家里起火,等分清家以后再搬回自己房子里去住。

## 十九　出题目

常有理和惹不起碰了钉子回去之后,两个人的嘴都噘得能拴住驴。惹不起向常有理说:"生是你有翼把咱们证死了!"恰巧在这时候,有翼回家去取口袋,常有理一肚子怨气没处出,便叫过有翼来大骂一顿。她骂过半点钟之后,劲儿似乎才上来,看样子在两三个钟头以内是不准备休息的。有翼打断了她的骂跟她说:"场上等着用口袋哩!"她说:"不用你去送!场上的谷子我不要了!你总得给我说清楚你是吃饭长大的呀,还是吃屎长大的?青年团是不是你的爹妈?……"有余在场上等不着有翼,自己回来取口袋,一进门碰上这个场面,便先问调解委员会说了个什么结果,可是常有理正骂得有板有眼顾不上理他,他也因为场上的人等着装谷子用口袋就不再细问,找着了口袋取上走了,让他妈沉住气骂下去。有翼直等到这位老人家骂得没有劲了躺到床上去捶胸膛,自己才走出来到场上收拾谷糠去。

惹不起也回房里去睡觉,后来被有余从场上扛着谷回来骂了一顿,才起来去做晚饭去。

天黑的时候,糊涂涂在调解委员会无可奈何地答应了让菊英分家,也憋着一肚子气回来,便把有余叫到自己房子里,把调解委员会调解的结果向他说明。有余摇摇头说:"把十几亩地跑了!"糊涂涂把两手向两边一摊说:"就是嘛!"扭转头向常有理说:"你们有本领!省了一顿饭把十几亩地抖擞出去了!"常有理这回却找不着什么理,只好到吃饭时候又骂着有翼捎带着满喜出气。

常有理又骂上劲来,青年团有人在门外喊叫有翼开会。常有理向有翼说:"我不许你去!不跟上你那些小爹小妈,你还不会证死我!"有余见他妈骂得上气不接下气,便趁这机会劝她说:"妈!你让他走吧!你也该歇歇了!"糊涂涂说:"叫他走吧!咱们不要把村里的大小人都得罪遍了!"常有理刚刚因为逗本领弄错了一件事,也不敢太坚持自己的意见,有翼趁她不再追逼的空子,急急慌慌溜走了。

有翼走进旗杆院,见前院北房里已经有很多人。他问明了是开党团员联合大会,正准备进去,忽听得灵芝在东房里说话,便先往东房里去。

这东房现在是社的办公室,金生和李世杰、范灵芝正讨论分配技术问题。有翼见灵芝仰着头呆坐着,便问她想什么。灵芝没有向他说明问题,直撞撞地问他:"不用斗,用什么东西一下子就能装满一口袋?"有翼的脑子已经被他妈骂糊涂了,灵芝这一问问得他更糊涂,就反问灵芝说:"你问这干吗?"正在这时候,北房催他们开会。李世杰说:"你们开你们的会去吧!这问题恐怕只有找玉生才能解决!"灵芝虽然还有点不服,也只好罢了。

他们三个人走进北房,看见好多人围着北边墙上贴着的一张大幅水彩画,画家老梁同志站在一旁请大家提意见,大家都满口称赞。有翼和灵芝凑到跟前。有翼一看说:"这是三里湾呀!"又走近看了看:"上滩、下滩、老五园、黄沙沟口、三十亩、刀把上、龙脖上……真像!"有人说:"远一点看,好像就能走进去!"老梁说:"不要光说好,请提一提意见!"大家都没有意见。玉生说:"老梁同志!现在还没有的东西能不能画?"老梁说:"你说的是三里湾没有呀,还是世界上没有?"玉生说:"比方说:三里湾开了渠,"用手指着图画说,"水渠从上滩这地方开过,过了黄沙沟,靠崖根往南开,再分成好多小支渠,浇着下滩的地;把下滩的水车一同集中到上滩这一段渠上来,从这里打起水来,分三道支渠,再分成好多小渠,浇着上滩的地;上下滩都变成水地,庄稼比现在的更旺。能不能画这么一个三里湾呢?"老梁说:"这自然可以!你想得很好!那可以叫'提高了的三里湾',或者叫'明天的三里湾'。"金牛说:"老梁同志!我们现在正要准备宣传扩社和开渠。你要是能在十号以前再画那么一张,对我们的帮助很大!"老梁说:"可以!"金生想了想又说:"还可以再多画一张!将来我们使用了拖拉机,一定又是个样子!"他这么一说,就有好几个人又补充他的话。有的说:"那自然!有了拖拉机,还能没有几个大卡车?"有的说:"那自然也有了公路!"有的说:"西山上的树林也长大了!"有的说:"房子一定也不是这样了!"张永清说:"我从前说'楼上楼下、电灯电话',县委说现在不应该宣传那些,你们说来说去又说到这一路上来了!"金生说:"县委也不是说将来就不会有那些。县委说的是不要把那些说得太容易了,让有些性急的人今天入了社明天就跟你要电灯电话。我们一方面说那些,一方面要告群众说那些东西要经过长期努力才能换得来,大概就不会有毛病的。老梁同志要是能再画那么一张画,我们把三张画贴到一块,来说明我们三里湾以后应走的路子,我想是很有用处的!老梁同志!这第三张画你也能画吗?"老梁说:"能!

我还带着几张国营农场和集体农庄的画哩！把那些情景布置到三里湾不就可以了吗？"有人问："三里湾修的新房子,能和别处的一样吗？"没有等老梁回答,就有个人反驳他说："那不过是表明那么个意思就是了吧！难道画上三个汽车,到那时候就不许有五个吗？画了一块谷子,到那时候就不许种芝麻吗？"老梁说："对！我只能根据我现在对农业机械化理解的水平,想一想三里湾到了那时候可能是个什么气派,至于我想不到的地方和想错了的地方,还要靠将来的事实来补充、纠正。对不起！因为我征求意见耽误你们开会,以后再说吧！你们要的那两幅画,我在十号以前一定画成！"金生说："三张画给我们的帮助太大了！我们开会也为的是这个！今天的会也请你列席好吗？"老梁答应了。

金生催大家坐好,正在套间里谈经营管理问题的张乐意和何科长也走出来。

金生宣布了开会,便先把头一天晚上社干会议决定的扩社、开渠两件事向大家报告了一下,然后向大家说："……最要紧的事是要争取时间:按咱们原来的计划,水渠要社内外合股去开,成本和人工要按能用水的地面来分担,社只算一个户头,社外便要以户为单位去计算,因此在开工之前就得先把扩社工作做完——入了社的就算在社的总账里,花钱误工都由社来统一调度；没有入社的也要另有个编制——要不先分清谁是社员谁不是社员,开渠工作就很不容易管理。可是秋收以后离上冻不到一个月工夫,要是等收完了秋再扩社,扩社工作完了渠也就不好开了。我们支委们研究了一下,又在社干会上研究了一下,都觉着在收秋这一个月里,也可以把扩社的工作做好。日程是这样排列的:本月十号以前,我们的党、团员、宣传员,先在群众中各找对象个别地宣传一下,听取一些群众的意见。十号上午由各团体联合召开一次动员大会,然后按互助组和居民小组分别讨论、酝酿，接着，愿意入社的就报名。到了二十号以后，报名的大体上报个差不多，就可以做开渠的组织工作。这样一天也不耽搁，才能保证一过了国庆节马上就动工开渠，在上冻之前把渠开成。这中间还夹着个小问题，就是马家刀把上那块地还没有动员好，也要在本月里解决。"张永清插了句话说："刀把上地现在有了解决的办法！"金生说："有了办法更好！村里、社里这一个月的工作就是这些。我们党、团员、宣传员们要在群众中广泛地宣传，要帮助家庭的亲人们打通思想，要在群众中用行动来带头——用一切办法来保证工作顺利完成。我要传达的就是这些。以下让宣传委员谈一谈具体的宣传计划。"

张永清接着便谈宣传计划。他先把村里的住户按地段分成好多片，按住地的关系和私人的关系规定了把党、团员、宣传员们组成若干个临时宣传小组。他说："从现在到十号，要按各人宣传的具体对象，分别说明加入农业生产合作社就是走上社会主义的光明大路；说明我们社内这二年的增产成绩、变旱地为水地的好处、水地的耕作技术和基本建设集体经营起来比个体经营容易得多；说明到了机械化的时候增产更多：让大家的脑筋活动一下。群众要有什么意见，有什么思想障碍，要随时汇报党、团支部，让支部针对具体情况想办法。十号的动员大会开过之后，是大家拿主意的时候。在这时候，我们要帮着群众算细账，解释群众提出来的问题。这样做下去，做到开始报名的时候，我们大概就知道个数目了。就是在报名以后我们也不关门——水渠开了工，完了工，一直到明年春耕之前，个别户要想加入我们也欢迎，不过要向他们说明参加得越迟，做的工就越少，分的红自然也少。动员他们尽早参加进来。"有人问他刀把上的地是怎么解决的，他说："这个问题我们支委会还没有商量过，以后再谈吧！"

永清谈到这里,金生让大家分了分临时宣传小组,各组选了组长,会就散了。

散会之后,张乐意仍和何科长去套间里谈经营管理问题,张永清拉着金生到东房里商量刀把上地的问题,魏占奎叫团支委留下来开团支委会。

马有翼因为挨了骂,只想等开完了会找灵芝诉一诉苦,党支书和宣传委员讲了些什么,他连一半也没有听进去,可是等到散会以后,灵芝又被魏占奎叫住开团支委会,自己落了空,便垂头丧气跟着大家向外走。他刚走出北房门,忽然想到会散得太早,他妈还没有睡,回去准得继续挨骂,便又踌躇起来。正在这时候,魏占奎又在北房里伸出头来问:"马有翼走了没有?"有翼答应着返回去。魏占奎说:"你且在西房里待一下,一会还要跟你谈个事。"有翼便到睡着满桌子民兵的西房里去。

民兵们睡觉的睡下了,上岗的上岗了,只有个带岗的班长点着一盏灯坐在角落上一张小桌子边。马有翼找了一条闲板凳也凑到桌边来坐。因为怕扰乱别人睡觉,这位班长除和他打了个招呼外,一句话也没有和他谈——他自己自然也照顾到这一点,没有开口。煤油灯悄悄地燃着,马蹄表老一套地滴答着,有翼在桌子一旁只想他两宗简单的心事——第一宗是魏占奎留下他说什么,第二宗是要有机会的话再留下灵芝谈谈心。

闲坐着等人总觉得时间太长,表上的针像锈住了一样老不肯迈大步,半点钟工夫他总看够一百多次表,才算把北房的团支委会等得散了会。他听见轻重不齐的脚步声从北房门口响出来,其中有一个人往西房里来,其余的出了大门。凭他的习惯,他知道来的人是灵芝,本来已经有点瞌睡的眼睛又睁大了。他觉得这半个钟头熬得有价值。门开了一条缝,露了个面,正是灵芝,两道眉毛直竖着,好像刚和谁生过气,也没有进来,只用手点了点有翼,有翼便走出来跟着她到北房里去。

有翼见灵芝面上的气色很不好,走路的脚步也比往常重了好多,便问她说:"你生谁的气?"灵芝张口正要说"生你的气",猛然想到她跟有翼的关系还没到用这样口气的时候,便不马上回答他的话。

前边也提过了:有翼这个人,在灵芝看来是要也要不得,扔也扔不得的,因此常和他取个不即不离的关系,可是一想到最后该怎么样就很苦恼。她这种苦恼是从她一种错误思想生出来的。她总以为一个上过学的人比一个没有上过学的人在各方面都要强一点。例如她在刚才开过的支委会上,听说有翼下午给菊英作证时候是被满喜逼了一下才说了实话,便痛恨有翼不争气。有翼在那时候的表现确实可恨,不过灵芝恨的是"一个中学生怎么连满喜也不如?"其实满喜除了文化不如有翼,在别的方面不只比有翼强得多,有些地方连灵芝自己也不见得赶得上。不是说应该强迫灵芝不要爱有翼而去爱满喜,可是根据有翼上过中学就认为事事都该比满喜在上,要叫满喜知道的话,一定认为是一种污辱——因为村里人对满喜的评价要比对有翼高得多。灵芝根据她自己那种错误的想法来找爱人,便把文化放在第一位。三里湾上过中学的男青年,只有一个有翼还没有结婚;因为村里的交通不便,又和从前的男同学没有什么联系,所以只好把希望放在有翼身上。她所以迟迟不作肯定是想等到有翼进步一点再说,可惜几个月来就连有翼一点进步的影子也看不到,便觉得很苦恼。她常暗自把有翼比作冰雹打了的庄稼,留着它长不成东西,拔掉了就连那个也没有了。

有翼见灵芝不回答他的话,也摸不着头脑,只好跟着灵芝走到会议室的主席台桌边,和灵芝对面坐下。这时候一个五间大厅就只有他们两个人坐在靠东的一头,开过两次会的煤油灯上大大小小结了几个灯花,昏暗暗地只能照亮了一个桌面,灵芝的脸上仍然冷冰冰竖着两道眉,平时的温柔气象一点也没有了。有翼看了看灵芝的脸,又看了看四周,觉得可怕得很。灵芝板着面孔冷冰冰地和他说:"团支委会派我通知你:党支委秦小凤把你今天下午在调解委员会上那种混账的、没有一点人气的表现,反映到团支部来,团支委会决定要你先写一个检讨,再决定怎样处理!去吧!"说了站起来便要走。有翼急了,便赶紧说:"可是你要了解……"灵芝说:"我什么也不要了解!"有翼见她什么也听不进去了,便哀求着说:"我只说一句话!今天下午,最后我还是说了实话的呀!"灵芝说:"要是最后连实话也不说的话,团里也就不再管你检讨不检讨了!"说着便丢下他走了。

有翼挨了这么一下当头棒,觉着别的团支委和人谈思想不是这样的态度,灵芝代表团支委和别人谈话也不是这样的态度,一定是灵芝生了他的气,用这种态度表明以后再不和他好,想到这里就趴到桌上哭起来。他哭了一阵,没有人理,自己擦了擦泪准备回去,又想到回去他妈还要继续骂他,才擦干了的眼泪又流出来。

正在这时候,套间门开了,何科长和张乐意两个人走出来。他一想起何科长住在他们家里,好像得了靠山,赶紧吹了桌上的残灯,偷偷擦了擦泪,走到何科长跟前来。何科长问他:"还没有回去吗?"他说:"我留在这里等你!"说罢便和何科长相跟着回去了。

## 二十 小组里的大组员

有翼受了灵芝一顿碰,生怕灵芝从此丢开他,躺在床上睡不着,便坐起来点上灯写检讨。他的检讨是专为写给灵芝看的,所以特别下工夫,不过不是把工夫下在检讨错误上,而是在考虑如何才能既不丢人又能叫灵芝相信。第一遍稿子还写了几句正经话——如"……为了袒护母亲就完全冤枉了自己的同志……"——写过了又一想:"不行!这像人做的事吗?"本来就不像人做的事还偏想说得像人做的事,那就难了。他把这第一遍写的放过去之后,接着便尽量想往"像人"处写,把那些"说得不够明白""有点顾虑""开始有点勇气不足""脑筋迟钝一点""一时有点糊涂""思想准备不充分"……一切含糊字样换来换去,觉着怎么说也有点不大圆通。这样一直写到天明,也没有写出一份满意的来。

天明了,他听得一声清脆的女人声音在门外叫他,好像是灵芝,可惜后半截被大黄狗叫了一阵给搅乱了。他赶紧从好多纸片中挑出一份自己认为比较像样的检讨书来放在桌子上,把其余自己认为要不得的压到席子底去,然后才开了他自己住的东南小房门走出来。他走到大门里,喝退了大黄狗问是谁,才听见答话的声音是玉梅。他先把腰栓缝里那个像道士帽的楔子打下来,正要拔腰栓,又听见他妈在北房里叫他,他便停住手答应说:"等我开了门就来!"他妈说:"快来快来!"玉梅在门外说:"你且不要开门!你们的狗死咬人!等我走远了你再开!党支部要咱们这个临时小组马上开个紧急会议讨论一件重要的事!地点就在后院奶奶家!我先走了!你马上就来好了!"有翼说:"等一等咱们相跟着!"玉梅说:"我还要去通知村长去!"说着便走了。常有理仍然一声接一声地叫有翼,有翼只得跑到北房门口来。有翼推了一下门见门还没有开,便走到窗下问常有理有什么事。常有理隔着窗先埋怨着他,给他下命令说:"见了你那小妈你就走不开了!给我到临河镇请你舅舅去!"有翼说:"可是我马上要去开会呀!"常有理说:"家里没有你们这两个常开会的人,我这家还散不了!再要去开会我就不算你的妈!"糊涂涂接着常有理的下音向有翼说:"有翼!我倒不是说你不应该开会,可是家里有了要紧事总可以请个假吧?调解委员会叫咱们在三天以内和你三嫂分开家。你快去请个假回来赶上个驴到临河镇接你舅舅去。你舅舅好出门去掉卖牲口。最好你在早饭以前赶到他家,不要去得迟了扑个空!快去吧!"有翼等他说完了,便往旗杆院后院去。

玉梅离开马家院门口跑到范登高家,见灵芝在敞棚下喂骡子,便问范登高起来了没有。灵芝一面答应着一面给骡子添好了草料,就把玉梅引到房子里来。这时候,灵芝的妈妈正在桌边梳头,见玉梅进来便先让她坐下。玉梅问起登高,灵芝妈妈说:"他昨天晚上回来不知道心里有什么事,问着他他也不说正经话,吹了灯也不睡觉,坐在床边整整吸了一盒纸烟,鸡叫了才躺下。"又指着放下帘子的套间门说:"这会可睡着了!我和灵芝都没有惊动他。"范登高睡得不太熟,隔着帘听见有人说话便醒了。他开头还以为是他老婆和灵芝谈他夜里回来的情况,后来听得好像是对外人谈,心里有点不自在,便叫了灵芝一声。他老婆听见他醒来了,也就不再谈下去。灵芝低声向玉梅说:"我爹醒了!你找他说什么,告我说我顺便告诉他一下!"玉梅说:"党支部要我们那个临时宣传小组开个紧急会议讨论一件重要事情。他跟我们编在一个小组里,我来请他参加。"

灵芝进了套间,把玉梅的来意向登高说明。登高微微睁了一下眼,慢吞吞地说:"党——支——部?"接着他又考虑了一阵,向灵芝说:"你叫玉梅进来一下!"

每逢金生代表支部说话的时候,登高总有点不满意。在开辟工作时候,他当支部书记,金生还只是个民兵,这几年因为他只注意他的两头骡子，对同志们冷淡了，同志们便对他也冷淡了，所以在每次支部改选时候他总落选。金生这个人在他看来是"有些能力"，不过比起他来那还提不到话下。提倡办社、开渠在他看来都是金生故意出风头——他以为没有这些事可以过得更安静一点。特别叫他不自在的是现在支部来领导扩社工作，他以为这是将他的军，违背了"自愿"的原则。虽说支部没有人直接动员他入社，可是把他编在临时宣传小组让他去向别人宣传，他以为这是金生他们想出来的威逼他的巧妙办法——以为社里暗算他的两头骡子；把他和玉梅、菊英、有翼编成一个临时宣传小组，他以为是故意给他凑了几个毛孩子开他的玩笑。三个青年选他当组长他说他顾不上——其实他是觉着"我怎么好意思当这么个娃娃头儿？"——可是选了玉梅他更不高兴——他又觉着"天哪！我怎么被玉梅领导起来了？"——总以为夜里那次党团员大会是金生他们完全为了摆布他才设下的圈套。他既然认为是圈套了，自然就要安排跳出圈套的办法，所以散了会回来顾不上睡觉先来做种种安排。他的第一着是抓住"自愿"的理由再向支部提出"反对动员"的意见，可是又想到这个不行，因为县委副书记老刘同志当面驳斥过他这意见，告他说"自愿"不是"自流"，宣传动员还是要做的。他想要是不行，第二步可以赶上骡子出外边走走，等过了这十来天再回来，可是又怕后山的王小聚趁这个空子找到了别的营生不再给他赶骡子……他这样想来想去，整整吸了一盒纸烟也没有找到最后的主意，直到鸡叫才睡下，也睡得十分不安稳，有点什么动静就醒来一次。

当灵芝告他说玉梅来找他，说是党支部要他们这个小组开紧急会议的时候，他想："什么党支部？还不是金生的主意？玉梅也真正当起我的小组长来了！他们一步紧一步地和我斗上了！"他本来想叫灵芝告玉梅说他没有工夫，后来又想到这样顶回去，将来传到老刘那里要说他"目无组织",所以才又让灵芝叫玉梅进去。

玉梅进去以后,他故意对玉梅装出少气无力的样子说:"玉梅!叔叔昨天夜里回来伤风了,头痛得抬不起来。你们讨论吧!叔叔实在起不来!"玉梅见他这么说,也只好劝了他几句要请人治疗的话就回旗杆院去了。

党支部派来参加他们这次紧急会议的是张永清。张永清见玉梅说登高不准备来,便向大家说:"他不来咱们就先讨论。不过他想躲也躲不开——这事和他有关系。等讨论完了我再去找他。"玉梅说:"咱们就开会吧!"有翼说:"可是我爹要我请个假去请我舅舅去!你说怎么办?"玉梅还没有答话,张永清便向有翼说:"不要理那老糊涂虫!这老家伙鬼主意真多!咱们不能让他再请得个牙行来摆布菊英!"有翼说:"可是他非叫我去不行!"玉梅:"我的老先生!你也太没出息了!你不去难道他能吃了你?"有翼说:"可是将来我还得回去呀!"玉梅说:"他既然知道要请假,你就可以向他说没有请准。难道请假不许请不准吗?"有翼觉着也有理,只是也觉着不好交代,所以马上没有答话。永清说:"好了!我们谈正经的吧!"有翼想:"不去行吗?最好再等我拿一拿主意!"可是永清不等他,他也就停下来了。永清接着说:"大家都知道我们的水渠已经测量好了,水渠要占用的地该怎么办也都大部分商量通了,只是马家刀把上那一块地还没有得到有翼他爹的答应,看样子是准备和我们麻烦到底的。现在菊英要和他们分家了。昨天夜里我们支部几个人商量了一下,最好让菊英把这块地争取到手,免得到开工的时候再和有翼他爹打麻烦。菊英先想一想你自己愿不愿这么做!你只要把这块地争取到手,明年要是入社,社里按产量给你计算土地分红,要不入社,社里给你换好地!"菊英打断他的话说:"能分了家我怎么还肯不入社?"永清接着说:"我们也估计你一定愿入。"玉梅问："怎么样向她家提出呢?"永清说："争取的办法是这样：由菊英直接向他们提，别人帮个腔。既然分家，总得有家里人都在场吧！总得由调解委员会给他们评判一下吧！有翼是他们家里的一股头，登高是调解委员会主任，菊英是当事人；你们这个小组一共四个人就有三个与这事有关系，配合得好一点，这工作是可以做好的。"菊英说："要是他不先问我的意见就给我配搭成一份，还怎么单单提出要换这块地呢?"永清说："可以提！什么转弯话也不用说，就说你明年要入社，想帮着社里、村里解决个问题；就说他们原来不愿让出这块地来无非是怕吃了亏，现在要他们把这个亏让给你来吃！大家再一帮腔，他再没有不让的理由——再不让就显得他是故意捣乱。就是这么一件事，你们抓紧时间商量着办吧！让我先去找一下范登高，单独和他谈谈！"说了就往外走。菊英追着他说："要是他打发人去请我们那个牙行舅舅，不通过调解委员会呢?"永清说："给你分的没有那块地的话，你可以说他们分得不合适，再到调解委员会提出你的意见！"菊英笑了笑说："对对对！我没有想到我自己已经成了一方面了！"永清回头向她说："对！你懂得这个就好了！"说着便走了。

　　菊英想了个提出问题的办法，说出来让玉梅和有翼听听使得使不得；玉梅给她补充了些话；有翼没有发言，只想到他没有去请舅舅，回去怎样应付他爹。

　　会议一共几分钟就散了，菊英留在后院奶奶家，玉梅和有翼相跟着走出旗杆院。有翼觉着会散得这样早，和请个假误的时间差不多，回去见了他爹仍然可以说是请了假；不过按这次会议的精神，是不应该再去请那个牙行舅舅去的。他觉着昨天犯了个错误正写着检讨，今天明明白白在会上表示自己不再去请舅舅，回头要再去了，不是又要算错误吗？不过这次错误他还不是不愿意犯，而是怕犯了以后团里不允许,特别是怕得罪了灵芝和玉梅。他想先在玉梅名下取得合法——让玉梅批准一下,便向玉梅说:"我回去了,我爹仍然要我去请我舅舅,我该说什么呢?"他想让玉梅说一句"实在要你去,你也只好去了",可是玉梅回他的话是他没有想到的。玉梅说:"我的老先生!你三嫂自己成了一方面了,你什么时候才能成为一方面呢?该怎么对付由你去想!我替你出不了主意!"说完便离开了。旗杆院门口剩下有翼一个人。

玉梅没有批准,有翼更作了难:回去吧,一定得去请舅舅——别的话他想不出;找灵芝去吧,连玉梅都嫌自己没出息了,还怎么敢和灵芝提——况且检讨也没有交卷……他在旗杆院门口转来转去,好大一会得不着主意,忽然看见远远的有个红影儿一闪,定神一看,原来是何科长骑着他自己的红马走了。有何科长住在他家,他妈还不便和他大动气;何科长走了,就连这一点庇护也没有了,更叫他觉着不妙。一会又有个花影儿从他眼前闪过去,原是他大哥赶了他们的大驴,驴鞍上搭着一条花被子走过去,他便赶紧躲进门里闭起门来。他从门缝里看见他大哥赶着驴往下滩去,知道是他爹等不着他,已经打发他大哥接他舅舅去了,便觉着又算遇了大赦,直等到他大哥走得看不见了,才准备回家挨骂去。

永清找到范登高家,和范登高说明要让菊英争取刀把上那块地的时候,登高没有听完就有点烦躁——他想:"什么事也能和'扩社''开渠'连起来!难道你们除了这两件事就再没有别的事吗?"他将就听完了永清的话,便反驳着说:"作为一个党员,我要向支委会提意见:第一,党不应该替人家分家。第二,提出这个问题,马多寿一定会说是共产党为了谋他的一块地才挑唆菊英和他分家,这对党的影响多么坏!"他这样用保卫党的口气提出两条理由,满以为永清再无话说,可是永清马上就把他的话顶回去。永清说:

"菊英要分他的地,难道是党要分他的地吗?昨天下午在调解的时候全场人都给菊英出主意要她分家,难道是党挑唆的吗?群众难道以为开了渠是给党浇地吗?作为一个共产党员我也要向你提意见:你对支委会和支部会的决议没有一次没意见!没有一次积极执行过!这是组织纪律不允许的!"登高急了,大声嚷着说:"哪一次的决议我抵抗过?至于一面执行决议一面提意见,那是党允许的!我的意见多那是因为我看得出问题来!你们不尊重我的意见那该着你们检讨,不应该来教训我这提意见的人!"这一来又引得张永清这门大炮崩了他一顿。张永清说:"够了够了!我们哪些地方没有尊重你的意见让我们慢慢检讨去!那么这次的决定你执行不?"范登高说:"在没有执行以前,我提出的意见你们考虑不?"永清说:"我已经回答过你了!你提出的理由站不住,用不着考虑!你是个'大'党员,开会不到,我这个当支委的可以找上门来传达!以后执行得怎么样,请你向你的临时小组长玉梅去汇报!"说了便走。范登高老婆和灵芝把他送出来。

## 二十一 非他不行

自从早晨散会以后,菊英就在后院奶奶家里等候通知,一直等到响午没有动静,到别处打听了一下,听说有余把那个牙行舅舅请来了,可是也没有来叫她。她想要是找回家里去,没有同着个调解委员会的人,万一再和常有理她们顶撞上了,又会弄得分辩不清,不如沉住气等糊涂涂他们的好,因此仍回旗杆院后院去。糊涂涂他们似乎比菊英更沉得住气,直到天黑也没有来叫菊英。菊英吃过晚饭,便把玲玲托付了后院奶奶,去找调委会主任范登高去。

菊英出去不多久,玉梅来找她。玉梅白天在互助组里给黄大年割了一天谷,听有翼说他舅舅在晌午就来了,和他爹、他大哥商量分家的问题,不让他参加,把他撵到互助组里来。玉梅除又数说了有翼一顿"没出息"以外,也没有得到一点消息,因为她的临时宣传小组负有争取刀把上一块地的责任,所以一丢下碗就来找菊英问讯。

玉梅听后院奶奶说菊英找范登高去了,便往外返;刚到院里,听登高在后院东房供销社信贷股和人说话,便往东房里去。她见登高和一个办事员争执一个问题,争得她自己插不进话去,只好等着。只见范登高说:"不让我贷,把原来我存的还我行不行?"办事员说:"到了期自然由你提取!""难道我不存下去也不行了吗?""定期款自然到期才给你准备!""我不信你们就没有流动款!""流动款有流动款的用处,让你拿走了还怎么流动!""这是乡下!是供销社附设的信贷股!不是银行!不一定要把事情弄那么死板!""我们只能按规矩办事!""那叫官僚主义!信贷工作是叫人方便的!不是叫人有钱也不得用的!""你既然为了多得利息存成了定期,就不能再享有活期的方便。我是执行县联社的决定的。上级叫我怎么做我怎么做。有没有官僚主义都不在基层社!有意见你到县里提去!""我跟你说不清楚!去找你们主任来!""主任到县里开会去了!爱找你自己找去!"这个办事员是县城里人,话头比范登高快得多,一点空也不露,弄得登高占不住一点理——实际上他也没有理。登高见战不胜他,退也退不出来,正在为难,玉梅恰巧给他做了殿后。玉梅拦住他的话说:"叔叔!菊英在你家里等你哩!"登高趁势向那个办事员说:"算了算了!你不贷算拉倒!我顾不上跟你白误工!"说了便和玉梅走出来。办事员从里边又送了他一句说:"我似乎比你还要忙一点!"

范登高为什么要贷款呢？因为二号早晨他的赶骡的王小聚回去收秋的时候，约的是三号下午就来，四号早晨就要赶上骡子走。这天下午小聚果然来了，可是上次贩来的绒衣因为和供销社买顶了卖不动；别的货物虽说卖了一些，又因为才收开秋，人们手里现钱缺，赊出去的多，赶不上马上再进货。登高本来还有些存款，当日因为用不着，就定期存入供销社的信贷股，也不能抵现钱用。他想先到供销社信贷股贷一笔款打发小聚走，等收起账来就还，偏是这年秋天县里让信贷股正规化，准备以后从供销社分出来独立成为信贷社，所以定下的规矩不能通融。县里规定临时贷款限于以下三种用途才准贷出：一、农业投资；二、婚丧事故；三、不可抗拒之灾害。登高是倒买卖，自然不在这三种范围内。信贷股这个办事员为了给登高留面子，没有拿出这三种限制来抵抗他，只说没有现款。这些限制，在登高本来很明白——因为别人拿这些理由去贷款还得由村公所证明，他是常给别人写这种证明的——只是想借村长的面子通融一下，见办事员推辞他便有点不高兴，才扯到定期存款上。办事员见他不识进退，就和他顶撞起来。

玉梅虽说给他解了围，可是玉梅和菊英找他也够叫他伤脑筋。糊涂涂刀把上地一争取到菊英名下，开渠的事就再也挡不住了；渠一开了，第一是要经过他的上滩几亩地，第二是糊涂涂地里的水车再也团结不住满喜和黄大年——这两个人一入了社，他自己不入就更觉难看。他觉着对他自己这样不利的事，除了不便公开抵抗，反而还得帮着去做，不是故意往窄路上走吗？他这样想着想着，就和玉梅走到他自己家。

小聚和菊英，都正在家里候他回去。他一回去，小聚先问他说："明天走吗？"他说："明天走还只能给人家送个干脚，自己想捎点什么,款又不现成。已经歇了两天了,索性明天再歇一天吧!也许能讨起些账来!"菊英见他把他自己的事交代完了,就问他说:"叔叔!我们那分家的事今天不见动静,该怎么办呢?"登高说:"他们没有来找,我也不便自己往事里钻。我想他们自己合计合计以后是会来找我的。"

正在这时候,马有余跑进来。马有余看见了菊英说:"老三家也在这里吗?正好!省得再去找你!"又向登高说:"登高叔!我爹请你明天到我们家去哩!不要吃早饭!我们那里准备着哩!"又向菊英说:"老三家明天也不要另做饭!就回家里吃去!'好合不如好散'哩!明天请登高叔和咱舅舅给咱们当公证人,和和气气商量着分开,以后在院子里处个邻家也方便。你嫂有什么对不起你的地方都担在我身上!"又向他们两个人说:"就这样吧!家里还有客人,我回去了!明天早上我再来请你们!"登高应酬了几句,有余便走了。

单从有余这次谈话的态度上看,这个家满可以不分。他这些话可不是随随便便说出来的。


当这天晌午有余从临河镇把他舅舅接来之后,便连他爹三个人关起门来整整商量了一个下午。他们讨论的第一个问题是按什么标准分地。他家一共十四口人——多寿老两口、有余四口、有福四口、有喜三口、有翼一口——六十八亩地,每人平均四亩八分多地。要按人口分,菊英该分到十四亩四分多;要是多寿老两口除出一些养老地,其余按四股分,菊英就可能少分一点。有余说按股分合适,因为养老地可以多留一点,而且可以留好的。开始打算留二十亩养老地,后来怕菊英不愿意,再按人口和他们算账,只决定留十六亩。按这样分,菊英该得着十三亩,比原来少一亩多。谈到这里，老牙行想起一件旧事来。老牙行说："在减租时候那次假分家，不就除的是十五亩养老地吗？要是那一次的分单文书还在的话，就省事多了。"他转向糊涂涂说："那文书是你表兄写的。如今你表兄也死了，更可以证明那是真的，省得我们跟她临时讨价还价。"糊涂涂说："不过那次斗争没有斗到咱头上，所以就没有把那文书拿出去过。"老牙行说："没有往外拿过不更好吗？你可以说：'孩子们多了我早知道早晚要有这一天，所以我早给他们安排了！'这样一则可以表明你有远见，再则可以表明你大公无私，不是专为了菊英才布置的，三则可以省去临时麻烦。"糊涂涂觉着他说的也使得，便叫有余到东房里从那一盒差一点没有被满喜倒在垃圾里的古董里把四张分单找出来。他们商量的第二个问题是刀把上的那块地。他们估计到社里人会叫菊英要那块地。糊涂涂先让老牙行查一查分单上刀把上那块地是不是养老地，结果查出写在老二马有福名下，不是养老地。糊涂涂说："虽然不是养老地，只要不在老三、老四名下就好。"第三个问题是调解委员会会不会推翻这些分单，主张重新分配。糊涂涂说："不会！主任委员是范登高。这个人是村长也是党员，说话很抵事，不过他自己是既不愿开渠也不愿入社的。只要我们说得有点情理，他是会顺水推舟的。"老牙行说："咱们先跟他联系一下好不好！"糊涂涂说："那可不行！你让他自己说，他会帮着我们说话；要是当面和他说破，他反而不敢帮我们——因为他怕别的党员抓住他的把柄。"第四个问题是万一丢了刀把上那块地，大年、满喜两个人入了社，互助组也散了，菊英也分出去了，自己也入社是不是比单干合算。有余这个铁算盘算了一下：除了菊英分出去的地，自己还剩五十五亩，每年还得吸收一百个短工，估计可以收到一百零八石粮；要是入了社，连土地带劳力可以分到八十八石粮，单干要比入社多二十石，再抛除七石粮的零

175

工工资,也还多十三石——因为一百个零工等于雇三个多月长工,还是忙季,自然有些剥削。糊涂涂说:"万一那样的话,先单干一年试一试。成问题的是入社的多了,零工不容易雇到。"最后一个问题是研究了一下在谈判时候对付菊英的态度。他们三个都一致主张要和气,尽量让菊英不好意思争执,要让常有理和惹不起忍着点气来顾全大局。

因为经过了这样一番布置,所以有余见了菊英才那样客气起来。

有余走后,登高以为自己毕竟还有权力,便慢吞吞地向菊英和玉梅说:"我估计对了吧!我知道他们越不过我这一关!"

## 二十二　汇报前后

次日(九月四日)范登高参加了马家的分家谈判,整整误了一天,没有顾上去收账,晚上回去十分不高兴。灵芝也很关心菊英的事,见他回去就问谈判的结果,才问了一句,就引起他一大堆牢骚话来。他说:"我算不会和青年人共事!话要往理上说!说话抓不住理了,别人实在不容易给她圆场!"说着从衣袋里掏出一卷棉纸卷来往桌上一摔说:"人家在十年以前就写好了的分单怎么能说是假的呢?"灵芝问:"怎么昨天才提出分家,十年以前就会有了分单呢?"登高指着那卷纸说:"你不会看看!"灵芝展开一看,见第一张前边写着一段疙疙瘩瘩的序文,接着便是"马有余应得产业如下",下边用小字分行写着应得的房屋、土地名目、坐落、数目。又翻了第二张、第三张,序文都一样,一张是有福的,一张是有翼的,只是没有有喜的。灵芝问:"怎么没有老三的呢?"登高说:"菊英拿去研究去了！看她能研究出什么来！"灵芝又翻了翻，见刀把上那块地写在老二有福名下，就又问登高说："怎么？没有把刀把上他们那块地争取到老三名下吗？"登高表示很烦躁地说："任他们怎么处分我！这个糊涂决定我没有法子执行！"灵芝正要问底细，赶骡子的王小聚走进来。小聚问："收起钱来了吗？"登高说："倒收起'后'来了！""那么明天走不走？""等一等看！我拿一拿主意！"他想了一阵子说："这么着吧！我明天自己赶上骡子走，把那些存货带上，能退的退，能换的换别的货，退换都不能的话，我再想别的办法。"小聚说："那么我呢？""你帮忙给我在家收几天秋！""咱们当初不是说过我不做地里的活吗？""不愿意做你就回家，反正干几天按几天算账！"这一下可把小聚难住了：不干吧，回家没有个干的；干吧，实在有点吃不消。灵芝一听登高说他自己要赶着骡子走，接着便问："给菊英分家的事不是还不到底吗？"登高说："调解委员又不是我一个人！""可是支部给你的任务你还没有完成呀！""老实说，要不是为那个我还不走！让他们换个别人完成去吧！只要他们有一个人能完成了，我情愿受严重处分；要是他们也完不成的话，那就证明他们是借着党的牌子故意捏弄我——该受处分的是他们！"就在这时候，外面有人喊灵芝去开会，灵芝便答应着跑出来。登高还隔着门给灵芝下命令说："出去不要乱说！"

这天夜晚的会议是党、团支委在金生家听取各个临时宣传小组长汇报。

灵芝走到金生家的院子里，见玉生和宝全老汉在院里试验着一个东西。这东西，猛一看像一副盖子朝下的木头蒸笼安在个食盒架子上，又用滑车吊在个比篮球的篮架矮一点的高架子上。这是玉生父子俩在两天内做成的新斗，可以一次装满一口袋。他们先把口袋口套在像笼盖的那个尖底漏斗上,往地上一放,像食盒架子下面的腿和这漏斗一齐挨了地,然后把一口袋谷子装到这副蒸笼样子的家伙里,把绳子一拉吊起去,一个人随手扶住口袋,谷子便漏到口袋里来。在周围看的人,除了金生、金生媳妇、宝全老婆、玉梅、青苗、黎明、大胜——他们一家子外,还有几个党、团支委和临时宣传小组组长。当玉生拉起绳子,谷子溜满了口袋,宝全老汉把套在底上的口袋口卸下来的时候,大家都喊"成功了,成功了"。灵芝想:"这些人就是有两下子!"她见这个家伙下半截连在一起,上半截却是几个圈子叠起来,便问:"为什么不一齐连起来呢?"玉生说:"这六道圈子每一道是一斗,下边是五斗,一共一石一斗,谁该少得一斗去一道圈。""为什么不凑成一石的整数呢?""因为社里的口袋,最大的只能盛一石一斗。""五斗以下的怎么办呢?""五斗以下用小斗找补!"大家都说想得周到。

一会,人到齐了,后来的人又要求他们试了一遍。金生说:"咱们开会吧!"大家散了。玉生和宝全老汉收拾工具。金生媳妇和婆婆打扫院里撒下的谷子。灵芝看到人家这一家子的生活趣味,想到自己的父亲在家里摆个零货摊子,和赶骡的小聚吵个架,钻头觅缝弄个钱,摆个有权力的架子……觉着实在比不得。她恨她自己不生在这个家里。她一面看着人家,一面想着自己,没有看见别人都走了,直到听见魏占奎在南窑里喊她,她才发现只剩她一个人没有进去,便赶紧答应着进去了。

玉生离了婚,南窑空下来正好开会用。当灵芝走进去的时候,可以坐的地方差不多都被别人占了。她见一条长板凳还剩个头,往下一坐,觉着有个东西狠狠垫了自己一下;又猛一下站起来,肩膀上又被一个东西碰了一下。她仔细一审查,下面垫她的是玉生当刨床用的板凳上有个木橛——在她进来以前,已经有好几人吃了亏,所以才空下来没人坐;上边碰她的原是挂在墙上的一个小锯,已被她碰得落在地上——因为窑顶是圆的,挂得高一点的东西靠不了墙。有个青年说:"你小心一点!玉生这房子里到处都是机关!"灵芝一看,墙上、桌上、角落里、窗台上到处是各种工具、模型、材料……不简单。她把碰掉了的小锯仍旧拾起挂好,别人在炕沿上挤了挤给她让出个空子来让她坐下。

金生宣布开会了,大家先静默了几分钟。在讨论什么问题的会议上,一开头常好静默一阵子,可是小组长汇报的会上平常不是这个样子,不知道这一次为什么静默起来。停了一会之后,有个小组长说:"我先谈一点:袁天成留那么多的自留地,在群众中间影响很坏。有人说:'用兄弟旗号留下地,打下粮食来可归了自己。这叫什么思想?'别的人接着说:'社会主义思想!党员还能不是社会主义思想?'还有人说:'有党员带头,咱明年也那么办——给我老婆留下一份,给我孩子留下一份,给我孙子留下一份……'还有人说:'总是入社吃亏吧!要不党员为什么还不想把地入进去?'我们碰上人家说这些话,就无法解释。这是一宗。还有……别人先谈吧!我还没有准备好!"可是别人好像也都没有准备好,又静默下来。

灵芝本来是个来听汇报的团支委,可是她见没有人说话,自己就来补空子。她说:"我不是个小组长,可是也可以反映一点情况:菊英争取刀把上马家那块地的事,好像是已经吹了。我看这事坏在我爹身上。马家拿出几张十年前就写好的分单,把刀把上那块地写在老二名下,菊英不赞成,我爹还不高兴。在我看来,我爹自己是也不愿意入社、也不愿意让村里开渠的——只要一提到这两件事他总是不高兴。他说他自己……"玉梅抢着说:"菊英也说他不帮一句忙。菊英怀疑这些分单是假的。她把她拿到的一张给了我,要我替她找永清叔研究一下。"说着就从衣袋里往外取那张分单。别的小组长,也都抢着要说群众对于范登高的反映。金生说:"等一等!还是先让灵芝讲完大家再讲。"

原来每一个组里一开始去宣传,都碰到群众对范登高提出意见来——差不多都说:"你们且不要动员我们,最好是先动员一下党员!"说这话的人们,有的是自己早想入社,同时对范登高有意见,想借这机会将他一下军;也有些是自己不想入社,想借范登高做个顶门杠——不过都包含着个"党员不该不带头"的意思在内。因为有这个情况把宣传的人弄得没话说,很被动,所以在向小组长汇报的时候,都把这个情况摆在第一位提出来。小组长们来开会的时候,谁也准备先谈这个,可是一坐下来之后看见灵芝在场就有此顾忌,都以为应该想法让灵芝回避。灵芝倒没有觉察到这一点。她所以发言,只是因为她觉着她爹的思想、行动处处和党作对,发展下去是直接妨碍村里工作的。她早就说过她要给她爹治病,现在看着她爹的病越来越重,自己这个医生威信不高,才把这病公开摆出来,让党给他治。灵芝说开了头,大家放了心,所以才打破沉默抢着要说。

金生让灵芝接着说完,灵芝便接着说:"我爹说他自己明天要赶上骡子走开,让别人去管菊英分家的事。我觉着他的思想上有病,支部应该给他治一治!"张永清说:"治过了,治过了!支委会和他谈了几次话了,只是治不好!"金生说:"治不好又不是不治了。还要治!大家还是先谈情况吧!"有个小组长说:"我在我们那个互助组里给大家讲应该走社会主义道路、不要走资本主义的道路的道理,就有人提出'共产党领导的是什么道路'。我说'当然是社会主义道路',人家就问'买上两头骡子雇上一个赶骡子的,是不是社会主义道路'。这话叫我怎么回答呢?"金生问:"你是怎么回答的?"那个组长说:"我说那是个别的。""他又说什么?""他又说:'共产党的规定,是不是小党员走社会主义道路,大党员走资本主义道路?'"张永清大声说:"混蛋!这是侮辱共产党!这话是谁说的?"金生叹了口气说:"不要发脾气!这是咱的党员给人家摆出来的样子!"别的组长又都谈了些一般宣传情况,差不多都有和范登高、袁天成两个人有关系的话。金生说:"我看这两个人的问题再也放不下了!"玉梅又补充报告了一下菊英和她讲过的分家情况,就把菊英的分单递给张永清看。张永清是个文化程度比较高一点的人,可是看了看分单上的序文,也不知道说的是什么,便向灵芝手里一塞说:"我这文化程度浅,请你替我解释一下。"灵芝说:"我看过了。这位老古董写的疙瘩文我也不全懂,好在字还认得,让我念给大家听听!"接着她就念出以下的文章来:"尝闻兄弟阋墙,每为孔方作祟;戈操同室,常因财产纠纷。欲抽薪去火,防患未然,莫若早事规划财产权益,用特邀同表兄于鸿文、眷弟李林虎,秉公评议,将吾财产析为四份,分归四子所有。嗣后如兄弟怡然,自不妨一堂欢聚;偶生龃龉,便可以各守封疆。于每份中抽出养老地四亩,俾吾二老得养残年,待吾等百年之后,依旧各归本人。恐后无凭,书此分付四子存据。三子有喜应得产业如下……"接着便念出哪里哪里地几亩几亩,哪里哪里房子几间几间……最后是"一九四二年三月五日,立析产文约人马多寿。中证人于鸿文、李林虎。于鸿文代书"。张永清听完了说:"怨不得疙里疙瘩的!我就没有看见是这个老家伙写的!"青年们都问他于鸿文是个什么样的人。张永清说:"是临河镇上一个老秀才,常好替别人写一些讹人的状子,挑唆个官司,已经死了七八年了。"大家都说不用解释,大体上都听明白了。金生说:"看样子这分单也不是假的。据我估计,可能是那时候老多寿怕斗争,准备和孩子们假分一次家,后来因为不斗争他了他没有把这东西拿出来。"金生问他们刀把上那块地分给谁了,灵芝说:"分在老二名下。"金生想了想说:"不论是真是假,分给菊英这份地也不坏。我看就那样子好了!"秦小凤说:"我也觉着这份地很好。只要他们公道一点就好。咱们军属又不是要占人家的便宜的。"张永清说:"可是没有刀把上那块地呀!"金生说:"那个咱们另想办法吧!"玉梅问:"那么我们这一小组这个任务算解除了吧?"金生说:"好吧!明天早起我再和你详细谈!"

汇报完了,金生宣布党支委留下,其余散会。先走出门来的人说:"咦!下雨了!"灵芝听了说:"下雨好!下了我爹明天就不走了!"金生向魏占奎说:"捎带去叫醒乐意老汉,问一问场上还有没有摊的东西!"魏占奎说:"我们几个人去看一下好了!要有的话,我们自己收拾一下!你们谈你们的吧!"

金生领着党支部委员们到旗杆院后院找县委老刘去。其余的人,是社员的都到场上去,不是社员的回了家。灵芝虽说不是社员,可是已经和社发生了关系,也跟大家到场里去了一趟。大家见早有人把场上应遮盖的东西都已经遮盖好,知道是张乐意社长早有布置,就都回来了。

灵芝回到家的时候,范登高老婆早睡了觉,只有范登高独自一个人对着煤油灯坐着。登高问灵芝开的是什么会,灵芝想要是向他实说了,他一定还要问长问短,不如含糊一点,便告他说是团的会。可是登高很关心是不是谈到今天给菊英分家的事,便又问团里讨论什么问题。他这一问,灵芝猜透了他的心事,觉着更不应该和他说实话,可是又不愿意让他再追问下去,便选了个他最不愿意追问的问题回答他说:"讨论的是资本主义道路和社会主义道路。"灵芝猜得很准,登高果然不再追问了。

灵芝睡了,登高仍然没有睡,仍旧对着一盏灯听外边的雨声。他觉得天气也和他作对,偏让他第二天走不了。哪一阵雨下得小一点,他都以为是雨停了,可是仔细一听都觉失望。后来他走到门外向天上望了一下,睁着眼和闭上眼一样黑,看样子好像这场雨要下个一年半载的。就在这时候,院门外有人打门;问了一下,是他最不愿意看见的张永清。他给张永清开了门,永清进来问他要那三张分单,说是支委会要研究一下。他说:"那是调委会的事,支部为什么管得着?"永清说:"人家和咱们的团员闹气,难道党内不应该摸一摸底?"登高说:"好吧!你们能管到底更好!我实在跟人家没有话说了!"说罢便把三张分单拿出来让永清拿走了。

他送走了张永清,又把大门关上,回来吹了灯,躺在椅背上猜测支部会研究出什么结果来,又想到明天走不了该怎么办,支部说分单是假的该怎么办,是真的又该怎么办,留不住马家刀把上那块地怎么办……想下去没有完。他正想得起劲,又听得有人打门。他摸着走到门边问了一声,是党的小组长。小组长告他说:"你不用开门了!金生叫通知你:明天要是还下雨,早上开支部会;要是不下雨,晚上开支部会。"说了就走开了。登高在里边喊叫说:"等一等!要是明天不下雨,我就得请个假哩!"小组长远远地说:"谁也不准请假!县委有重要报告!"说着就走远了。登高想:"这一下又让他们拴住了!"屋子里已经吹了灯,眼睛已经一点用处也没有了。他慢慢摸到他坐的那把椅子上往下一坐,少气无力自言自语说:"实在麻烦!"

## 二十三　还得参加支部会

四号夜里,登高只顾估计第二天的情况,一夜又没有得睡好觉。天亮了雨还没有停，登高一起来，马有余便来请他。参加马家分家的会议、躲开支部会议，也是登高想出来的办法之一。他以为支部既然要研究分单，这真假问题至少总还可以纠缠几天，而支部会议不过一个上午就过去了。头天夜里他埋怨天气和他作对，这天早晨却又觉着下雨对他有帮助——因为下雨，把支部会议放在白天开，在时间上才能和马家的分家会议冲突。马有余一来，他很高兴，慌慌张张擦了一把脸便跟着马有余往外走。小聚只怕把自己留在家里，便随后赶上问他说："要是早饭以后天晴了，要不要赶上骡子走？"登高说："回头再决定！"再让骡子歇一天，开完支部会再赶上骡子走，也是登高想出来的办法之一，所以仍不肯放小聚走。

登高到马家一小会，有翼也把菊英叫来了。糊涂涂马多寿、铁算盘马有余、牙行李林虎和范登高，四个人摆好了架子坐稳。范登高用那种逗小孩的口气问菊英说："研究了分单没有？"菊英说："研究过了！""真的呀假的？""真的！""嗯？"这一下范登高没有料到，也猜不透菊英的意思。菊英见他怀疑，就又答应了一遍说："真的！""你还有什么意见？""没有了！我觉着还公道！"牙行李林虎说："好孩子！你是个讲理的！舅舅和你爹都这么大年纪了，还能哄你？哪根指头也是自己的肉，当老人的自然用不着偏谁为谁！地和房子你既然没有意见，咱们今天就分一分家具什物那些零碎吧！你还有什么意见？"菊英问："牲口怎么分呢？"糊涂涂说："一共两个驴，一份半个。你要是要大的，别的东西少得一点；要是要小的，别的东西多得一点；完全由你选！"菊英说："我要入社，半个驴也能入吗？"糊涂涂说："要入社可以给你折成钱，把钱入到社里让他们再买！好吗？"菊英答应了。

家具什物他们也做了准备——糊涂涂和铁算盘头天晚上忙了半夜,开出分配清单——马有余拿出单子来,先念了一遍总的,然后念各人名下的,因为念得很快,叫听的人赶不上记忆。自然他们也打了好多埋伏——例如有些箱、柜、桌、椅本来是祖上的遗物,他们却说成了常有理和惹不起的嫁妆;小一点的、不太引人注意的东西,根本没有写上去。念完了,他们问菊英有什么意见。菊英只想早一点离开他们过个干净日子,无心和他们较量那些零碎,便放了个大量说:"只要有几件家具过得开日子就算了,多一点少一点有什么关系?庄稼人是靠劳动吃饭的!谁也不能靠祖上那点东西过一辈子!给我那么多我就要那么多!没有意见!"李林虎说:"好嘛!你看这有多么痛快呀!"马有余便把菊英应得的那张单子给了菊英。

登高一想:"奇怪!原来准备要摆几天长蛇阵,怎么会在不够一点钟的工夫里解决了呢?"头一天太不顺利,这一早晨太顺利,他以为都是和他作对。

为什么这天早晨菊英那样痛快呢?原来这天绝早,金生便叫玉梅向她那个临时小组传达头天夜里支委们研究的结果。支委们的意见是不论分单真假,只看是否合理——是合理的,真的也赞成,假的也赞成;要不合理,真的也反对,假的也反对。支委们都以为这些分单是在菊英的事故以前写的,所以还比较公道,要是重新来一次,不见得比这个强。至于没有刀把上那块地,已经想出别的办法来,不必再让菊英争取了。玉梅跑到旗杆院后院奶奶家里去找菊英,恰巧碰上有翼也来找菊英,就把支委的意见向他们传达了一下,然后又去找登高,可是那时候登高已经被马有余请去,所以菊英知道,登高不知道。

分家的事情结束了,马家留范登高吃过早饭,李林虎便帮着马有余给菊英清点家具。范登高见没有自己的事了,便辞了糊涂涂走出来,不过一出大门便碰上一些党员们相跟着往旗杆院去,顺路也叫他相跟着走,他再没有什么逃跑的理由,也只好不声不响跟了去。

支部大会仍在旗杆院前院北房里开。一开始,金生先谈了谈开会的意义。金生说:"这次会议是个小整党会议,可能在一两天以内开不完!大家要耐心一点!"这几句话在登高听起来就是个警报。他历来就怕提"整党",更怕一连整好几天。金生接着说:"县里原来决定在今年冬天农闲的时候才整,可是有些不正确的思想已阻碍着现在的工作做不下去,所以昨天晚上才和县委会刘副书记决定先整一整最为妨碍工作的思想,等到冬天再进行全面整顿。现在先请刘副书记给大家讲一讲!"接着便是老刘同志讲话。老刘同志仍然从"资本主义道路和社会主义道路"讲起。提起这两条道路,登高就以为是"金箍咒"——因为一听着管保头疼。他既然抱了这个成见,所以老刘同志讲了些什么他根本没有听进去——他以为不论讲什么,也不过都是些叫人头疼的药罢了。可是老刘同志的"金箍咒"似乎比别人的厉害,有些字眼硬塞进他的耳朵里去——老刘同志的讲话里有这样的话:"……例如范登高、袁天成就是这种思想、行动的代表!"范登高虽说没有听见老刘同志前边讲的是哪种思想、行动,可是总能猜着指的不是什么好思想、好行动。既然点着了他范登高的名字,以下的话他就不得不注意,只听得老刘同志接着说:"领导大家走社会主义道路的是共产党!不愿意走这条道路还算个什么党员?愿不愿带头走这条道路?以前走了没有?是怎样走的?以后准备怎样走?每一个党员都得表明一下态度！特别是在思想上、行动上犯有严重错误的人应该首先表明！这是能不能做个共产党员的界线！一点也含糊不得！希望同志们都认真检查一下自己！"老刘同志讲完了话，金生宣布说："大家休息一下，以后就个别发言。今天就是晴了也湿得不能下地，准备开一整天会；明天要是下雨就再开一天，要不下雨白天下地晚上开。"范登高搔了搔头暗自说："天呀！金箍儿越收越紧了！"

　　休息过之后，范登高已准备了一下。县委既然点了他的名，他只得先发言了。不过他这人遇上和自己利益有矛盾的事，总想先抓别人一点错。他说："话也不用转着弯说了！看来今天这会似乎是为了我才布置的！"这显然是对支委、支书和县委的不满。老刘同志才听了他这两句，就插话说："我插句话：今天的会，主要的就是要范登高、袁天成两位同志带头来检查自己的严重的资本主义思想！其次才是让其他同志表明态度！我在讲话时候已经讲得很明白了！并没有转弯！不要误会！登高同志谈吧！"范登高只想倒打一耙，所以准备的是另一套话，并没有准备真正检讨错误，现在听老刘同志明白指定要他检查思想，他便惊惶失措，一时找不到话讲。隔了一阵，他找到些理由，便说："当初在开辟工作时候……"有个老党员站起来说："你拉短一点行不行！在开辟工作时候，我知道你有功劳，不过现在不是夸功的时候，是要你检查你的资本主义思想！"范登高已经没有那么神气了，便带着一点乞求的口气说："可是你也得叫我说话呀！"主席金生说："好！大家不要打岔！让他说下去！"范登高得了保证便接着说："在当初，党要我当干部我就当干部，要我和地主算账我就和地主算账。那时候算出地主的土地来没有人敢要，党要我带头接受我就带头接受。后来大家说我分的地多了，党要我退我就退。土改过了，党要我努力生产我就努力生产。如今生产得多了一点了，大家又说我是资本主义思想。

我受的教育不多,自己不知道该怎么办,最好还是请党说话!党又要我怎么办呢?"当他这样气势汹汹往下说的时候,好多人早就都听不下去,所以一到他的话停住了,有十来个人不问他说完了没有就一齐站起来。金生看见站起来的人里边有社长张乐意,觉着就以老资格说也可以压得住范登高,便指着张乐意说:"好!你就先讲!"乐意老汉说:"我说登高!你对党有多么大的气?不要尽埋怨党!党没有对不起你的地方!要翻老历史我也替你翻翻老历史!开辟工作时候的老干部现在在场的也不少,不只是你一个人!斗刘老五的时候是全村的党员和群众一齐参加的!斗出土地来,不敢要的是少数!枪毙了刘老五分地的时候,你得的地大多数在上滩,并且硬说你受的剥削多应该多得,人家黄沙沟口那十来家人给刘家种了两辈子山坡地还只让人家要了点山坡地。那时候我跟你吵过多少次架,结果还是由了你。在结束土改整党的时候,要你退地你便装死卖活躺倒不干工作,结果还只退出黄沙沟口那几亩沙阪。土改结束以后你努力生产人家别人也不是光睡觉,不过你已经占了好地,生产的条件好,几年来弄了一头骡子,便把土地靠给黄大年和王满喜给你种,你赶上骡子去外边倒小买卖,一个骡子倒成两个,又雇个小聚给你赶骡子,你回家来当东家!你自己想想这叫什么主义?在旧社会里,你给刘老五赶骡子,我给刘老五种地,咱们都是人家的长工,谁也知道谁家有几斗粮!翻身时候,你和咱们全体党员比一比,是不是数你得利多?可是你再和全体党员比一比,是不是数你对党不满?为什么对党不满呢?要让我看就是因为得利太多了!不占人的便宜就不能得利太多,占人的便宜就是资本主义思想!你给刘老五赶骡子,王小聚给你赶骡子,你还不是和刘老五学样子吗?党不让你学刘老五,自然你就要对党不满!我的同志!我的老弟!咱们已经有二十年的交情了!不论按同志关系,不论讲私人交情,我都不愿意看着你变成第二个刘老五!要让你来当刘老五,哪如就让原来的刘老五独霸三里湾?请你前前后后想一想该走哪一条道路吧!"张乐意说完之后,接着又有几个人给范登高补充提了些意见。范登高还要发言,金生劝他好好反省一下到下午再谈,然后便让袁天成发言。

袁天成见大家都很认真,不便抵赖,便把错误推到他老婆能不够身上。他说在本年春天入社的时候,就情愿跟大家一样只留百分之二十的自留地,后来能不够给他出主意,要他以他那个参了军的弟弟为名,把土地留下一半。他说他平日不敢得罪能不够,所以才听了她的话。大家要他表明以后究竟要受党领导呀还是受老婆领导,袁天成说:"自然是受党领导,不过有时候也还得和她商量商量!"大家说他那话和不说一样。

谈到这里,天就晌午了。金生宣布休会,叫大家吃了饭再来。

## 二十四　奇　遇

登高回家去吃午饭时候,一句话也不想说,也没有叫灵芝给他端饭,自己默默地舀一碗饭躲到大门过道里去吃。他老婆悄悄问灵芝说:"你爹又和谁生气?"灵芝这天上午也在旗杆院和李世杰研究总分配问题,也听到党支部会上大家给登高提意见,可是也不便向她妈说,只好答应了个"不清楚"。

登高只吃了一碗饭就放下碗站在台阶上吸纸烟。灵芝想试探一下登高的思想是否通了,就故意问他说:"支部开会讨论什么?"登高只慢吞吞地说了两个字:"念经!""什么经?""真经!"灵芝想:"不行!这个病还没有治好!"

王小聚只关心登高是不是放他赶着骡子走,端着碗凑到登高跟前说:"天晴了!明天你去呀我去?"登高说:"谁也不用去了!我要卖骡子了!""为什么?""不养了!已经养出资本主义来了!"说完了也不等小聚再问什么,就吸着烟走出去。

登高老婆摸不着头脑乱猜测,灵芝故装不知和她瞎对答。她们胡扯了一会,李世杰便又把灵芝叫走了。

灵芝同李世杰又到旗杆院前院的东房来,北房的支部大会也开了。灵芝正在制着一份分配总表,本来无心听北房里人们的讲话,可是偏有一些话送到她耳朵里来。有一次,她听见她爹大声说:"不要用大帽子扣人!我没有反对过社会主义!当私有制度还存在的时候,你们就不能反对我个人生产;一旦到了社会主义时期,我可以把我的财产交出来!"灵芝一听就觉着这话的精神不对头,只是也挑不出毛病在哪里。她本来也想过找一个适当机会和她爹辩论一下两条道路的问题,现在看来她爹懂得的道理也不像她想的那样简单。她正想找个理论根据试着反驳一下,就听见张永清反驳着说:"一个共产党员暂且发展着资本主义生产,等群众给你把社会主义社会建设好了以后,你再把财产交出来!你想想这像话吗?这是党领导群众呀还是群众领导党?"金生补充了两句说:"就是群众,也是接受了党的领导来共同建设社会主义社会,并不是等到别人把社会主义社会建设好了以后再交出财产来。大家都发展资本主义,还等谁先来建设社会主义社会呢?"另外一个人说:"范登高!你不要胡扯淡!干脆一句话:你愿不愿马上走社会主义道路?""我没有说过我不愿意!""那么你马上愿不愿入社?""中央说过要以自愿为原则,你们不能强迫我!""自愿的原则是说明'要等待群众的觉悟'。你究竟是个党员呀还是个不觉悟的群众?要是你情愿去当个不觉悟的群众,党可以等待你,不过这个党员的招牌可不能再让你挂!"灵芝听到这里,再没有听到她爹接话,知道是被这些人整住,暗自佩服这些人的本领,心思慢慢又转回自己制造的表格上来。

造表这种工作和锄地、收割那些劳动性质不同——总得脑力集中——手里写着"总工数、总产量……名称、合价……"耳朵里听着"检讨、纠正……资本主义、社会主义……",总觉得有点牵掣。灵芝一个下午出了好几次错,不过总还在支部没有散会之前,她和李世杰的工作就已经告一段落。

灵芝走出旗杆院的时候太阳还没有落。她忽然想到马有翼给团支委写的检讨书还没有交代,便到马家院来找有翼。灵芝才离开他们的互助组,也不过三四天没有到马家院来,马家的大黄狗见了她便有点眼生,"呜"的一声就向她扑来,不过一到跟前马上又认出她是熟人,就不再叫了。灵芝见菊英正在院里往东房里搬她分到的家具,便低声问她说:"有翼在吗?"菊英往东南小房一指说:"在!"灵芝走到窗下敲了两下窗格,有翼便喊她进去。

灵芝一走进去,觉着黑咕隆咚连人都看不见,稍停了一下才看见有翼躺在靠南墙的一张床上。这间小屋子只有朝北开着的一个门和一个小窗户,还都是面对着东房的山墙——原来在有翼的床后还有两个向野外开的窗户,糊涂涂因为怕有人从外边打开窗格钻进来偷他,所以早就用木板钉了又用砖垒了。满屋子东西,黑得看不出都是什么——有翼的床头仿佛靠着个谷仓,仓前边有几口缸,缸上面有几口箱,箱上面有几只筐,其余的小东西便看不见了。灵芝问有翼说:"大白天怎么躺在家里?"有翼说:"倒霉了!""因为要你写检讨吗?""不!要比那倒霉得多!我舅舅……"常有理就在这时候揭开门帘进来了。常有理指了指有翼说:"快去吧!你爹叫你哩!"有翼答应着站起来向灵芝说:"你且等一下,我去去马上就来!"常有理说:"有事哩! 马上可来不了! 快去吧!"灵芝看见常有理这样无理,有翼又那样百依百随,也只好向有翼说:"我也走了!你以后写好了直接给支委会送去吧!"说着就随在有翼后边走出东南小房,独自走出马家院。常有理朝着灵芝的脊背噘了噘嘴,差一点没有骂出来。

灵芝从一个碾道边走过去,见小反倒袁丁未架着驴儿碾米,有翼他舅舅李林虎正和小反倒谈他的驴能值多少钱,赶骡子的王小聚也在一旁凑趣。灵芝回到家打了个转,王小聚便领着李林虎在院里看登高的骡子。这时候,登高也散会回来了。登高问李林虎说:"你看我那两个骡子能值多少钱?"李林虎说:"不论值多少你又不卖!"登高说:"卖! 说真的,卖!"李林虎说:"我又没钱买! 你真要卖的话,回头给你找个主儿!""好! 你给咱留心着!"李林虎又客气了一会便出去了。

前边提过,小聚也是牙行出身。小聚晌午听范登高说要卖骡子,虽说不相信他是真心,可是也想到万一他真要卖也不要让他逃过自己的手。他和范登高有个东家伙计的关系,不好出面来从中取利,所以才去拉李林虎来做个出面的人。他们商量好要趁登高散会回来的时候,用半开玩笑的口气探一探登高的心事然后再作计议,所以李林虎才在这时候来看登高的骡子。

李林虎走后,灵芝把登高叫回家里去问他说:"爹! 你为什么要卖骡子?""人家都说咱养骡子是发展资本主义,还不赶快卖了它去走社会主义道路吗?""难道不卖骡子就不能走社会主义道路?""不卖骡子怎么走?""入社!""入了社谁给咱赶骡子?""连骡子入!""你说得倒大方! 他们有的入个小毛驴,有的连小毛驴也没有,偏是我入社就得带两头骡子? 要入骡子大家都入骡子! 光要我入骡子我不干!""可是人家都没有骡子呀!""谁不叫他们有骡子?""人家都没有你……""没有我翻得高!没有我会发展资本主义!是不是?别人都这样整我,你也要这样整我!是不是?"灵芝停了一下说:"你叫我怎么说呢?你发展的是那个主义呀!"这时候,登高很想向灵芝发一顿脾气,可惜想了一阵找不出一条站得住脚的道理来。灵芝接着劝他说:"爹!你自己都愿意入社了,为什么偏舍不得入骡子?况且社里又不是白要你的!社里给你公平作价,每年按百分之十给你出息,还不跟你卖了骡子把钱存在银行差不多吗?"登高又带气又带笑地说:"你才到社里去帮了三天忙,就变成社里的代表了!这话真像社里人说的!"登高老婆见登高的眉头放开了一点,自己的牵挂也减轻了一点,便想法子给登高开心说:"谁让你答应把她换给人家社里呢?换给人家自然就成了人家的人了!"灵芝说:"我爹也答应入社了,社就跟咱们成了一势了。我一方面是替社说话,另一方面还是为我爹打算。牲口入社不吃亏这个道理,近几天来我们宣传小组赶紧给群众讲解还怕群众有误会,我爹是党员,在入社以前先卖骡子,那还怎么能叫群众不发生误会呢?要是准备入社的人跟着我爹卖起牲口来,恐怕全体党、团员,全体社员都会反对他!"登高说:"我卖骡子又不是怕社里不给我报酬!"灵芝说:"可是怎么向群众解释呢?况且既然不是怕吃亏,又真是为了什么呢?连我也不懂!"登高说:"这会闹得连我也不懂了!我本来是想卖了骡子给自己留下一部分活动款,可是真要入了社还留那款叫活动什么呢?"登高老婆说:"你们都不懂,我自然更不懂了!"灵芝问登高说:"那么你不卖骡子了吧?"登高说:"我这脑袋里这会乱得很!等我好好考虑一下再说!你且不要麻烦我好不好?"灵芝从他这些话里知道他还没有真打算入社,只是也有一点活动口气,便最后向他说:"我只再问一句话!你们这次支部会开完了没有？"登高说："你又问那干吗？你怕烦不死我哩？"灵芝听他这么说，知道还没有开完，便笑了笑没有说什么。她想："只要那个会没有开完，自然就有人替我麻烦你！"

夜深了，灵芝回到自己房子里睡不着。有三件事扰乱着她：下午造的那份表还有毛病，爹的病还没有彻底治好，有翼才说了个"我舅舅"就被他妈妈管制起来了。她脑子里装满了这些东西：农业总收入、农业成本、土地应得、副业总收入、副业成本、公积金……摆零货摊、雇人赶骡子、等别人建设社会主义社会、卖骡子、"是党员呀还是不觉悟的群众"……仓、缸、箱、筐、"我舅舅"、常有理的嘴脸……这些东西，有时候还是有系统地连成一串，有时候就想到"仓、缸、箱、筐"应该记在"农业成本"项下，或者想到"卖骡子"不能算"副业收入"……总而言之，越想越杂乱。最后她给自己下命令说："尽温习这些能解决什么问题？快睡！明天早一点起来正经搞！"

睡是睡着了，可是睡得不太好，一觉醒来天还不明。这时候她的头脑很清醒，想到头天下午制的那个表，就跟放在桌面上看着一样。她觉着只要把两三个项目前后调动一下次序就完全可用了。她穿上衣服走出院里来，想去她爹房子里的外间桌上看一看表，可是伸手去揭帘子就又打了退步。这只表是她爹搞小生意买来的。她想要是她爹醒来了，一定要以为"我要不发展资本主义，你哪里会有个表看？"想到这里她又寻思说："算了！不看你的！等到社会主义时候大家都会有一个！现在我到旗杆院民兵那里看去！"

灵芝快走到旗杆院门口，一条手电筒的光亮照到她脸上来，吓了她一跳。原来打谷场和旗杆院中间有个岗位。在这岗位上的民兵，一方面监视着村里通到场上的路，另一方面也算旗杆院的门岗。站岗的民兵叫住灵芝问明了原委,便放她过去。灵芝走进旗杆院,见东西两个房子的窗上都有灯光:"难道是李世杰早就来了吗?"她刚这么一想,就听见东房有人问"谁?"紧接着就听见枪栓响了一声,她就赶紧答应说:"我,我!"她走进去,见玉生站在账桌后边,手里握着枪。玉生见是她,就把枪放下了。她看见民兵的表放在账桌上,走过去看了看才四点二十分;表旁边放着个笔记本,上面压着个尺子。玉生问她:"你怎么这么早就起来了?"玉生在四点钟才把最后一班岗换出去,估计在这时候不会有人活动,所以一听到灵芝在院里走动就紧张了一下。灵芝说:"有一份表画错了,我来改一改。我没有表,不知道才四点多钟。"她又问玉生说:"你怎么到这边房子里来带岗?"玉生说:"我想捎带着琢磨个东西,翻得纸沙沙响,怕扰乱别人睡觉。"灵芝听他这么说,才注意到他的笔记本翻开的一页上画着几个齿轮和圆圈,尺子中间有一排窟窿,有个窟窿里还钉着一个针。她听说玉生和小俊离婚是因为一支有窟窿的尺子吵起来的,猜想着一定就是这个尺子了。她把尺子拿开去看下面的图,玉生说:"你可不要笑我!我们弄的这些东西,可不能比你们有文化的人那么细致!"灵芝看了看,觉着是粗一点,不过也都很有道理,便问他说:"发明什么机器吗?"玉生说:"见了人家的机器连懂也懂不得,还要发明什么机器? 我不过是想把咱们那些水车改装一下! 咱们不是就要开水渠吗? 开了渠下滩就不用水车了,可以把水车都搬到上滩的渠上来。下滩的井是两丈深,上滩水渠上要安水车的地方才六尺深。水越浅水车越轻,轻了就用不着一个牲口。我想或者是用报上登的那个变轴的办法把水车加快,或者再想个办法能让一个水车挂双筒,那就能叫一个抵两三个用。"灵芝问他现在琢磨得怎么样,他便把他画的那些图一张一张翻着解释给灵芝看。灵芝见他画的那些齿轮的齿子有些过长,向他说:"这么长的齿子不行!"他说:"实际上不是那么长的。那是因为尺子上的窟窿只能钻那样密,所以画得长了。"灵芝听他讲完了,觉着他真是个了不起的聪明人,要不是有个"没文化"的缺点,简直可以做自己的爱人了。她又拿起那个尺子来看了看,觉着完全用手工做那么个东西实在够细致,可是要拿它当个画图的仪器用,却还粗得可怜。她想为了社里的建设,也该把自己在学校用的那些圆规、半圆量角器、三角板、米达尺借给玉生用一用,便向玉生说:"这个尺子画这些图不够用,我可以借给你几件东西用!"说了便回家去取她那些东西。

她把那些东西取来,一件一件教给玉生怎么用。玉生说:"谢谢你!这一来我可算得了宝贝了!"

这时候天色已经大明,民兵也撤了岗,玉生也回去睡觉去了,灵芝便坐到账桌后去修改她的表格。

## 二十五 三张画

九月十号是休息日。这天早晨,社里的青年们在旗杆院搭台子。这个台子搭起来很简单,只要把民校的桌子集中到前院北房的走廊前边,和走廊接连起来,上面铺几条席子,后面挂个布幕把北房门遮住,便是个台子。这个台子,差不多每十天就要搭一次——有时候只开个会,有时候也演戏——因为搭的次数多了,大家都很熟练,十分钟便搭成了。这次的台上,除了和往常摆设得一样以外,还添了老梁赶制的三幅大画。青苗、十成、黎明、玲玲他们那一伙人在休息日都是积极分子,才搭台就跑来了。他们看见正面挂着三张新画,大一点的孩子一看就认得是三里湾,指指点点先给小的讲解,讲解了一阵就跑到村里去宣传,逢人便说:"台上有三张画,都画的是三里湾,有一张有水,有一张有汽车!"集体宣传了还不算,又都分散回家去拉自己的爹爹、妈妈、爷爷、奶奶。

吃过早饭,大家陆续往旗杆院走——有的是本来就要来开会,有的是被小孩们拉来的。干部们都到幕后的北房里开预备会,其余的人在前边院里看画。

村里人,在以前谁也没有见三里湾上过画,现在见老梁把它画得比原来的三里湾美得多,几乎是每一个人都要称赞一遍。这三张画,左边靠西头的是第一张,就是在二号晚上的党团员大会上见的那一张。第二张挂在中间,画的是个初秋景色:浓绿色的庄稼长得正旺,有一条大水渠从上滩的中间斜通到村边,又通过黄沙沟口的一座桥梁沿着下滩的山根向南去。上滩北部——刀把上往南、三十亩往北——的渠上架着七个水车戽水;下滩的渠床比一般地面高一点,一边靠山,一边用堤岸堵着,渠里的水很饱满,从堤岸上留下的缺口处分了好几条支渠,把水分到下滩各处,更小的支渠只露一个头,以下都钻入盛旺的庄稼中看不见了。不论上滩下滩,庄稼缝里都稀稀落落露出几个拨水的人。第三张挂在右边,画的是个夏天景色:山上、黄沙沟里,都被茂密的森林盖着,离滩地不高的山腰里有通南彻北的一条公路从村后边穿过,路上走着汽车,路旁立着电线杆。村里村外也都是树林,树林的低处露出好多新房顶。地里的庄稼都整齐化了——下滩有一半地面是黄了的麦子,另一半又分成两个区,一个是秋粮区,一个是蔬菜区;上滩完全是秋粮苗儿。下滩的麦子地里有收割机正在收麦,上滩有锄草器正在锄草……一切情况很像现在的国营农场。这三张画上都标着字:第一张是"现在的三里湾",第二张是"明年的三里湾",第三张是"社会主义时期的三里湾"。

大家对第二张画似乎特别有兴趣。有的说:"能有这么一股水,一辈子都不用怕旱了。"有的说:"今年一开渠,明年就是这样子。"有的说:"增产一倍一点问题也没有。"……妇女们指着经过村边的那一段渠说:"这里能洗菜","下边这一段能洗衣裳","我家以后就不用担水了,一出门就是"……小孩们也互相订计划说:"咱们到这里洗澡","捉蛤蟆","捉鱼"……

看菜园的老王兴进来了。这老人家,因为菜园里离不了人,他和另外一个人轮班休息,两次休息日才能休息一次,大家都说:"老汉不容易碰上这个!让老汉好好看看!"说着便把他招呼到前排。老汉指着左边那第一张说:"这一张我见过了。你们都没有我见得早!就在我那园里画的!"有人逗老汉说:"菜园是你的吗?"老汉哈哈哈笑着说:"很奇怪!我总觉着是我的!就跟我个孩子一样!"老汉看到第二张,就指着画问老梁说:"老梁同志!你怎么把我园里的水车画丢了?"老梁说:"这渠里有了水,还要水车干吗?"老汉又哈哈哈笑着说:"这画的是开了水渠以后的事呀!我就没有注意到大水渠!"又有人逗他说:"你只看见你的菜园子了!"老汉看到第三张上菜园子那地方种了麦子,把种菜的地方调到黄沙沟口偏东一点的地方,便又指着向老梁说:"这个可不行!把菜园子搬到村边来,买菜的来了路不顺!"老梁说:"你就没有看见通到河边的这条汽车路吗?"又向下边的画边沿上指着说:"要是把这画再画得大一点,这一边就是大河,到那时候大河上已经修起可以走汽车的桥来了!""可是汽车怎么能通到东山上呢?""三里湾可以有汽车,难道东山上就不会有汽车吗?到那时候,种下的菜主要是为了自己吃,离村近一点,骑上个自行车一会就拿回来了。"又有人说:"每家都到园里拿菜多么麻烦?还不如用个人推上个排子车往各家送!"另一个人说:"算了算了!那些小事情,到了那时候自然不愁想不出更高的办法来!"王兴老汉说:"到那时候都用了机器,我们的技术还有没有用呢?"又有人逗他说:"老汉！你还能活多大!"老汉说:"我死了还有你们哩！你们不是也有些人正学习这种技术吗?"老梁说:"大的耕种方面用机器,小的细致工作还得用手工。自然到那种条件下工作要有新的技术,可是新的技术往往都是从旧技术基础上进步成的！人只要进步,自然就能赶上时代!"

北房里的预备会开完了,村里、社里的干部们及县委刘副书记和其他外来的干部们,都从布幕后转出来跳下走廊坐到台下,金生留在台上做主席。金生宣布了开会,先让张永清作了一次扩社、开渠的动员讲话。张永清讲起话来像演戏,大家听起来管保不瞌睡。他从两条道路讲起,说明了只有社会主义道路才是光明大道,接着又用老梁同志的三张画说明了怎样走到社会主义,最后讲到当前的任务是继续组织起来发展生产,也就是扩社、开渠。老梁的三张画一挂出来就已经把大家的兴趣提起来了,再加上他这一讲,大家响应的劲头就更大了一些。他在讲话中,常用问答的口气来鼓励大家的情绪,例如:"有没有信心?""有!""干不干?""干!"正在这一问一答的时候,有人想看看平常表示不愿意入社、不愿意开渠的人们现在有什么表现,发现马有余一声不响地也坐在后边一个角落上,眼睛不对着张永清,却对着黄大年、王满喜两个人在答话时候举起的拳头。

张永清讲完以后,金生又站起来说话了。他说:"主张个人发财不顾别人死活的资本主义思想,妨害着咱们走社会主义道路,这道理已经讲过很多次了,只是根据这种道理来检查自己有没有资本主义思想,不只大家都还做得不太够,连我们党内也做得不够,有些个别同志的资本主义思想还很严重。像范登高和袁天成两位老同志,就还有严重的资本主义思想。我们支部大伙儿在这几天帮着他们检查了一下,决定让他们两位在今天的大会上向大家作个检讨。现在就让他们两位发言。"又个别向他们两个人说："你们谁先讲？"范登高说："我先讲。"接着便走上台去。

范登高在减租减息时候，讲起话来要比张永清还受人欢迎，可是近几年来，一上台大家就不感兴趣，因为他已经变得只会说一些口不照心教训别人的话。这一次金生说让他检讨，大家都不太相信他还会承认他不是万分正确的大干部。他的女儿灵芝也担心他不拿出真心话来，让大家失望。只见范登高说："我这几年有个大错误，向你们大家谈谈！"他才开口，就有人互相低声说："听！又摆开教训人的架子了！"范登高接着说："我走了资本主义道路，只注意了自己的生产，没有带着大家走社会主义道路！现在我觉悟了！一个党员不应该带头发展资本主义！我马上来改正！从今以后，我一定要带着大家走社会主义道路！村里的社不是要扩大了吗？我马上带头报名入社！我已经把赶骡的小聚打发了！我情愿带头把我的两个骡子一齐入到社里！我这人说到哪里要做到哪里！现在先向你们大家表明一下！完了！"他声明"完了"以后，没有看清楚谁在下边鼓了两下掌，可是只响了两下子。他等了一下，见前边鼓掌的那个人也没有再继续，别的人也没有响应，只好悄悄地退到台下来。

金生听了登高的检讨，觉着很为难。范登高这几天在党的会议中间，因为有些老同志揭发着他的错误，他的检讨比今天在这里谈的要老实得多，可是今天当着群众的面，他又摆出领导人、老干部的神气来，惹得大家非常不满。在这种情况下，金生觉着在没有征求群众再给他提意见帮助他反省之前，党首先应该对他这次检讨表示一下态度，只是自己要代表党来讲这话，会弄得范登高更不能考虑别人的意见。因为范登高在经济上定的是资本主义道路，在政治上又是满脑子个人英雄主义思想，常以为金生时时都在跟他抢领导权，现在要听到金生的批评，一定要以为金生是组织群众打击他，再不会想到别人的意见能帮助他进步。金生因为考虑到这一点，所以当范登高下台之后，自己又站到主席地位上，很大一会没有讲出话来。

县委刘副书记了解金生和登高的这种关系，见金生为难，自己便站起来说："主席！我讲几句话！"金生把他请上台，他说："范登高同志认识了自己的错误，表示了改正的决心，这是值得大家欢迎的；可是在态度上不对头——还是站在群众的头上当老爷——这种态度是要不得的！自己早已落在大家的后面，还口口声声要'带头'，还说'要带着大家走社会主义道路'。农民入了农业生产合作社就是走了社会主义道路。在三里湾，这条道路有好多人已经走了二年了你还没有走！你带什么头？不是什么'带头'，应该说是'学步'！学步能不能学好，还要看自己的表现，还要靠群众监督！第一步先要求能赶上大家！赶上了以后，大家要是公认你还能带头的话，到那时候你自然还能带头！现在不行！现在得先放下那个虚伪的架子！党内给你的处分你为什么不愿意告诉大家呢？你不愿意放下架子我替你放下！范登高同志的思想、行动已经变得不像个党员了，这次认识了自己的错误之后，党给他的处分是留党察看。请党内党外的同志们大家监督着他，看他以后还能不能做个党员！不只对范登高，对其他党员也一样——不论党内党外，只要有人发现哪一个党员不像个党员了，都请帮忙告诉支部一声！"

县委讲完之后，金生征求大家给登高提意见。大家接二连三提出好多意见，不过大多数的意见都是支部会上谈过的，因为他在检讨的时候自己没有提，才累得大家重提了一遍。只有山地组组长牛旺子提出个新的意见。他说："范登高把他那'两头骡子一齐入社'说得那么神气我有点不服——好像跟他救济我们的社一样！

我们老社员们这二年栽了那么多的树,修了那么多的地,为了欢迎大家走社会主义道路,对新社员一点也不打算计较,偏是他入两个骡子就成了恩典了吗?谁都知道他的外号叫'翻得高'。我们种山地的人,在翻身时候也要都翻他那么高,谁还弄不到个骡子?社里接受牲口还是按一分利折价付息,算得了什么恩典?他愿入是他的本分,他不愿入仍可以让他留着去发展他那资本主义!我们花一分利到银行贷出款来还愁买不到两个骡子吗?听了他的检讨,我觉得他还没有真正认识了他自己!能不能老老实实当个好社员我还不太相信!"老刘同志在台下插话说:"这个意见提得好!登高同志,你看群众的思想水平比你怎么样?再要不老老实实求进步,你这个党员还当得下去吗?"

大家提过了意见,范登高在马虎不过的情况下,表示了以后愿意继续检查自己的思想。

天快晌午了,才轮到袁天成上台作检讨。袁天成的问题比较单纯——只是听上他那能不够老婆的话用他弟弟的名义多留了些自留地,照实说出来,表示以后愿意纠正,也就完了。大家都说他当不了老婆的家也是实话,不过甘心接受老婆的落后领导还应该由他自己负责。

上午的会就开到这里。金生表示希望大家分组讨论张永清的讲话,就宣布散会。

大家走出了旗杆院,只留下些负责文化娱乐的人准备下午的演出。

## 二十六　忌生人

十号下午,马有余把大会上的情况报告了糊涂涂,并且向他商量晚上的小组讨论会是不是可以不参加。他们商量的结果是让马有余参加进去看看情况，不要发言。

晚上，马有余到十点来钟散了会回来叫门，叫了很大一会没有人来开。在从前，开门这个差使是菊英的，现在菊英分出去了，不管了。常有理已经睡下了，不想再起来穿衣服；糊涂涂虽然心里有事睡不着，只是上了几岁年纪，半夜三更不想磕磕撞撞出来活动，况且使唤惯了孩子们，也有点懒，只是坐在炕沿上叫有翼。惹不起是时时刻刻使刁的女人，听见糊涂涂叫有翼，自然就觉得不干己事。有翼本来没有睡，不过这几天正和常有理怄气，故意不出来。

有翼为什么和常有理怄气呢？事情是这样：五号下午，灵芝去找他，他不是才说了个"我舅舅"就被常有理叫走了吗？原来是他姨姨能不够在那天上午去找他舅舅给他和小俊说媒，他舅舅和他妈都大包大揽答应了。他才露出了一点不愿意的意思，就被他妈和他舅舅两个人分工——一个骂，一个劝——整了他一大晌，整得他连午饭也没有吃，下午躺在床上头疼得要命。当灵芝去找他的时候，他妈妈一看见是灵芝来了就觉得怕坏事，赶紧跑到他房里把他支使开。从那以后，他只要一动，他妈就跟着他，叫他不得接近灵芝和玉梅。

他要是出面反对，向村里宣布他不赞成这种包办婚姻，问题本来是很容易解决的，可是他不用那种办法——他觉着那样做了，一来他妈妈受不了，二来以后和舅舅、姨姨不好见面，不如只在家庭内部怄几天小气，怄得他妈妈自动取消了这个决定。不过他妈毫没有取消这个决定的意思。自他舅舅走后，他妈妈自己一个人担任"骂"与"劝"的两种角色，骂一阵，劝一阵，永远叫他不得安心。

糊涂涂对这事本来不太赞成——他知道小俊跟他那小姨子学得比惹不起还惹不起——只是因为不想得罪老婆和小姨子，所以不发言。

这场气已经怄了五天了,看样子还得怄下去。

糊涂涂叫了几声有翼,见有翼不答应也不出来,只好自己开了北房门走出来,不过有翼听见他一开门,也怕黑天半夜跌他一跤,还是替他出来把大门开了。

糊涂涂把有余叫到北房里问情况,有余说:"不妙得很!满喜和大年都要报名入社,袁丁未也没有说不愿入,只是说等一等看,从咱们这个互助组看,真正不愿意的只剩咱一户了!"糊涂涂听说满喜和大年这两个劳动力没有希望了,也觉着不妙,不过也没有想出什么挽回的办法。停了一下,他又问起开渠的事,有余说:"更糟!谈到了刀把上那块地,大家都把我包围起来和我说好的,硬要我回来动员我妈!满喜还说:'只要你能跟老婶婶说通了,我情愿把井边那三亩地换给你们!你们刀把上三亩是六石九斗产量,我井边的三亩是九石产量,还能和你们的地连起来!你想还不合适吗?我就只有那一块好地,不过我不嫌吃亏——只要入了社,社里的好地都是我的!'"糊涂涂问:"村的领导干部谁参加你们的会?"有余说:"只有个团支书魏占奎!""他听了满喜的话说什么?""他说'那个问题以后再谈吧!'"糊涂涂说:"满喜那'一阵风',说话没有什么准头!他要真能把那三亩换给咱,那倒合适!在买水车的时候,他和大年两个人才出了一石米,将来入了社,水车他带不走,咱可以找补他们一石米把那两股买回来。那么一来,地也成咱的了,水车也成咱的了。可是谁能保证满喜那话能算数呢?"有余说:"他这一次的话倒说得很坚决。有人和他开玩笑说:'要是再退社的时候,难道还能把你的地换回来吗?'他说:'要打算退的话我就不入!难道才打算走社会主义道路就先计划再返回来吗?'我觉着满喜这人得从两方面看：一方面说话调皮，另一方面有个愣劲，吃得亏！"糊涂涂听他这么一说，觉着很有道理。

　　糊涂涂说："地这么一换也不错，就是劳力成问题！"他想了一阵又说："这么着吧：以后不要让有翼当那个民校教员，让他在地里锻炼一年，就是个好劳力！"他又看了常有理一眼，见常有理已经睡着了，便低声向有余说："我看不要强让有翼娶小俊了！有翼既然跟玉梅有些意思，就让他把玉梅娶过来，不又是个劳动力吗？"有余想了想说："不行！那是当惯了社员的，她怎么会安心给你在家里种地？弄不巧的话，不只不给你种地，还要连有翼勾引跑了哩！"糊涂涂说："对！我从前也想到过这一点，现在因为抓不住劳动力，又把我弄糊涂了！这样看来，还是让有翼娶小俊对！这几天我觉着小俊这孩子有点刁，现在看来，刁一点也有好处——可以把有翼拴住一点！"有余说："不过小俊是和金生闹过分家的，咱家的菊英又给人家摆了个样子，很难保证到咱家来不闹着分家！"糊涂涂说："这个没关系！你妈是她的姨姨！掌握得了她！我这几天因为没有想到这一点，就没有帮着你妈劝有翼，以后再不要耽搁了！你明天就先到供销社按照你姨姨和你妈讲好价的那些衣料布匹买起来。这么一来，一方面露个风声，把灵芝和玉梅那两个孩子的念头打断，另一方面让有翼知道我已经下了决心，他也就死心塌地了。"有余说："可是万一有翼真不愿意的话，买了的东西还怎么退呢？"糊涂涂想了想说："不会！有翼这孩子，碰上一点不顺心的事，有时候也好闹一点小脾气，不过大人真要不听他的，过一两天他也就不说什么了！"

　　第二天糊涂涂果然打发有余到供销社买了几块粗细衣料和一些头卡、鞋面、手巾、袜子等零碎东西回来。有翼一见这些东西，就知道糊涂涂也已经批准了常有理的主张——因为花钱是要通过老头的。他想再要不积极活动,眼看生米做成熟饭就无可奈何了。他向糊涂涂说:"爹!你快叫我大哥把那些东西给人家退了吧!那事情我死也不能赞成!我妈不懂现在的新规矩,由她一个人骂也就算了!你为什么要同意她的主张呢?"糊涂涂说:"将就点吧有翼!你妈那性子你还不知道?什么事由不了她,常要气得她打滚。她和你姨姨已经把话展直了,收不回来,再要不由她,要是气得她病倒了,一家不得安生!况且小俊那孩子也不憨、不傻,眉不秃、眼不瞎,又是个亲上加亲,我看也过得去了!好孩子!爹起先也觉得不应该难为你,后来一想到你妈那脾气,还是觉着不要跟她扭吧,真要不听她的话,倘或有个三长两短,爹落个对不起她,你也落个对不起她!好孩子!还是将就点吧!凡事都要从各方面想想!"

有翼听了糊涂涂这番话,当时没有开口,仍旧回到自己那个小黑屋子里去。他觉得他要誓死反对,一定会闹得全家大乱;要是就这样由他们处理,就得丢开自己心上的人。他想:"我早就不信命运了,可是这不正是命运吗?"他想到这里就呜呜呜哭起来。常有理听见他哭,就跑来劝他说:"孩子!不该!这是喜事,为什么哭?"有翼说:"我哭我的命运!""这命运也不错呀!""命运!命运!哈哈哈哈……命运呀!哈哈哈哈……"常有理见有翼又哭又笑,以为是中了邪。

马家的人,不论谁有点头疼耳热,都以为是中了邪,何况大哭大笑呢?马家的规矩,凡是以为有人中了邪,先要给灶王爷和祖宗牌位烧个香,然后用三张黄表纸在病人身上晃三晃,送到大门外烧了,再把大门头上吊上一块红布条子,不等病人好了,不让生人到院里来。这一次,常有理也给有翼照样做了一遍。

从那天起,别人就不得到马家院去了。

## 二十七　决　心

自从扩社的动员大会开过以后，愿意入社的人就开始报名，灵芝在场上没事的时候，也常到旗杆院帮忙登记新社员的土地、牲畜、农具等等入社的东西。七八天之后，除了像小反倒袁丁未那些拿不定主意的个别几户以外，要入的都报了名，不愿入的也就决定不报了。

到了十八号这天晚上，灵芝帮着社里的负责人在旗杆院前院东房统计新社员的土地、牲畜、农具等等，到了快要完了的时候，玉生走进来。社长张乐意问他说："玉生你找谁？"玉生说："我谁也不找！我看看你们完了没有？"灵芝知道他在带岗的时候爱在这个房子里研究什么东西，便向他说："今天又该你带岗呀！你来吧！我们马上就完！"说话间，东房里收拾了工作的摊子，玉生也从西房里拿过他的东西来。

灵芝跟着社里的负责人走出东房，玉生又叫她说："灵芝灵芝！我还得麻烦你帮我算个账！"他自从借了灵芝的圆规、量角器等等东西之后，常请灵芝帮他计算数目。灵芝在帮他计算的时候，发现他的脑筋十分灵活，往往是一点就明，因此也乐意帮他，几天来把数学上边的一些简单道理教会了他好多。这次他把灵芝叫回去，又拿出个图来。这个图像个天平，不过是杠杆的两头不一般长，上边又有轮盘，又有些绳子、滑车等等麻烦。他指着杠杆两边标的尺寸说："照这样尺寸，一个人能吊起多么重的东西？"灵芝看明白了他是想做个简单的像起重机样子的家伙，便问他说："你做这个吊什么？"玉生说："到开渠的时候吊土！"灵芝先把杠杆上那重点、力点、支点和三点距离的关系给他讲了一下，然后给他去算数目，他说:"我懂得了!让我自己算吧!对不起!这几天麻烦得你太多了!"灵芝说了个"没有什么"便走出来。

灵芝回到家,正碰上她爹妈坐在他们自己住的房子的外间里挽玉蜀黍——每个玉蜀黍穗上留一缕皮,再把每六个或八个挽到一块,准备挂起来让它干——她便也参加了工作。她对她爹这几天的表现很满意。她爹自从打发了赶骡子的小聚之后,因为不想贴草料,已经把骡子提前交到社里由社里喂、社里用,自己也在十号晚上就报名入了社,又把自己搞小买卖剩下的货底照本转给了供销社;自那以后,也不和小聚吵架了,也不摆零货摊子了,也不用东奔西跑借款了,也不用半夜三更算账了……总之,在灵芝认为不顺眼的事都消灭了。灵芝很想对他说:"这不是就像个爹了吗?"可是也不好意思说出口,只是见了他常显出一种满意的微笑,表示对他很拥护。

社里的分配办法搞出头绪来了,新社员报名和给登高治病的事也都告一段落了,灵芝在松了一口气之后,这天晚上便又想起自己本身的事来:

自从马有余到供销社买东西把有翼已经和小俊订婚的风声传出来以后,灵芝听了就非常气愤。她也想到有翼可能不会马上答应,不过也没有听见他公开反对过。她自从那次跟有翼要检讨书被常有理打断以后,再没有见有翼出过门,听团里的同志们说,有翼的检讨一直没有交代,每逢开会去通知他的时候,都被常有理说他有病给顶回来——只说有病又不让人看,近七八天来又装神弄鬼把大门上吊着一块红布,干脆不让任何人到他们院子里去了。根据有翼的历史,她想就算不会马上答应,最后还是会被他那常有理妈妈压得他投降的。有一次她也想再闯到马家去给有翼打打气,免得他投降,可是一来自己工作忙,二来不想去看常有理那副嘴脸,三来觉着要扶持有翼这么一个自己站不起来的人,也很难有成功的把握。不论有翼自己是不是答应了,有翼和小俊订婚的事已经为人所公认。灵芝想:"难道你是没骨头人吗?为什么不出面说句话呢?"可是从历史上好多事实证明有翼就是这么个人,她也只好叹一口气承认事实。她又想:"在团支部的领导下,有这么个团员,因为怕得罪他的妈妈,不愿意给另一个团员做一次公道的证明人,支部已经命令他作一次检讨;可是这次检讨还没有作,就又为了怕得罪他的妈妈,干脆连团的生活也不参加了。那么,我这个团支委,对这位团员该发表一点什么意见呢?见鬼!我为什么要爱这么个人?"她又想到幸而自己有先见之明,没有和这个站不起来的人订下什么条约,因此也没有承担什么义务,不过"更满意的在哪里",还是她很难解决的一个老问题。这时候,她发现她手里挽着的几棒玉蜀黍中间,有一棒上边长着两样颜色的种子——有黄的、有黑的。她想到这就像有翼——个子长得也差不多,可惜不够纯正。她停了工作,拿着这一棒玉蜀黍玩来玩去。登高老婆只当她累了,便说:"灵芝!睡去吧!夜深了,咱们都该睡了!"说罢,自己先停了工,登高也响应老婆的号召站起来伸懒腰,灵芝便拿了那一棒花玉蜀黍回到自己房里去。

灵芝回到自己房子里点上灯,坐在桌子旁边仍然玩着那一棒花玉蜀黍想自己的事,随手把玉蜀黍的种子剥掉了好多。她撇开了有翼,在三里湾再也找不到个可以考虑的人。她的脑子里轻轻地想到了玉生,不过一下子就又否定了——"这小伙子:真诚、踏实、不自私、聪明、能干、漂亮!只可惜没有文化!"她考虑过玉生,又远处近处考虑别的人,只是想着想着就又落回到玉生名下来,接着有好几次都是这样。她自从一号夜里帮玉生算场碌之后虽然只帮了玉生几次忙,每次又都超不过半个钟头,可是每一次都和拍了电影一样,连一个场面也忘不了。她想:"这是不是已经爱上玉生了呢?"在感情上她不能否认。她觉着"这也太快了!为什么和有翼交往那么长时间,还不如这几个钟头呢?"想到这里,她又把有翼和玉生比较了一下。这一比,玉生把有翼彻底比垮了——她从两个人的思想行动上看,觉着玉生时时刻刻注意的是建设社会主义社会,有翼时时刻刻注意的是服从封建主义的妈妈。她想:"就打一打玉生的主意吧!"才要打主意,又想到没有文化这一点,接着又由"文化"想到了有翼,最后又想到自己,发现自己对"文化"这一点的看法一向就不正确。她想:"一个有文化的人应该比没文化的人做出更多的事来,可是玉生创造了好多别人做不出来的成绩,有翼这个有文化的又做了点什么呢?不用提有翼,自己又做了些什么呢?况且自己又只上了几年初中,学来的那一点知识还只会练习着玩玩,才教了人家玉生个头儿,人家马上就应用到正事上去了:这究竟证明是谁行谁不行呢?人家要请自己当个文化老师,还不是用不了三年工夫就会把自己这一点点小玩艺儿都学光了吗?再不要小看人家!自己又有多少文化呢?就让自己是个大学毕业生,没有把文化用到正事上,也应该说还比人家玉生差得多!"这么一想,才丢掉了自己过去那点虚骄之气,着实考虑起丢开有翼转向玉生的问题来。她对有翼固然没有承担什么义务,不过历史上的关系总还有一些,在感情上也难免有一点负担。她把刚才剥落在桌上的玉蜀黍子儿抓了一把,用另一只手拈着,暗自定下个条件:黄的代表玉生,黑的代表有翼,闭上眼睛只拈一颗,拈住谁是谁。第一次拈了个黑的,她想再拈一次;第二次又拈了个黑的,她还想再拈一次;第三次才伸手去拈,她忽然停住说:"这不是无聊吗?这么大的事能开着玩笑决定吗?要真愿意选有翼的话,为什么前两次拈的都不愿算数呢？决定选玉生！不要学'小反倒'！"

主意已决，她便睡下。为了证明她自己的决定正确，她睡到被子里又把玉生和有翼的家庭也比了一下：玉生家里是能干的爹、慈祥的妈、共产党员的哥哥、任劳任怨的嫂嫂；有翼家里是糊涂涂爹、常有理妈、铁算盘哥哥、惹不起嫂嫂。玉生住的南窑四面八方都是材料、模型、工具，特别是垫过她一下子的板凳、碰过她头的小锯；有翼东南小房是黑咕隆咚的窗户、仓、缸、箱、筐。玉生家的院子里，常来往的人是党、团、行政、群众团体的干部、同事，常做的事是谈村社大计、开会、试验；有翼家的院子里，常来往的人是他的能不够姨姨、老牙行舅舅，做的事是关大门、圈黄狗、吊红布、抵抗进步、斗小心眼、虐待媳妇、禁闭孩子……她想："够了够了！就凭这些附带条件，也应该选定玉生，丢开有翼！"

人碰上了满意的事，也往往睡不好。灵芝在这天夜里又没有睡到天明就醒了。她醒来没有起来，又把夜里想过的心事温习了一遍，觉得完全正确，然后就穿上衣服起来点上灯。她知道玉生这时候，仍是坐在旗杆院东房里的账桌后边画什么东西，她打算去找玉生谈判，又觉着事情发展得总有点太快。她起先想到"和一个人的交往还不到二十天，难道就能决定终身大事吗？"随后又自己回答说："为什么不能呢？谁也没有规定过恋爱的最短时间；况且玉生是村里人，又和自己是一个支部的团员，老早就知根知底，也不是光凭这二十天来了解全部情况的。"想到这里，她便鼓足了勇气去找玉生。

她照例通过岗哨走进旗杆院，玉生自然是照例问话，照例拿起枪；她也照例回答，照例走进去。

她的估计大体上正确——玉生仍然坐在那个位置上,不过不是画图而是制造起土工具的模型,桌上摆的是些小刀、木锉、小锤、小凿、钢丝、麻绳、小钉、铁片……和快要制造成功的东西。因为摆的东西多了,玉生把表放在窗台上,灵芝看了看,又是个四点二十分。

玉生不明白灵芝的来意,还当她只是来看表,便指着桌上做的东西说:"你且不要走! 请帮我研究一下这个:一切都没有问题,只是吊起土来以后,转动方向不灵便。"灵芝等他拆卸下来,研究了一会减少转盘的磨擦力,又修改了一次装上去,虽然比以前好一点,还是不太合乎要求。玉生忽然想起个办法来说:"干脆不要转盘,把竖杆上边安上个方框子,把杠杆用一段粗绳吊在框子上,在半个圆圈以内转动没有问题! 一点磨擦力也没有! 试也不要试了! 成功了!"灵芝看了看窗台上的表,已经过了五点。她想:"再要不抓紧时间谈那个事,民兵就撤了岗回来了!"

灵芝帮着玉生收拾了桌上的摊子,坐在桌子横头的一把椅子上,看着胜利之后洋洋得意的玉生说:"我也问你一个问题:你觉着我这个人怎么样?"玉生想:"你怎么问了我这么个问题呢?团支委、初中毕业、合作社会计、聪明、能干、漂亮,还有挑剔的吗? 不过你为什么要让我评议一番呢? 你又不会爱上了我!"玉生只顾考虑这些,忘记了还没有回灵芝的话。灵芝说:"你怎么不说话呀?"玉生一时想不出适当的评语来,只笼统地说:"我觉着你各方面都很好!"灵芝见他的话说得虽然很笼统,可是从眼光里露出佩服自己的态度来,便又紧接着他的话说:"我再问你一个问题:你爱我不?""你是不是和我开玩笑?""不! 一点也不是开玩笑!""我没有敢考虑到这个事!""为什么不敢?""因为你是中学毕业生!"灵芝想:"我要不是因为有这个包袱,也早就考虑到你名下了!"她这么一想,先有点暗笑，一不小心就笑出声来。她笑着说："以前没有考虑过，现在请你考虑一下好不好！"玉生说："我的老师！只要你不嫌我没有文化，我还有什么考虑的呢！"玉生伸出了双手，灵芝把自己双手递过去让他握住，两个人四只眼睛对着看，都觉着事情发展得有点突然。

## 二十八　有翼革命

天明撤了岗之后，玉生和灵芝先到后院找张信给他们做个证明人，约定到第二天（二十号、休息日）下午到区公所登记。在吃早饭时候，双方都向自己的家庭说明。村里人知道得早的，也都分头传播着他们订婚的消息。

这一天，社里正收着玉蜀黍，灵芝在场上一方面帮忙翻晒谷种，一方面登记收回来的玉蜀黍担数。这两件事都不是连续的工作，合在一块才是个只能抵五分工的轻劳动。灵芝就在这空隙中，想起了对付有翼的问题。她想到她爹和他们互助组的人这时候都正给黄大年收玉蜀黍，她爹和玉梅又都知道她和玉生订婚的事，很难免在地里谈起来，一到晌午，消息就会传到有翼耳朵里。她想要是自己不先计划个对付办法，万一有翼一时怀恨，说自己一些不三不四的话，到那时候，自己或者是任他侮辱，或者是找他讲理，都不是占上风的事。想到这里，接着便想对付的办法。她在县城里上学的时候，常见老师们或别的职员们订了婚就要请朋友们吃糖，她和有翼也吃过人家的。她想趁午饭以前，先到供销社买些糖，按朋友关系把自己和玉生订婚的事通知有翼。她知道不论用什么办法通知，有翼都不会满意。不过自己先主动通知了他，总比他先从别处得到消息气小一点。

快到吃午饭时候,她向在场外翻晒谷草的老社长张乐意说她有点小事要早离开一小会,让张乐意替她记一记在上午收工时候最后上场的一批玉蜀黍担数,就到供销社买了点糖往马家院去。

马家院的大门头上仍然吊着块红布,大黄狗躺在门道下喘气。在接近中午的太阳光下看人很清楚,大黄狗抬起头来只叫了一声,看见是灵芝,就仍旧躺下去。灵芝跨过黄狗,走过门道,转弯便往东南小房去。

有翼一见是灵芝,几乎不相信自己的眼睛。他低声说:"他们怎么会把你放进来呢?"灵芝说:"我自己进来的!""我有好多话要跟你说!我舅舅……""不要说那个了!我知道了!你舅舅给你和小俊保了个媒,已经过了礼物了!是不是说那个?""你听谁说的?""村里人没有不知道的!""可是我没有答应!""不过也没有听说你反对!""我没有一天不反对!""这个我还没有听人说过!""你自然不会听人说!因为我还没有出去过!""你为什么不出去?""他们不让我出去!""他们自然也不会让你不答应!"

"谁到我家里来了!我家忌着生人哩!真不讲究!"常有理在院里这么喊叫着,打断了有翼和灵芝的话。

灵芝说:"了不得!老大娘来了!咱们赶快说正经的吧!我和玉生订婚了!我来请你吃糖!"说着从衣袋里取出一包糖来放在床上。有翼听了这话,好像挨了一颗炸弹,正不知道该说什么好,常有理便揭起门帘走进来。

常有理说:"灵芝!你怎么不吭一声就进来了!我家里忌着生人哩!你就没有看见门上的红布?"灵芝想:这一回你倒来得正好!我要说的话已经说完了!她说:"对不起,老大娘!我不懂红布是什么意思!""挂红布是不让生人进来!有翼病着哩!""要是那样我就该走了!再见吧有翼!等你病好了我再来看你!"说了便转身走出去。有翼本想不顾常有理的干涉,冲出门去追赶灵芝;正待动身,又想到"自己已经变成个吃糖的角色了,还追人家有什么用处?"想到这里,便无可奈何地趴到床上放声大哭。常有理不知底细,还以为是灵芝把鬼带进来了。

有翼一边哭,常有理一边摸不着头脑地瞎劝。过了一阵,有翼清醒了一点,停住哭,坐起来想自己的事。他想起灵芝刚才说过的一句话:"他们自然也不会让你不答应!"看这几天的样子,确实不会。他想:"怎么办呢?灵芝已经脱掉了,万一玉梅也趁这几天走了别的路子,难道真要我娶来个小俊每天装死卖活地折磨我吗?"他痛恨他爹妈没有得他的同意就在村里瞎声张,不由得狠狠看了他妈妈一眼。常有理见有翼的眼神不对劲,以为他发了疯,吓得吸了口冷气站起来说:"有翼你要干什么?"有翼也跟着站起来说:"我要出去!""不行!不行!"常有理伸手去拉有翼,有翼一个箭步躲开她。常有理见没有拉住,便抢到门边,双手把门挡住。有翼从箱上抱下个装着半筐碎烟叶的筐子来向常有理的身上推。这只筐子的直径和门的宽窄差不多,把常有理堵得不能接近有翼。有翼要是猛一推的话,管保能把常有理推得面朝天跌到门外,不过他还不是真疯了,他只是一步一步推得常有理不得不往外退。常有理退到院里,知道自己挡不住了,便喊糊涂涂说:"他爹你快来!有翼疯了!"糊涂涂听她这么一喊,赶紧跑到院里来。有翼怕被他们拖住走不脱,便抱着筐子转着身一圈一圈地抡,一边抡着一边往大门外走,把大黄狗吓得夹住尾巴远远地跑开。有翼抡着筐子跑到大门外,他爹妈也追到大门外。这时候正赶上村里人陆续从地里往家走,经过马家院门口的都远远站住研究情况,在家里的妇女、小孩们听见有热闹也抢着出来看,渐渐把马家院通向野地的巷道也塞住了。也有些人想拉开他们劝一劝,只是被有翼从筐子里抡得飞出来的碎烟叶子迷得睁不开眼。糊涂涂老汉瞅了个空子,双手夺住筐子的另一边;有翼趁势一丢手把筐子递给他,自己钻进人丛中去。

常有理向大家喊:"请你们拉住他!他疯了!"有几个人把有翼拉住。有翼说:"请你们不要操心!我一点也不疯!是我不赞成他们给我包办的婚姻,他们把我看守起来了!我向大家声明:他们强替我订的婚我不答应!劳驾你们哪一位碰上了小俊,告她说让她另去找她的对象!"拉他的那些人,见他说的都是明白话,都渐渐丢开了手,有翼便挤着往外走。常有理又挤到人丛中去赶有翼,口口声声说"不要放他走",别的人们劝她说:"老人家,你回去吧!那么大的孩子是关不住的了!"糊涂涂不像常有理觉着那么有理,仍然抱着个筐子呆站着想不出主意来。

调皮的袁小旦喊着说:"有翼革了命了!"

有翼要找玉梅,却不知道玉梅在什么地方,听家里人说这天他们的互助组给黄大年收玉蜀黍,便想往"三十亩"黄大年的玉蜀黍地里去撞一撞。他跑到村外向着上滩三十亩一带看去,见这十几天地里的变化很大——谷子早已收光,玉蜀黍也差不多收了一半,种麦子的地都犁耙得很干净,有的已经下了种,树叶子也飞散得七零八落,挡得住眼的东西已经不太多了。他没有顾上多注意别的,眼光顺着往黄大年地里去的一条路上分辨着一连串正往村里走的男女人们,想从中间找出玉梅来,一直望到黄大年的地里,发现他们组里的人都还正在地里赶着装筐子,中间似乎有女人。他也不管玉梅是不是在内,便从那些挑着担子的队伍旁边擦过去往地里走。这些人们随便都问着他"好了吗",他也随便回答着"好了",不停步地往前赶。他快走到黄大年的地头上,碰上他大哥和范登高、王满喜挑着担子走到路上来。他大哥一见他就觉着有点不妙,停住步喝他说:"快回去!你怎么出来了?"有翼说:"我没有病!尽是你们弄鬼!""疯话!快回去!""你自己走你的!不要想再捉弄我了!"大年夫妇和玉梅见他们闹起来,也停了装筐子工作站住看他们。大路上,后边来的挑着担子的人们,被他们挡得挤在一块,一直催他们"走,走,走"。有余怕有翼再说出真情实话来当着大家丢他的人,所以也不敢认真拦挡,只向大年他们喊了声"请你们把有翼招呼回来",自己便先挑着担子逃走了。有余、登高、满喜先走了,小反倒这天赶着驴儿上了临河镇,根本没有来,地里只剩下黄大年夫妇和玉梅三个人。黄大年当真放下手里的工作来招呼有翼,有翼说:"你不要信我大哥的鬼话!我什么病也没有!"接着便走进地里去,帮着大年装着筐子,把他爹、他妈、他大哥、老牙行、能不够怎样把他圈在家里软化他的事有头有尾谈出来。大年他们听见他这番话里一句疯话也没有,便跟着他批评了糊涂涂他们的糊涂。东西收拾完了,大家要回去,有翼向大年夫妇说:"你们先走一步,我还要和玉梅谈几句话!"大年夫妇也猜透了他的心事,便先走了。

有翼瞪着眼盯了玉梅一阵子。玉梅见有翼的眼光有点发滞,觉着有点怕,便问他说:"你怎么样了?刚才不是还说你没有病吗?"有翼说:"我还是没有病!我只问你一句话!说得干脆一点!你愿不愿和我订婚?"玉梅说:"你这不是疯话吗?那么大的事,是你一言我一语就可以决定的吗?""可以决定!你要不愿意也趁早说话!不要蘑菇来蘑菇去也落个空!"玉梅听了他这句话,知道是灵芝和玉生订婚的消息已经传到他耳朵里,惹起了他的愤恨。不过玉梅过去因为承认有翼对灵芝比对自己亲近,所以不曾认真考虑过这个问题;现在灵芝既然有了下落,自己可以考虑了,只是就这么站着马上能考虑出个结果来也实在不容易。她见有翼还正生着灵芝的气,气头上很难讲道理,就又向他说:"这么着吧,问题算你提出来了,等我考虑一下定个时期答复你好不好?"有翼说:"不不不!那是推辞话!你跟我认识不止一两天了,要说完全没有想过这问题我不相信!不愿意就干脆说个不愿意,我好另打我的主意!说老实话,不要也来骗我!"玉梅想:"咦!这才是'黄狗吃了米,逮住黑狗剁尾'哩,别人愿不愿嫁你碍得着我什么事呀?况且你以前也不是真看得起我!要不是灵芝找了别的路子,你会马上考虑这个问题吗?"想罢了便回答他说:"我的先生!我也学你的话:'我跟你认识不止一两天了',你考虑过这个问题没有呢?也说老实的,不要骗我!"这一下打在有翼的弱点上。有翼自知理亏,不敢强辩。玉梅想趁他在这老实一点的时候,提出些条件来反追他一下,便又向他说:"你猜对了:我不是'完全'没有考虑过,不过没有敢决定!""为什么?""因为对你有赞成的地方,也有不赞成的地方!""什么地方赞成,什么地方不赞成?""一方面你是我的文化先生,另一方面你还是你妈手里的把戏;我赞成和你在一块学文化,可是不赞成在你妈手下当媳妇——要让那位老人家把我管起来,我当然就变成'常没理'了。还有你那位惹不起的嫂嫂,菊英因为惹不起她才和她分开了,难道我就愿意找上门去每天和她吵架吗?更重要的是,我是社员,你家不入社,难道我愿意从社会主义道路上返到资本主义道路上去吗?因为有这么多我不能赞成的地方,所以我不能冒冒失失决定!"有翼听了玉梅这番话,一股冷气从头上冷到脚心。他哭丧着脸说:"那么你就不如说成个'不愿意'算了!"玉梅说:"不!愿意不愿意,还要看以后各方面事实的变化!"她想:"你这位到外边学过艺的先生,宝葫芦里自然有宝,不过我还要看看你能不能用你的宝来变化一下我所不赞成的事实!"

她给有翼上了这么一课,又给他出了个题目让他去做文章,感觉到非常胜利,向周围看了一下,一个上滩只剩下了他们两个人了;看到了村边路上,有一位老太太向地里走来,正是常有理。她向有翼说:"你快走吧!你妈又来找你来了!"有翼看了一下回头说:"咱们相跟着走!""可是你妈……""我已经不怕她了!""你还是先走吧!我不愿意和她麻烦!"有翼听她这么说,也只得先走了。

有翼一边走一边想:"不愿意受我妈管制,不愿意和惹不起吵架,不愿意从社里退出,除了分家还有什么办法呢?好!回去分家去!"接着便想如何提出分家的具体办法,想着想着就走到常有理跟前。常有理叽里咕噜骂着玉梅来拖有翼,有翼闪开她跑在她前边往家里走,常有理自然也追到家里来。

有翼没有回他自己住的房子里,直接往北房来找他爹。这时候,他爹和他大哥正在一块计划对付他的办法。他们估计到灵芝来的时候,已经把和玉生订婚的消息告诉了他,所以惹得他生了大气。他大哥把他去找玉梅的事端出来以后,他爹说:"他真不愿意娶小俊,就让他找玉梅算了,不要再逼出什么意外事故来。"他们正商量着,有翼便来了,常有理接着也追回来了。常有理指着有翼的鼻子说:"千说不改,万说不改!只记得你那些小妈……"糊涂涂拦住她说:"你不嫌俗气!尽说这些干吗?"又转向有翼说:"有翼!一切都由你,你不要闹好不好?"有翼说:"爹!你只要答应我一件事,我管保再不闹!""你说吧!""把分单给了我,我自己过日子去!"糊涂涂想:"这小子真是'茶馆里不要了的伙计——哪一壶不开你偏要提哪一壶'!我费尽一切心机来对付你,都为的是怕你要分家,你怎么就偏提出这个来?可是说什么好呢?刚刚说过一切都由你,才提了一件就马上驳回,能保住你不再闹吗?"他觉着要是马上驳回,惹得他马上再跑出去闹,还不如暂且用别的话支吾开,等他平平气再和他谈判,便向他说:"分家也不是什么了不起的事,何必这么着急?""好!那么就把分单给我吧!我拿住了分单就不着急了!""你还是不要着急!分单要在手边的话,爹马上就会给你,可惜是登高那天拿走了就没有拿回来!你先去吃饭!吃了饭回房里去歇歇!咱们都睡他一觉起来再谈好不好?""好吧!"有翼说了这么一句便走出去。糊涂涂见有翼走出去,低声向常有理说:"你再不要那么骂他好不好? 越逼越远!"有余说:"这会算过去了,一会他要认真和咱们谈分家,该怎么办呢?"糊涂涂说:"不好办!这该怨你舅舅:他要不提那几张废了的假分单,咱们只给菊英写一张来就好说一些。如今已经把那分单说成真的了,还有什么好说的呢?一会你不要等他睡醒就跑到他房里去劝他。你就说我很生气。你就说我嫌他没有良心,为了媳妇忘了爹娘。你就说他真要分出去,这一辈子我再不理他。"有余答应了,然后就说:"咱们也吃饭吧!"

他们去吃饭,见锅还盖着,锅里还没有下勺子。常有理问惹不起说:"有翼还没有来舀饭吗?"惹不起告她说没有,她便又跑往东南小房里去。她一看有翼也不在房子里,便唧唧喳喳嚷着说:"有翼怎么不在家里? 有翼! 有翼! 饭也不吃又往哪里去了呢?"糊涂涂一听便向有余说:"糟了! 他会去找范登高要分单去! 你快到登高家看看!"有余连饭也没有舀上,只好往登高家里跑。

有翼跑到登高家去要分单,登高说他给了张永清;有翼又找到永清家,永清领着他到旗杆院拿去。永清和有翼走到旗杆院前院北房里,取出钥匙开了套间门,进去又开了办公桌子抽斗上的锁,取出两张分单来,看了看,把有翼的一张给了有翼,把另一张又放回去。有翼问:"那一张呢?"永清说:"你拿你的好了! 那一张是你大哥的！""怎么没有我二哥的？""别人拿着研究去，还没有拿回来！"说着便把抽斗又锁上。他们正要出门，有余便走进来。有余走的路线也和有翼一样——先到登高家，再到永清家，最后到这里。有余问有翼："你到这里做什么？""取分单！""取上了没有？""取上了！"有余听说取上了，马上想不出别的办法来，只好跟着他们往外走。他们走到院里，碰上个送信的，把村里、社里的一些报纸、公文、信件都给了永清，另外拿着一封信问永清说："这位马多寿住在哪一块？"永清拿住看看向有余说："湖南来的！一定是你二弟的信！"又向送信的说："多寿就是他爹！就交给他好了！"永清又返回套间里去看他接到的东西，有余拿了信便和有翼相跟着回了家。

有翼得住了宝，舀上饭回他自己房子里吃去；有余打了败仗，回北房向他爹妈报告结果。糊涂涂听完了有余的报告，先让常有理去劝有翼、讨分单，然后让有余给他拆读老二的来信。

常有理向有翼软说硬说要分单，有翼已经有了主意根本不理她。她要搜有翼的身，有翼跑到院里。她正得不了手，一圈一圈在院里赶着有翼跑，有余揭开北房的门帘喊她说："妈！你快不要追他了！老二来了信！又出下大事了！"

## 二十九　天成革命

灵芝订婚和有翼革命两件事在午饭前后已经传遍了全村。听到了这两条消息不得不关心的是袁天成家。

天成老汉这天午上，正和他的十三岁孩子在场上打他的最泄气的三亩晚熟谷子。说起这三亩谷子来真惹他生气：担了个"两大份"的声名,自留地留得多了,抢种时候一个人忙不过来,种这三亩谷子的时候,地就有点干了,勉强种上,出来的苗儿还不到三分之一;下了第二场雨又种了一次,也没有把前一次的苗儿完全闯死,大的大、小的小,乱留了一地;到了秋天,大的早熟了,已经被麻雀吃完了,小的还青,直到别人收玉蜀黍的时候才割回来,估计产量要减少一半。他正在场上挽着驴缰绳一边碾着一边叹气,听见别的场上正打着豆子的人们传说着玉生和灵芝订婚的事,传说着有翼不愿和小俊订婚的事,更叫他气上加气。他恨能不够——恨她不该出主意留那么多自留地,恨她不参加劳动让自己一个人当老牛,恨她挑拨小俊和玉生离婚,恨她和常有理包办儿女婚姻最后弄得大家丢人。他一边恨着能不够,一边已经把谷子碾下来,没有人帮忙的问题又摆在他眼前。孩子卸着牲口,他眼望着天想人,想了一阵便向孩子说:"你送了牲口到满喜家去一趟。你就说'满喜哥!我爹说你要是有工夫的话,请你帮他打一打场好不好?'不论他答应不答应,你都快一点回来——要不行我好另想别人。"

孩子去后,天成老汉一个人用杈子挑着泄气的带秆谷草,等候着孩子请人的消息。一会,幸而满喜扛着一柄桑杈跟着孩子来帮忙。

他们挑了草,攒起堆来正要扬的时候,能不够唧唧喳喳跑到场上来。能不够夺住袁天成手里的木锨说:"放下!你先给我说说你为什么败坏我的名声?"袁天成说:"我又犯了罪了吗?"

灵芝、玉生和有翼的两条新闻在场上传着的时候,同样也在街道上传着。能不够听说有翼把她和常有理给包下的婚姻推翻了,急得她像热锅上的蚂蚁,想去找常有理又怕挨有翼的碰,里一趟外一趟干跑没办法。她走到街道上,大小人见了她都要特别看她一眼,正谈得热闹的人一看见她就都把话收住,弄得她既不得不打听,又不便去打听,只好关住大门听门外传来一言半语的没头没尾评论——"……能不够这一下可摔得不轻……""……灵芝都看得起玉生,小俊看不起……""……小俊的眼圈子大……""……一头抹了,一头脱了——玉生也另有对象了,有翼也不要她了……""……就不该先受人家的礼物!看她怎么退……""……天成老汉在大会上说得对,事情都坏在能不够身上……"——能不够听到每一条评论,都想马上出来和评论的人对骂一场,不过她知道自己没理,跟谁骂也骂不赢,所以只好都想一想算拉倒,只有听到最后的一条觉着抓住了胜利的机会——天成是自己骂熟了的,骂他一顿就可以把所有的气都出了。本来这一条也不是最后的,只是再以后的她没有听,只听到这里便壮着胆子冲出了大门。至于这位评论家说袁天成在大会上怎样怎样,还指的是十号那一天袁天成在大会上作的检讨——这事在三里湾虽然早为人所共知,可是谁见了能不够也没有谈过,所以在能不够听起来还是新闻。

能不够跑到场上夺住袁天成手里的木锨,问他为什么败坏自己的名声,问得袁天成莫名其妙。要在平日,袁天成只好低下头不吭声,让她一个人骂得没有劲了自动走开,然后再继续做自己的活,不过这一次恰碰上天成老汉也闷着一肚子气,所以冷冷地反问了她一句:"我又犯了什么罪了吗?"能不够说:"你还要问我?你做的事你知道!快给我说!"天成老汉夺过木锨来推她说:"走开走开!我真要犯了罪,你先到法院去告我!不要来这里麻烦!我心里够烦的了!"能不够想:"咦!这老头儿今天怎么大模大样和我顶起嘴来了?这还了得?"她第二次又夺住木锨把子说:"嫌麻烦你就不要败坏别人的名声!我也找不着法院!我就非叫你说清楚不行!"袁天成把木锨让给她说:"给你!我早就不想做了!我这个老长工也当到头了!"满喜劝他们说:"算了算了! 婶婶回去吧! 闲话是闲了时候说的,现在先做活!"袁天成说:"不行! 满喜你也请回去歇歇吧! 活儿我不做了! 三颗粮食,收不收有什么关系?"能不够说:"活该! 谁不叫你多打些? 把地种荒了也是我的事? 收不收我不管! 只要你饿不着我娘儿们,哪怕你把它一齐扔了哩!"袁天成说:"你做错梦了! 我的长工当到头了! 这几天也有分家的,也有离婚的,咱们也去凑个热闹! 我看你以后饿了肚找谁去!"说着连头也不回出了场望着旗杆院走去。能不够说:"不论你想干什么,都得先把我娘儿们安插个地方!"说着也随后赶去。袁天成回头看了看说:"就是给你找地方去的! 你来了也好,省得一会派人叫你!"

袁天成敢和能不够这样说话,在三里湾还是新闻,在场上做活的人们,都停了工就地站着看他们,可是没有一个人跑去劝架,都想让能不够去受一次训。

满喜就在他们场上帮忙,觉着不去劝一下太不好看,只得假意随后赶去。

调皮的袁小旦又说:"天成老汉也革了命了。"

袁天成走得快,能不够追得快,满喜在后边喊得快。满喜喊:"快回来吧! 不要闹了! 老两口子吵个嘴算不了什么! ……"不过腿上不加劲,故意装作赶不上。他看到袁天成进了旗杆院,准备等能不够也进去的时候背地里给她鼓两下掌,可惜能不够没有走到旗杆院门口,就坐到路旁边的一块石头上了。满喜想:"你怎么不加油呢?"

能不够闹气有锻炼:你不要看她有时候好像已经不顾生死了,实际上她的头脑还很清楚,能考虑到当前的形势是否对自己有利。

这次她一方面追着袁天成,一方面想到以下的几个条件:第一,自己的名声自己知道;第二,有翼的革命又给自己的脸上涂了一层石灰;第三,和老天成说话的理论根据,拿到旗杆院去站不住。她想到了这些条件,早已想退兵了,可是老天成不退,由不了她。她一路上回头偷看了满喜好几次,见满喜只嚷嚷不快跑,暗骂满喜不热心。她见老天成进了旗杆院,觉着大势已去,只剩下一线希望就是自己不要进去让满喜追进去把老天成劝回来,所以才坐到路旁的石头上。满喜这个调皮鬼似乎猜透了能不够的心事。他不再去追袁天成,却反拉住能不够的胳膊说:"婶婶!拉倒吧!回去吧!叔叔是个老实人,不要再跟他闹了!"拉住了被告让原告去告状,和抱住一个人让另一个人放手打是一个样,能不够越觉着不妙了。她恨透了满喜,可是在眼前看来还只能依靠这位自己觉得不太可靠的人帮帮忙。她向满喜说了老实的了。她低声说:"你不用拉我,先到旗杆院拉你叔叔去!"满喜笑着丢了手,往旗杆院去。

袁天成走进旗杆院前院,见北房闭着门,里边却有人说话。他推门进去,看见党、团支委,正、副社长全都在场。金生见他来势很猛,问他什么事,他说:"我要和能不够离婚!请调解委员会给我写个证明信!"金生笑了笑说:"好吧!待一会让永清叔给你们调解调解!你且回去吧!现在这里正开着个很重要的会议!等这里完了再说吧!""不能分出个人来吗?""不能!这次会议太重要了!"袁天成听金生这么说,也只好走出来。他返到院里,正碰上满喜走进去。

满喜说:"叔叔!不要闹了!婶婶说她愿意拉倒!"袁天成说:"不行!她愿意也不行了!这次总得弄个彻底!等这里的会开完了,马上就要谈我们的事!"说着就往外走。

满喜总算个好心肠的人。他平常不赞成能不够,只想让她吃点亏,这次能不够自动让步了,他就又诚心诚意帮着她了事。他跟在袁天成后边劝袁天成私下了一了拉倒,不要再到调解委员会去。他们一出旗杆院大门,能不够看见他们就放了心,没有等他们走到跟前自己便息了旗鼓低着头走回家去。满喜劝天成丢过手仍然去打场,天成说:"不不不!你请回去吧!场不打了!这次要拉倒了,以后的日子还长着哩!"说着也往自己家里走。满喜见劝不下他,也跟着他到他家里去。

小俊自从她妈走出去之后,对外边传来的消息也放心不下,也学了她妈的办法关起大门来躲在门里听流言,直到她妈回来叫门她才把门开开。门开了,满喜和天成也正赶到。

满喜看见小俊的眼圈子有点红,顺便问了一声"二嫂你怎么……",不过话一出口就想到叫得不对,同时发现小俊的脸一下子就红到脖子根,才赶紧改口说:"对不起,我怎么又乱叫起来了!"小俊没有回话,低下头去。满喜不好意思再看她的神色,似乎看见滴下几点泪去。

能不够什么也没有说,走进去了。袁天成什么也没有说,也走进去了。满喜再没有说什么,也走进去了。小俊觉着奇怪:"爹不是打场去了吗?怎么空手回来了?妈向来是不参加打场的,怎么跟爹相跟着回来?要说他们吵过架吧,妈的脸上怎么没有一点杀气?满喜一脸正经的样子跟着他们,又是来干什么?"她正东猜西猜摸不着头脑,恰好碰上她十三岁的弟弟也揉着眼睛赶回来。她拉住弟弟问了半天,才大体问明了她爹妈在场上发生的事故——至于到旗杆院去的一段,连她弟弟也不清楚了。

问明了这段情况,她拉着弟弟哭起来。她妈出去以后,她躲在门里听到的评论,大体上和她妈听到的差不多,特别刺到她的痛处的,是"一头抹了、一头脱了"这句话。这是地方上一句俗语,说的人特别多,一小会就听到好几遍。她和玉生离婚以后,想起玉生的时候常有点留恋,只是说不出口来。她每逢出现了这种心情,就觉着她妈的指导不完全正确,自然有时候难免对她妈有点顶撞。她妈觉察到这一点,所以趁她舅舅来给菊英分家的时候就抓紧机会给她包揽有翼这股头。这件事合了她的心事。她想要是能捞到一个中学生,也算对玉生一种报复,不想事情没有弄成,自己要捞的这个中学生没有捞到手,反让玉生捞到个中学生,正好是"一头抹了、一头脱了"。要不声张出去还好,偏是过了礼物又让人家顶回来,弄得她更没法再出面见人。她听弟弟说爹生了大气要和妈离婚。她想真要那样的话,自己和妈妈就会变成一对再也没有人理的人物。她正一边哭着一边想这些事,忽然听得她爹又在里边嚷起来,便拉着弟弟赶紧跑回去。

原来正当小俊在门道下前前后后思想自己的道路时候,袁天成和能不够也正在满喜的监督下开始了谈判。满喜让双方提出今后的条件来作为讨价还价的根据,能不够便先提出今后不得再在外边败坏她的名声。她才提了这么一条,袁天成就恼火了。袁天成说:"你还要提你那好名声?是我败坏了你的名声?我的名声早被你败坏得提不得了,我找谁去?你要是什么洋理也不要抓,老老实实检讨你的错误,咱们就谈,再要胡扯,咱们就散!"能不够怕的就是这个"散"字。天成提到这个字,她就又老实了一点。她说:"这么着吧:你说我说得不对,你先说好不好?"天成说:"我就先说:听上你的鬼主意,留下那么多的地,通年只在社里做了五十个工,家里的地也种荒了,叫我受了累、减了产,还背上个'资本主义思想'的牌子。你说我冤不冤?你不参加劳动,也不让小俊参加劳动,把我一个人当成老牛,忙不过来的时候去央告别人帮忙。你也睁开你那瞎眼到地里、场里去看看!看人家别的妇女们谁像你们母女俩?妇女开会、学习你都不参加,也不让小俊参加,成天把小俊窝在你的炕沿上,教她一些人人唾骂的搅家婆小本事。人家玉生是多么好的一个小伙子,你偏挑得小俊跟人家离了婚!人家又和灵芝订婚了,你教的这个好徒弟结了个什么茧?"这一下又刺到小俊的痛处,说得她顾不得怕满喜笑话,就哭出声来。天成接着说:"你鼻子、嘴都不跟我通一通风,和你那常有理姐姐,用三十年前的老臭办法给孩子们包揽亲事,如今话也展直了,礼物也过了,风声也传出去了,可是人家有翼顶回来了,我看你把你的老脸钻到哪个老鼠窟窿去?"能不够说:"我的爹!你少说几句好不好?对着人家满喜尽说这些事干吗呀?"天成说:"你还嫌臊吗?'要得人不知,除非己不为'!满喜要比你我都知道得早!"满喜说:"算了算了!话说知了算拉倒!从前错了,以后往对处来!咱们大家休息休息,还是去收拾场里的谷子吧!"天成说:"不行!还不到底!"能不够说:"你不论说什么都由你一个人说,我一句也没有打你的岔,难道还不到底吗?我的爹!怎么样才能算到底呢?"天成说:"怎么样?听我的:明年按社章留自留地,把多余的地入到社里去;你和小俊两个人当下就跟我参加劳动,先叫你们来个'劳动改造',以后学人家别的妇女们参加到社里做工去!要你们参加开会、参加学文化,慢慢都学得当个'人',再不许锻炼那一套吵架、骂人、搅家、怄气的鬼本领!你听明白了没有?一条一条都照我说的这样来,咱们才能算到底;哪一条不答应,都得趁早散伙!"能不够想:"咦!这老头儿真的是当过老干部的,说出来的话一点空儿也不露!我操典了他多半辈子,想不到今天他会反扑我这么一下!要是完全听他的,以前的威风扫地,以后就再不得为王;要是再跟他闹翻了吧,看样子他已经动了老火,下了决心,说不定真敢和我离婚、分家……"她正考虑着利、害、得、失,调解委员会就打发人来叫他们来了。

来叫他们的人说刚才的重要会议已经结束,调解委员们留在旗杆院准备给他们调解这场争执。满喜对来的人说:"你回去请委员们散了吧!就说他们自己已经调解了!"天成说:"请你等一等!"又向能不够说:"你说句清楚的!我说的那些你要是都答应,咱们就打发人家回去;要是还想打折扣的话,咱们趁早都往旗杆院去!"能不够想:"我真不该到场里去找你这一趟呀!"她说:"好吧!我都听你的就是了!""找你的保人!""自己家里个事怎么还要保人呀?""不搁上个外人,过了一夜你就又忘了!"能不够看了看满喜说:"满喜你保住我吧!"给他们和解,满喜倒还热心;要让他当保人的话,他便有点踌躇——他知道能不够的话,不是说一句抵一句的。小俊说:"满喜!你行点好!说句话吧!"天成看了能不够一眼说:"看你那牌子怎么样?"又向满喜说:"满喜你只管答应她!不要怕!我不是真要谁休她不后犯,只要中间有个人能证明今天我跟她说过些什么就行了。有这样一个人作个证明,一日她不照我的话来,我跟她散伙就成了现成的事!你明白吗?"满喜说:"好!婶婶我保你!"

天成向叫他们的那个人说:"你回去请委员们散了吧!就说满喜给我们调解了!"

满喜说:"起晌了(即睡午觉时间过去了),我还要给大年收玉蜀黍去。"

### 三十　变糊涂为光荣

灵芝和玉生订过婚,有翼和天成革了命的第二天(九月二十号)又是个休息日,上午又是在旗杆院前院搭起台开大会。

早饭以后,大家正陆续往旗杆院走的时候,干部们照例在北房里做开会的准备。

这天负责布置会场的是灵芝。灵芝参加这次布置工作的心情和以前不同——因为休息日是社里的制度,社外人只是自由参加,上次她还是社里用玉梅换来帮忙的工,这次她爹已经入了社,她又和玉生订了婚,娘家婆家都成了社里的人,她便感觉到她是主人,别人也觉得她不只是会计,而且是社里的秘书。

台后的布幕中间,并排挂着一张画和一张表——画还是老梁的三张画中的第二张,准备讲到开渠问题说明地点时候用;表是说明近十天来扩社成绩的,是灵芝制的,为了让远处也看得见,只写了几行大字,说明户口、土地、牲畜等和原来的比较数字。

先到的人们,一方面等着别人,一方面个别地念着:"……原五十户、增七十一户、共一百二十一户……原七百二十亩、增一千二百一十五亩、共一千九百三十五亩……原五十八头、增……"

一会,人到得差不多了。有人问灵芝说:"怎么还不开会?"灵芝告他们说因为魏占奎到县里去取个重要的东西还没有回来。灵芝问八音会的人都来了没有,有人告她说只缺个打鼓的。打鼓的就是外号叫"使不得"的王申老汉。灵芝又问王申的孩子接喜,接喜说:"他身上有点不得劲,不会来了。"另外有知道情况的人说:"有什么不得劲?还是思想上的毛病!"灵芝说:"思想上没有什么吧?他已经报名入社了!"又有人说:"就是因为那个才有了毛病!"灵芝把他们的话反映给在北房里开会的干部们,金生和张永清都忙着跑到台上来问,才问明了毛病出在张永清身上。

原来十号以后,参加在沟口那个小组里讨论扩社问题的干部是张永清。有个晚上,王申老汉说他不愿意和大家搅在一块做活,张永清说:"组织起来走社会主义道路是毛主席的号召。要是不响应这个号召,就是想走蒋介石路线。"到了报名时候,王申老汉还是报了,不过报过以后又向别人说:"我报名是我的自愿,你们可不要以为我的思想是张永清给打通了的!全社的人要都是他的话,我死也不入!我就要看他怎么把我和蒋介石那个王八蛋拉在一起!"

问明情况之后,金生埋怨张永清说:"你怎么又拿大炮崩起人来了?是光崩着了这位老人家呀,还是也崩着别人了?"没有等他回答,沟口那些人说:"没有崩着别人,因为别人表明态度在前!"张永清说:"这我完全没有想到!我得罪了人家还是我自己请他去!"说着就要下台。金生说:"你不要去了!咱们还有要紧事要谈!我替你找个人去,等请来了你给老汉赔个情!"他向台下问:"我爹来了没有?"宝全老汉从团在一块吸烟的几个老汉中间站起来说:"来了!"金生便要求他替张永清去请王申老汉去,别人也都说他去了管保请得来。宝全老汉去了。

金生和永清正要返回去,有翼站起来说:"现在还能不能报名入社呢?"金生说:"当然可以!你们家也愿意入了吗?""不!光我入!我就要和家里分开了!"金生看见有余也在场,就问有余说:"有余!怎么样?你们已经决定要分了吗?"有余无可奈何地看了有翼一眼说:"唉!分就分吧!到了这种出事故的时候了!"金生说:"你们分家的事我不太了解,不过我可以告你说社里的规矩:在每年春耕以前,不论谁想加入,社是不关门的!"

小反倒袁丁未站起来说:"我也要报名!我的思想也打通了!"金生也说可以,满喜喊了一声"不要!"金生向满喜说:"应该说欢迎,怎么说不要呢!"满喜说:"他昨天把他的驴卖了!"永清说:"那自然不行了!"金生说:"本来到银行贷款买牲口也跟把你的牲口给你作价出息一样,只是你既然这样做,就证明你不信任社。要收一个不信任社的社员,对社说来是不起好作用的!迟一迟等你的思想真正打通了再说吧!"有人说:"迟迟也不行!想入社他再买回个驴来!"又有人说:"把驴价交出来也行!"小反倒说:"把驴价交出来也可以!一百万块钱原封未动一个也没有花!"范登高说:"一百万?闭住眼睛也卖它一百五十万!"小反倒说:"不不不!真是一百万!税款收据还在我身上!"满喜说:"你就白送人吧还怕没有人要?"登高问:"卖给谁了?"小反倒说:"买主我也认不得!有余他舅舅给找的主!"有人说:"老牙行又该过一过年了!"金生说:"这样吧:你的思想要是真通了,卖了一百万就交一百万也行!反正交多少就给你按多少出利!"小反倒两眼瞪着天不说话了。满喜又问他说:"想什么?五十万块钱只当放了花炮了!要入社,少得上五十万本钱的利息;要不入,再贴上五十万还买不回那么一个驴来?"别的人都乱说:"放花炮还能听听、看看","要卖给我我出一百六十万","小反倒不会再去反倒一下"……

大家正嚷嚷着,魏占奎回来了。张永清先问魏占奎:"领来了没有?"魏占奎说:"领来了!"金生又向小反倒说:"入社的事你考虑考虑再说吧!不忙!离春耕还远哩!"说了就和张永清、魏占奎相跟着往幕后边走。金生说:"就叫有余来吧!"张永清说:"可以!"金生回头把马有余也叫进去。

马上开不了会,大家等着无聊,青年人们便拿起八音会的锣鼓打起来。打鼓的老王申还没有来,吹喇叭的张永清只顾得和别的干部们商量事情,短这么两个主要把式,乐器便奏不好,好多人换来换去,差不多一样乱。

正吹打着,马有余从幕后出来了。他低着头,脚步很慢,跳下台来不找自己的座位,一直往大门外去。有人问:"你怎么走了?"他说:"我有事!回去一趟。"

女副社长秦小凤,手里拿着个红绸卷儿,指着北房问灵芝说:"他们都在里边吗?"灵芝点点头,她上了台进幕后去了。她拿的是刚刚做好的一面旗子,拿到北房里展开了让大家都看活儿做得整齐不整齐。不协调的锣鼓在外边咚咚当当乱响,大家说讨厌,张永清说:"这算好的!这鼓是接喜打着的,他比他爹自然差得远,不过还不太使不得。"他正评论着接喜的手法,忽然听得鼓点儿变了样。他高兴得说:"王申来了!我先给人家赔情去!"说着便跑出去。金生说:"咱们一切都准备好了!出去开会去吧!"

开会了。第一项是金生的讲话。他先简单报告了一下扩社的情况,然后提出个国庆节前后的工作计划草案。他代表支部建议把九月三十号的休息日移到十月一号国庆节;建议在国庆节以前这十天内,一方面社内社外都抓紧时间把秋收、秋耕搞完,另一方面把开渠的准备工作做完;在国庆节以后、地冻之前,一方面社内社外抓紧时间开渠,另一方面在社内评定新社员入社的土地产量、作出新社员入社牲畜农具的价钱,定好明年的具体生产计划。接着他又把支部对这些工作想到的详细办法谈了一下。他说:"这是我们党支部提出的一些建议,希望大家补充、修正一下,作为我们这十天的工作计划。"

他讲完了,大家热烈地鼓掌拥护。不常来的老头们也都互相交头接耳举着大拇指头说:"有学问!""不简单!"……

第二项是选举开渠的负责人。金生提出个候选名单草案来让大家研究。他说:"我们开渠的筹委会建议把这条总渠分成五段动工。"接着便指着画面上的地段说:"龙脖上前后,包括刀把上在内算一段。三十亩到村边算一段。黄沙沟口左右算一段。下滩靠山根分成南北两段。为了说着方便,咱们就叫刀把上段、三十亩段、沟口段、山根一段、山根二段。刀把上段短一点,因为要挖得深。山根二段也短一点,因为要把渠床垫高。除此以外还有两处特别工程:一处是龙脖上的石头窟窿,一处是黄沙沟的桥梁。这两处要用匠工,所以不算在各段内。"接着就念出正副总指挥、总务、会计、五段和两处正副主任的名单,其中总指挥是张乐意,副总指挥是王玉生,总务是王满喜,会计是马有翼,石窟主任是王宝全,桥梁主任是王申。大家听了,觉着这些角色都配备得得当。有人提出金生自己也应参加指挥部,金生说到那时候还有社里评产量、订计划那一摊子,所以自己不能参加。念完名单接着就发票选举。

在投票之后开票之前,马有余领着马多寿来了。这老头从来不参加会议,他一来,会场人的眼光都向着他,查票的人也停了工作看着他走到台下来。有爱和他开玩笑的老头说:"糊涂涂你不是走迷了吧?"金生向大家说:"欢迎欢迎!把老人家招呼到前边来坐!"大家给他让开了路,又在前排给他让出个座来。

马多寿还没有坐下去先向金生说:"我这个顽固老头儿的思想也打通了!我也要报名入社!"还没有等金生答话,全场的掌声就响成一片。和他开玩笑的那个老头站起来朝天看了看说:"今天的太阳是不是打西边出来的?"另一个老头站起来说:"不要开玩笑了!我们大家应该诚心诚意地欢迎人家!"大家又鼓了一番掌。这个老头接着又说:"人家既然入了社,和咱们走一条路,我建议以后再不要叫人家'糊涂涂'!"大家喊:"赞成!"金生说:"这个建议很好!咱们应该认真接受!"马多寿想:"也值得!总算把这顶糊涂帽子去了!"

监票人查完了票,宣布了选举结果——原来提出的人完全当选。大家自然又来了一番鼓掌。

金生说:"最后一项是宣布一件喜事!有翼他二哥马有福,把他分到的十三亩地捐给咱们社里了！刀把上的三亩也在内！"全场的掌声又响起来。好多人觉着奇怪,互相问是怎么一回事。金生在台上接着说:"事情的经过是这样:在菊英分家的时候,有人见马家刀把上那块地写在有福的分单上。社干部们商量了一下,给有福写了这么一封信。"说着取出一沓纸来,在中间挑出那信稿念:"'有福同志:我们社里,要和全村散户合伙开水渠,渠要经过你们刀把上的三亩地,你们家里把这块地在十年前就分在你名下了。有人说这分单是假的,我们看来不假,现在附在信里寄给你看看！我们向你提出个要求,请你把这块地让出来。你愿意要地,村里给你换好地;你愿意得价,村里给你作价汇款;你愿意得租,村里就租用你的。这三种办法,请你选择一下,回我们一封信。为了咱村的生产建设,我们想你一定是会答应我们的！敬礼！三里湾农业生产合作社。一九五二年九月六日。'到了昨天下午,接到有福的回信。我也念一念:'正副社长并转全体社员、全村乡亲们:你们集体生产建设,走社会主义道路,我很高兴。我现在是县委会互助合作办公室主任,每天研究的尽是这些事,请你们多多告诉我一些模范先进经验。分单字迹是我表伯父写的,不会是假。我现在是革命干部,是机关工作者。这工作是我的终身事业,再也没有回三里湾种地去的机会。现在我把我分到的土地全部捐到咱村的社里,原分单也附还,请凭分单到县里领取土地证。至于分单上的房屋,一同送给我的哥弟们重新分配——因为他们的房子不多。我已经另给我父亲写信说明此事,请你们和他取得联系。你们接受之后,请来信告我。敬礼！马有福。九月十三日。'"念完这封信,大家又鼓了一次掌。金生又取起一张纸来说:"这是派魏占奎到县里领来的土地证！"掌声又响起来。

原来头天上午有余接到的那封信，也是说这事；党团支委和正副社长开的紧急会议也是讨论这事。

在紧急会议时候，金生主张当下就去和马家联系，可是大家主张先领回土地证来再联系。大家是怕马家节外生枝，金生虽然觉着那样做有点不大正派，但不是什么大的原则问题，也没有再争论。

马多寿接到信后，也和有余商量了一个下午，结果他们打算等社里打发人来说的时候，再让有余他妈出面拒绝。到了这天开会之前，魏占奎拿回土地证来，干部才把有余叫进去，向他说明经过，并且说准备给他们送旗，叫他回去动员马多寿来参加会议。

马有余回去一说，马多寿觉着再没了办法。常有理说："不要他们的旗！送来了给他们撕了！"马多寿说："算了算了！那样一来，土地也没有了，光荣也没有了！"

马多寿又让有余算了算账：要是入社的话，自己的养老地连有余的一份地，一共二十九亩，平均按两石产量计算，土地分红可得二十二石四斗；他和有余算一个半劳力，做三百个工，可得四十五石，共可得六十七石四斗。要是不入社的话，一共也不过收上五十八石粮，比入社要少得九石四斗；要是因为入社的关系能叫有翼不坚持分家，收入的粮食就更要多了。马多寿说："要光荣就更光荣些！入社！"

马多寿决定了入社，就到会场上来。

让大家看过土地证，金生接着说："干部捐了土地，他的家属是很光荣的——现在老汉又要报名入社，更是光荣上加光荣了。我们一夜工夫赶着做了一杆光荣旗，现在咱们打着锣鼓到马家送一送好不好？"大家鼓掌赞成。王申老汉又拿起他的鼓槌，张永清从台上跳下来拿起喇叭,别人也都各自拿起自己吹打的乐器,吹打起来,秦小凤打着红绸旗走在前面,大家离了旗杆院往马家院来。马家的大黄狗被乐队的大声镇压得躲到北房的床下去。

马家也临时在供销社买了一些酒,炒了几盘菜,举行了接待的仪式。

在互相应酬的中间,张永清向多寿老婆说:"老嫂子! 从前我得罪了你,今天吹着喇叭来给你赔个情。你在县人民法院告我的状子,法院里又要我们的村调解委员会再调解一下,假如调解不了,他们再受理。我想过一两天再请你老嫂子谈谈!"多寿老婆说:"拉倒! 还有什么要谈的呢?"

## 三十一　还是分开好

二十一号晚上,秦小凤召开了一次村妇联的全体大会,动员妇女尽可能参加开渠工作,会后向金生去汇报。

这时候,孩子们都睡了,玉梅帮着她大嫂给大胜做棉衣,金生也才开过统计男劳力的会议回去。

金生问小凤动员的结果,小凤说:"要是把看小孩和做饭的两个问题能解决了,可以动员到八十个人参加;解决不了,只能参加四十二个人。看小孩问题谈得有点眉目:有人提议在后院奶奶家和黄大年家成立两个临时托儿所,奶奶和大年老婆也都愿意,另外还动员了几个帮手,看来不成问题。做饭问题,有人提议成立临时食堂,让那些没有人替她们做饭的青年妇女连她们的丈夫,在开渠时候都到食堂买饭吃,不过开食堂就要准备房子、家具、米面、做饭的人,光妇女办不了。"金生说:"这个我明天可以和村里商量一下,也许可以办成。还有没有别的问题?"小凤说:"在这方面没有了。

另外还有个奇怪问题,我马上答复不了。"

金生问她什么问题,她说:"根本没有参加过会的多寿老婆、有余媳妇、天成老婆和小俊今天晚上都到了。小俊也报名参加开渠。多寿老婆要求咱们干部们给他们和一和家。你说该怎么答复呢?"金生问:"她是不是还想让菊英回去?"小凤说:"那个她倒没有提,可是有翼还要往外分哩!"金生说:"他们家入了社了,有翼还要分吗?"小凤说:"就是还要分!"金生媳妇看了看玉梅说:"玉梅!这可是你弄下的麻烦吧?"玉梅说:"我不给他们弄这点麻烦,他们以后可就把我麻烦住了!"金生对有翼从家里冲出来到地里找玉梅的事也知道一点风声,便问:"你们说是什么时候的事?"金生媳妇说:"今天!"金生向玉梅说:"玉梅!你这就不对了!人家已经入社了,你为什么还要提那个条件?"玉梅说:"入社是一回事,家里又是一回事!我斗不了常有理和惹不起!"金生说:"以后再不要叫人家这些外号了!人是会变的,只要走对了路,就会越变越好!"玉梅说:"可是在她们还没有变好以前,我怎么对付她们呢?他们家的规矩是一个人每年发五斤棉花不管穿衣服,我又不会织布,穿衣服先成问题。我吃的饭又多,吃稀的又不能劳动,饭又只能由他们决定,很难保不饿肚。我是个全劳力,犯得着把我生产的东西全交给他们,再去受他们的老封建管制吗?"金生说:"你知道人家还要照那样老规矩办事吗?"玉梅说:"可是谁能保他们马上会变呢?我还没有到他们家,难道能先去和他们搞这些条件吗?到了他们家他们要不变,不是还得和他们吵架吗?"金生说:"他们要不变,正需要你们这些青年团员们争取、说服他们!难道你们只会吵架吗?"玉梅笑着说:"大哥最会考虑问题,这一次怎么糊涂了呢?""我什么地方糊涂了?""你想,菊英分出去了,有翼再分出来,剩下的就只有他爹妈和他大哥大嫂。他大哥和他爹妈是一股劲,他大嫂谁也惹不起,他们还拿那老封建规矩去管制谁去？只要分开家,那套老封建规矩自然就没处用,也不用争取、说服,也不用吵架,自然就没有了。那不比先让他们管制起来然后再争取、说服省事吗？"小凤说:"我觉得玉梅说得对。前十几天调解委员会主张让菊英分出去,不跟这道理一样吗？菊英自分出去以后,不是果然不受他们的气了吗？他们那些封建老规矩,在菊英身上不是没有用处了吗？"

金生说:"咱们还是从各方面想一想:他们家里现在的情况和菊英分家那几天有个大不相同的地方——那时候,他们不只不愿走社会主义道路,反而还想尽办法来阻碍别人走社会主义道路;现在他们报名入了社,总算是进了一大步。有翼在这时候还要坚持分家,不是对这种进步表示不信任吗？对马多寿不是个打击吗？"玉梅说:"又不是怕他退社才跟他分家,怎么能算不信任？分开了对他们没有一点害处,怎么能算打击？咱们社里人们不是谁劳动得多谁享受得多吗？要不分开,我到他们家里,把劳动的果实全给了他们,用一针一线也得请他们批准,那样劳动得还有什么趣味？分开了,各家都在社里劳动,自然都走的是社会主义道路;要不分开,给他们留下个封建老窝,让年轻人到了社里走社会主义道路,回到家里受封建管制,难道是合理的吗？"金生说:"照你那样说,这一年来,小俊在咱们家里闹着要分家,反而也成了合理的了——人家也说是犯不上伺候咱们一大家,也是嫌吃饭穿衣都不能随便。"玉梅说:"那怎么能比？咱家都是一样吃、一样穿,没有那些老封建规矩;小俊在咱家又不愿意劳动,又想吃好的穿好的,自然是她的不对了。就是那样,后来还不是你同意她和我二哥分出去了吗？我觉着弟兄们、妯娌们在一块过日子也跟互助组一样,应该是自愿的——有人不自愿了就该分开。"

金生对玉梅的回答很满意。像马家这种家庭,在他们没有入社以前,金生本来是主张"拆"的,可是人家现在报名入社了,他还没有顾上详细考虑这问题,所以当秦小凤一提出来,他觉着是不分对,可是和玉梅辩论了一番之后,又觉着是分开对了。不过他还顾虑到一个问题,就是怕伤了老一代人的心。他向小凤说:"玉梅说得很有道理。这种大家庭是不能鼓励人的劳动积极性的。不过这样分家的事太多了,会不会让一般老人们伤心呢?孩子们一长到自己能生产了就都闹着分家,剩下不能劳动的老人谁负责呢?"没有等小凤答话,玉梅便说:"这个很不成问题!谁也舍不得把他的爹妈扔了!就像马家,只要分开了,有翼和我两个劳动力,完全养活他们老两口子都可以。只要他们老两口子愿意跟我们过,管保能比他们现在吃得好、穿得好!"金生媳妇没有参加他们的辩论,可是听了玉梅这几句话,便笑着插话说:"那不又和不分一样了吗?"玉梅说:"那可不一样:我们又不是怕他们穿衣吃饭,只是不愿意让他们管制!那样一来,他们便管制不着我们,我们让他们痛快一点还能争取他们进步。"金生媳妇说:"你的弯弯儿可真多!"金生和小凤也暗自佩服玉梅的脑筋。

金生向小凤说:"讨论了半天还是分开对!你明天就误上半天工夫给他们调解一下吧!马多寿老两口子愿意跟哪个孩子过日子,完全可以由他们自己选择。"

## 三十二　接　线

第二天(二十二号)上午,范登高这个互助组在刀把上给满喜收玉蜀黍,马家因为有小凤给他们去调解家务,没有人来;只有黄大年夫妇、袁丁未、玉梅、范登高和满喜自己——一共六个人。

前边提过:刀把上靠龙脖上的第一块地是马家的,往南紧接着就是袁天成的地。这地方的地势比北边宽了一点,满喜的地在东边的岸边上,和天成的地并排着。这天上午,天成也领着小俊在地里割豆子。

大约十点来钟的时候,宝全老汉、玉生、县委老刘、副区长张信和测量组走的时候留下来的一位同志,五个人靠着山根,走过袁天成的地、马家的地,上了龙脖上,去测算石窟要打多么深。

小俊一看见玉生,又引起了自己的后悔,眼光跟着玉生的脚步走,一会就被眼泪挡住了。她偷擦了一把泪,仍然去割豆子,可是豆子好像也跟她作对,特别刺手。黄豆荚上的尖儿是越干、越饱满就越刺手。在头一天他们割的是南半截地的。南半截地势低,豆秆儿长得茂盛,可是成色不饱满,不觉太刺手;今天上午来的时候,因为露水还没有下去,也不大要紧;这时候剩下的这一部分,豆的成色很饱满,露水也晒下去了,手皮软的人,掌握不住手劲的人,就是有点不好办。小俊越不敢使劲握,镰刀在豆秆根节一震动,就越刺得痛,看了看手,已经有好几个小孔流出鲜血来。她看到玉生本来就有点忍不住要哭了,再加上手出了血,所以干脆放下镰刀抱着头哭起来。天成老汉问她为什么哭,她当然不说第一个原因,只说是豆荚刺了手。被豆荚把手刺破,在庄稼人看来是件平常事,手皮有锻炼的人们也很难免有那么一两下子,谁也不会为这事停工。天成老汉见她为这个就哭得那么痛,便数落她说:"那也算什么稀罕事?你当什么东西都是容易吃到的?你只当靠你妈教你那些小本领能过日子?不想干了回去叫你妈来试试!她许比你的本领还大点!……"小俊不还口,只是哭得更响一点。

玉梅向满喜说:"满喜哥你听!我二嫂又和她爹生气了!"满喜说:"还是二嫂?""可不是!又乱叫起来了!""我也乱叫过。""快去给人家调解调解!你还是人家的保人哩!"满喜总算个好心肠的人,真给他们劝解去了。

满喜问明了一半原因说:"劳动也不是一天就能练出功夫来的!不能从割豆子开头!咱们临时换一换手——我替你割一阵子,你去替我劈玉蜀黍!"天成觉着不便让满喜来替自己女儿做这刺手的工作,便说:"不要了!这就快完了!让她慢慢自己来,割一根算一根!我又不逼她!"满喜说:"还是换换吧!她马上干不了这个!"他们商量好了,天成便叫小俊到满喜的地里来。

小俊一到满喜地里,先分析着地里的人以便选择自己工作的地点:拿着镰刀割的是范登高和黄大年,割倒了放在地上还没有劈下来的一共只有三个铺(即三堆),每铺横面坐着一个人——袁丁未、大年老婆、玉梅;袁丁未是个中年人,在她说来算长辈,虽说这个长辈也常被青年人奚落,可是自己和人家不太熟惯;玉梅虽然跟自己熟惯,可是自己和玉生离了婚,和玉梅到一处没有说的,又想到万一玉梅要顺口叫声"二嫂",自己更觉不好看;挑来选去,只好和黄大年老婆对面坐下,共同劈着一铺。大年老婆见她把一双玲珑可爱的眼睛哭得水淋淋的,觉着有点可怜,劝慰她不要着急,慢慢锻炼,又告她说怎样把玉蜀黍的轴根连秆握紧用另一只手把轴一推就下来了。

这时候,玉生站在龙脖上和下边的人拉着一根绳子正比量什么。玉生喊着"左一点""右一点",小俊偷偷看了一眼,紧接着滚下了几点泪珠,还没有来得及擦,已被大年老婆看见。大年老婆猜透了她的心事,更觉她可怜。大年老婆想给她介绍个对象,一边劈着玉蜀黍,一边数算着村子里未订婚的青年男子,想来想去,想出一个人来。大年老婆等小俊刚才的心情平息下去,故意把口气放得平淡淡地向她说:"小俊!再给你介绍个对象吧?"小俊这会的心情已经平静了好多,只叹了一口气说:"婶婶呀!人家谁还会把咱当个人呢?"说了这么一句话,才平静下去的心情又觉有点跳动,跟着就又来了两眶子眼泪,不过这一次控制得好,没有流出来。大年老婆用嘴指了指西边地里说:"你觉着满喜怎么样?"

小俊一想到玉生,觉着满喜差得多;可是撇开了玉生,又觉着满喜不错——做活那股泼辣劲,谁看见都不得不服;虽然好说怪话、办怪事,可是又有个好心肠。她和玉生离婚以后,不记得什么时候,满喜的影子也从她脑子里很快地溜过一次,那时候也想到满喜这些长处,不过因为那时候的思想不实际,希望着她妈能把她和有翼的事包办成功,再加上那时候她家还留着那么多自留地,满喜也没有入社,把她家的地和满喜的地一比,觉着满喜是穷光蛋,提不到话下,所以只那么一溜就过去了。现在她参要把多留的地入了社,满喜也入社了。她在玉生家住过一年,别的进步道理虽说没有接受多少,入了社的人穷富不在土地多少却知道得很清楚,所以又不觉得满喜是穷光蛋了。至于满喜这个人,从各方面比起来要比有翼强得多,这个道理她仍不能了解,总还以为有翼好,不过有翼已经公开声明不愿意和她订婚,她也就断了那股念头。她从这各方面一想,心眼儿有点活动。

大年老婆见她一大会没有答话,从神色上看到她没有反对的意思,便继续和她说:"你要是觉着可以的话,我就和满喜提一提!"小俊马上还答不出话来,停了一阵,她无精打采地说:"婶婶!还是不要提吧!提一下谁知道他要说出什么怪话来呢?"大年老婆说:"不怕!他在我跟前不会说出什么怪话来!"小俊说:"可是他要到别处去说呢?"要想叫满喜绝对不说怪话,大年老婆也不敢保险,所以马上也回答不出,只笑了一笑。就在这时候,她们两个人已经把一铺玉蜀黍劈完,大年和登高已经另外割倒了好几铺,两个人便各自转移到一个铺边去了。

过了一会,龙脖上那几个人做完了事往回走,袁丁未叫住了走在后边的张副区长,问他卖出的驴被老牙行李林虎屈了价,能不能去找后账。张信早恨李林虎他们几个流氓不该借着几头破牲口,成天在临河镇集上掉来换去骗农民的钱,但是他对袁丁未这个小反倒在入社之前抢着卖驴,也没有好感,便先批评他说:"没有像你这样的人供给那些流氓吃饭,也早把他们饿得改行了!"袁丁未说:"那一回已经做错了,现在还能不能从他手里把驴倒回来呢?"张信说:"只要你能证明他是转卖了的话,可以和他讲讲道理!牲口是叫卖给农民用的,不是叫他们当成人民币在市上流通着扰乱市价的!"

天成的黄豆割完了。天成向满喜道过谢,满喜便回到自己地里。满喜让小俊回去,天成还说再让小俊多给他做一会。满喜说:"回去吧!我们的也快完了!"

小俊走后,大年老婆把满喜叫到跟前说:"满喜!给你介绍个对象吧!""哪里的?""还是三里湾的!""谁?""小俊怎么样?""我又不是收破烂的!""你这孩子!人家就怕你说怪话!人家这两天不是也转变了吗?玉梅不是说过你是保人吗?""我保的是她妈!""连她妈那么个人你还敢保哩!青年人不是更会转变得快吗?"满喜也觉着刚才那怪话不该说——他想:"不论算不算对象,人家既然觉悟了,知道以前不对了,为什么还要笑话人家呢?"他说:"婶婶!我是跟你说着玩的!可不要让人家知道了!"大年老婆见他转了点弯,便劝他说:"满喜!我看你可以考虑考虑!那闺女长得蛮好看,也很伶俐,只要思想转变好了,还是个好闺女!"满喜想了想笑着说:"可是她妈骂过我,说叫我一辈子也找不下个对象,我怎么反能去找她呢?"玉梅隔着个铺,早就听见他们谈的是什么,听到这里也插话说:"她说叫你一辈子找不下对象,你把对象找到她家里去,不是更叫她没有话说吗?"大年老婆也开着玩笑说:"真要成了亲的话,你这个当女婿的不简单——还给丈母当过保人!"

最后玉梅说:"满喜哥!婶婶给你们把线接通了!你们以后自己联系吧!"

### 三十三　回　驴

这一年是个闰五月,所以阴阳历差的日子很远——阳历的九月三十号才是阴历的八月十二。临河镇每逢阴历二、五、八有集,这天因为离得中秋节近了,所以赶集的特别多。

三里湾这几天因为突击秋收、秋耕、准备开渠,赶集的人虽说不是太多,不过有事的总得去:王满喜当了开渠指挥部的总务,要去买些开渠用的东西;张信接到区公所的通知,要回区里汇报工作;袁丁未仍然挂念着他卖出去的驴,要到集上打听驴的下落(这已经是第三次了);其余还有六七个人,也都各有各的事。一行十来个人,这天早上离了三里湾到临河镇来。集上人很多。他们一到,就都挤进人丛里,散开了。

满喜买的尽是些笨重东西——抬土的大筐、小车上的筐子、尖镐、大绳、大小铁钉……沉沉地挑了一担在人群里挤着往外走,迎头碰上了丁未。丁未说:"满喜!我找着我的驴了!"满喜问在哪里,丁未说:"还在牲口市场拴着哩!有个东山客正跟李林虎搞价!""你打算找他吗?""我也没有主意,不知道追得回来追不回来!""咱们去看看情况再说!"他替满喜拿了两只筐子,让满喜的负担减轻了一点,两个人就相跟着往牲口市场来。

牲口市场在集市的尽头接近河滩的地方,是个空场,钉了些木桩,拉着几根大绳,大绳上拴着些牛、驴、骡、马。进了场的人,眼睛溜着一行一行的牲口；卖主们都瞪着眼睛注意着走过自己牲口跟前的人们；牙行们大声夸赞着牲口的好处，一个个忙乱着扳着牲口嘴唇看口齿，摸着买卖各方的袖口搞价钱。场外的人围了好几层，很不容易找到个缺口。丁未把满喜引到离自己的驴不远的场外一个地方，挤了个缺口指给满喜自己的驴在什么地方。

这时候，给丁未的驴当卖主的是个十五六岁的孩子，李林虎正和他对着袖口捏码，小孩摇着头说："不卖！不卖！"丁未悄悄和满喜说："不行了！这牲口已经倒了户了！买我的驴的是个三十多岁的大个儿！"满喜也悄悄跟他说："照我看来都是李林虎一个人搞鬼！要是别人买了再卖的话，那么多的牙行，怎么恰好就又找到他名下了？"这时候，李林虎又和东山客捏了一回码，回头又向小孩捏了一回说："行了！你让人家牵走吧！"说着便把缰绳解下来给东山客。小孩抢过缰绳来说："不卖不卖！卖了我回去没法交代！"李林虎又把手伸进小孩的袖口说："再加上这个！总没有说的了吧？"小孩还说不卖，李林虎强把缰绳夺过来说："人家出到了正经行情，当牙行的就得当你一点家！你爹不愿意叫他来找我！"小孩还说："你给我卖了你替我交代去！"李林虎没有再理他，便问了东山客的姓名喊叫写税票。他喊："驴一头、身高三尺四、毛色青灰、口齿六年、售价一百八十万、卖主常三孩、买主赵正有、经手人李林虎。"丁未和满喜听到一百八十万这个价钱都有点吃惊；另一个牙行听到一百八十万这个数字，和李林虎开着玩笑说："老李真有他妈的两下子！"眼看写完了税票，驴就要被人家牵走，丁未悄悄问满喜说："我现在去拉住行不行？"满喜说："恐怕拉不出来！牙行们在这种事情上是一气。他们人多，你占不了上风！""难道就算拉倒了吗？""我给他打个岔儿试试！"满喜说着故意躲在后一层人里大声说："我看是捉了东山人的大头了，那驴不过值上一百四十万！"不料站在他前边的人也接着他的话说:"顶多也不过值一百五十万!"李林虎向他们看了看,满喜和丁未赶快往人背后一蹲,没有被他看见。那个叫赵正有的买主,对一百四十万、一百五十万这两个数目字听得特别清楚,又想到刚才另一个牙行说老李真有两下子,知道自己吃了亏,便把缰绳塞到李林虎的手里说:"我不要了!你们尽糊弄人!"李林虎把缰绳丢到地下说:"你亲自看的驴、亲自许的价,谁糊弄了你?"说着把税票取过来,把一联递给那个小孩,另一联递给他说:"拿钱吧!在这么大的会场上耍赖皮是不行的!""可是我带的钱不够,难道也非买不可吗?""钱不够为什么要答应买?""我只顾搞价忘了还有多少钱了!""让我搜搜你!"场外有几个人看不过,便大声嚷着说:"你抢了人家吧!""不要买,看他能把你怎么样?"李林虎虽然没有敢真去搜赵正有,可是对后来那句话提出了反驳。他说:"他自己许的价,等到把税票都写好了还能不要!我就到区上和他讲讲理!"满喜见自己的话起了作用,藏在人背后笑个不停。李林虎又向赵正有说:"好!算你没有带现款!我跟你取一趟去!""可是我家里也没有那么多!""家里没有你去借去!我等着你!"赵正有看见脱不了身,便说:"好吧!"他想挤在人群里跑了算了事。李林虎说:"现在有多少先过多少!"赵正有不想露出自己带的二百万块钱来,只从中间抽了几张,估计有七八万,拿出来一看,是十一万,就给了他。

赵正有牵着驴,李林虎紧贴着他的身跟着他往场外走。满喜向丁未说:"好好好!你赶紧跟上他们,等离得牲口市远了你就问那个东山客多少钱买的。只要他说出是一百八十万,你就拉上驴去找张副区长,管保能倒回来!"丁未在这件事上倒很聪明。他照着满喜的话,赶出了牲口市场,便问那个赵正有说:"东山客!你这驴是买的吗?""买的!""多少钱?""一百八十万!"丁未便转向李林虎说:"你是多少钱骗了我的驴,如今卖一百八十万?""是你亲自牵来卖给别人的,我怎么算骗你?""我不跟你在这里说,咱们到区上说说!"又向赵正有说:"东山客!这驴还有麻烦!你要想买也得跟我到区上,区上要把驴说成了他的,你才能买!"说着便把缰绳夺到自己手里。李林虎正要去夺,赵正有回头来拦住他说:"你这驴来路不明,我不敢要了!你还把十一万块钱还我!"丁未趁这空子,便牵着驴走远了。李林虎说:"你快丢开手,我先去把驴夺回来再说!要不让我去,我是把驴交给你,你给我钱!""你卖了来路不明的驴让人家牵走了,还要怨我?我也跟你到区上说说理!"

三个人一前二后都来到区上。袁丁未来得早,已经找着了副区长张信说明来由。张信问李林虎,李林虎说:"不论谁买谁卖,我只是个中间人。袁丁未的驴卖给姓王的了,这个姓赵的买驴,卖主姓常,都有税票为证。他们已经倒了几次手,我这个当牙行的怎么管得着他们的事?"张信说:"姓袁的、姓王的、姓常的、姓赵的,一个驴在十天之内倒了四个主,比人民币流通得还快!这究竟是谁搞的鬼?姓常的在哪里?我打发人叫来和他谈谈!"李林虎说:"我也不知道他往哪里去了!"张信说:"一点也不老实!当面撒谎!你要不知道他在哪里,他的驴价还要不要了?"李林虎后悔自己说错了一句话,便连忙改口说:"我是说现在不知道他往哪里去了,以后他是会来拿钱来的!让我给你找他去!"张信说:"用不着你去!"说罢便叫来一个通讯员,要他去牲口市上叫那个姓常的常三孩来,并且告他说:"你就说刚才卖的那个一百八十万的驴,人家不付价,闹到区上了,要他来作个证!"

常三孩来了,张信单独问他那个驴是什么时候买的、买谁的、多少钱、上过税没有。常三孩本来是个假卖主,自然经不起盘查,什么也说不出来。张信要他说实话,他说:"我是县城里人,爸爸在家卖烧饼,李林虎雇我来当伙计。"张信问他:"这伙计怎么当？做什么事？"常三孩说:"他告我说只要做一件事——当卖主。他跟我对袖口又不捏码,只装个样儿。""那样你知道是多少钱吗？""他知道就行！用不着我知道,他告我说只要拉住缰绳说不卖,等到他用力拉的时候叫我丢了手,口里还说当不了我爹的家！"张信问明了这段情节,便向他说:"小孩子家为什么出来做这种骗人的事？这回还得你到法院去一趟,给李林虎作个证明！"说罢又把李林虎他们三个人叫来,让小孩当着他们的面说了一遍,然后让李林虎退了赵正有的十一万元,让袁丁未把驴牵回去再把驴价一百万元送到区上来转退给李林虎,并且把李林虎和常三孩这个骗局写成诉状,告到法院里去。

## 三十四　国庆前夕

这天夜里,干部们在旗杆院分成三个摊子,开会的开会,办公的办公,因为九月三十号是社里年度结账的日子,有好多事情都要在十月一号的大会上交代,又加上开渠工作,已经决定十月二号动工,也要在这大会上作出准备工作报告,所以他们这天夜里特别忙。

党支部委员和正副社长在北房外间(会议室)里审核由金生拟定的新社章草案和新社干部候选名单草案。范灵芝和李世杰在东房里结束本年度工账和各户分配尾数,订立下年度的新账。北房的里套间是留给玉生和马有翼来检查开渠准备工作用的,现在只来了马有翼一个人——这事本来该总指挥张乐意主持,因为他又是社长,要参加外间那个会,才委托了副总指挥王玉生。马有翼是开渠指挥部的会计,又被聘请为秘书,所以也来参加工作。玉生正和他们的总务王满喜在储藏室里清点开渠要用的工具、材料,所以还要等一阵才能来。

有翼在北房套间里,一边抄写着要在大会上张贴的各段分组名单,一边等候着玉生,忽然听到有些人在东房里交涉立户口的事(因为社员中有了分家的、出外的、结婚的……一些人事变动,自十月一号以后,记工、投资、土地分红、社员与社的其他经济往来,都要按新户口计算),他便想起自己的事。他是个新社员,对社里这年度的规定虽然也听说起过,却不像一般老社员那样关心。当他报名入社那时候,家还没有分清;这几天虽说分清了,自己又当了开渠指挥部的秘书兼会计,忙得没有想起立户口这事来,现在经别人提起,他才想起来了。他趁玉生还没有来,便先跑到东房里来办这件事。这时候,灵芝正忙着结束分配账,见他进去了,便仍按朋友关系和他打过招呼,不过手里没有停止工作;有翼虽说才当了两天秘书兼会计,对灵芝这种忙碌已经能够谅解了。直接管立户口的是李世杰。有翼等前边的一个新立户口的办完了手续,便和李世杰交涉自己立户口的事。李世杰问他怎么个立法,他说:"我大哥、大嫂算一户,我和我爹、我妈、玉梅算一户。"这出乎李世杰和范灵芝的意料:他爹他妈向来和他大哥是一气,为什么又和他分在一块呢?他和玉梅还没有结婚,为什么先把户口调过来呢?灵芝只看了他一眼,仍然继续做自己的工作,李世杰顺口问:"你和玉梅不是还没有结婚吗?""我们马上就要结婚——三号(中秋节)!"说了又看了灵芝一眼,好像向她说:"你不要小看我!我比你结婚在前!"灵芝只微笑了一下,没有感到有什么惊奇。

原来老多寿这几天的思想也有点改变:在菊英没有分出去、有福没有把地捐给社、有翼没有提出分家之前,他只想多积一些粮食,学范登高买两头骡子,先让有余赶着跑个小买卖,以后等外边的两个儿子也回来了,家产也发展得大了,又有财产又有人,全三里湾谁也不能比马家强;菊英分出去以后十几天的变动,给了他个很大的教训,让他清清楚楚地看到四个儿子就有三个再也不会听他的指挥,他便有些灰心。二十号给他送旗的人散了之后,他向他老婆说:"我看这样就好!咱们费尽心机为的是孩子们,如今孩子们不只不领情,反而还要费尽他们的心机来反对咱们,咱们图的是什么呢?我看咱们也不如省个心事,过个清净日子算了!"他老婆说:"可是咱们两个人该跟着哪个孩子过日子呢?"在报名入社那一会儿,他还把自己和老大算在一起,这时候他一考虑到自己以后的事,就又变了主意,不过他先问他老婆说:"你愿意跟谁过?""老大倒是个好孩子,不过他那媳妇有时候我也惹不起!""媳妇倒还是小事!老大那人尖薄得很!跟上他,眼前咱们还能劳动他倒很愿意,赶到咱们再上些年纪,自己照顾不了自己的时候,恐怕要受老罪!你看跟有翼怎么样呢?"有翼倒是他老婆偏爱的一个小孩子,不过她一想到有翼要娶玉梅,就有点气恼。她说:"他要是勾得个玉梅来,咱可惹得起人家?""你要惹人家干什么?我看玉梅是个好姑娘——人也忠厚,做活的本领也比咱有翼在上,满过得了日子。依我说咱们老两口子最好是跟有翼过到一块儿,只是你挂着个'常有理'的招牌,恐怕人家不愿意要你!""你这老家伙又来挑我的眼儿!难道你那'糊涂涂'招牌比我的招牌强多少吗?""好好好!不要动气!我是跟你说着玩的!咱们还是谈正经的吧!你要知道:咱们两个人,都是不受青年们欢迎的人物,真要想跟人家在一块过日子,还得费好大劲儿才能说通。现在先要你拿一拿主意。你要愿意了,我再想办法。"他老婆一想:四个孩子有两个不在家,眼前这两个她都有顾虑。她说:"咱们有十六亩养老地,谁也不要跟,自己过日子怎么样?""不好!这个我可见得多了:凡是给孩子们分开家老人们自己过日子的,到了自己不中用的时候,差不多没有好结果——财产大的,孩子们为了谋财产,谁也恨不得让他们早死了自己早谋到手;没有财产的,在能劳动的时候不靠拢孩子,到了不中用的时候,累着了谁谁没有好气,还是不如早一点靠拢一家。"他老婆向来就佩服他在为自己打算这方面是个精细鬼,所以经他这么一说就同意了他的主张。他说:"你同意了,咱们就想个办法:咱们跟有翼直接说话不行——一来有翼怕玉梅不赞成他,他就不敢答应咱们;二来我去跟有翼说这话,就要得罪老大。不如转个弯儿请干部们来给咱们主持一下。你明天出面去找一下调解委员会的秦小凤,就说咱们入了社,不愿意和有翼分家了,让她来给咱们说和说和。她要来跟有翼一说,有翼必不愿意,咱们就借这机会让她参加一下咱们分家的事。谈到咱们两个人跟谁过日子的时候,我说我愿意跟老大,你说你愿意跟老四——你偏爱有翼是老大也知道的,不会引起什么麻烦——最后我装作惹不起你,只好同意你的意见。这样一来,有翼和玉梅要是不愿意,自然有秦小凤会去说服他们,又可以不得罪老大。"他老婆同意了他这个办法,在二十一号夜里动员妇女的会上碰上了小凤,提出这个要求;小凤后来同着玉梅和金生研究了一下对付的办法,理由虽然和马多寿想得不同,可是研究的结果正合了马多寿的希望,所以没有费多大工夫就把问题解决了。马多寿老两口子就这样才和有翼分在一块。

李世杰给有翼立上名字,登记过土地、牲畜之后,又问他说:"那么你大哥怎么没有来报户口呢?是不是你爹跟你分在一块,他自己就不入社了呢?"有翼说:"他说他还入,不过因为我妈不愿意跟他分在一块,他心里有点不痛快,况且也不知道社里的规矩是今天立户口。你们可以打发人去通知他一下!"李世杰说:"暂且给他浮记上一个名字,记着工再说吧!"

这时候,玉生和满喜清点完了开渠用的东西到旗杆院来了。玉生听见有翼在东房说话,便喊他说:"有翼!快来干咱们的吧!"有翼走出东房来,满喜走进东房去。

满喜向李世杰说:"也给我立个户口!"李世杰说:"早就给你立下了!""我知道!我是请你把小俊写在我的户口上!""哪个小俊?""咱村还不就是那么一个小俊?""怎么一回事?""我和小俊快结婚了!""几时结?""八月十五!""怎么就没有听说?""也说过,不过是没有和你说!"

满喜和小俊的事进行得似乎很秘密,灵芝这几天忙得喘不过气来,没有听到,听满喜这么一说,也觉着是一条新闻。

北房外间的会议,正由金生解释他拟定的新社章草案。他谈到下年度的社,大小干部就得六十多个,大家觉着这数目有点惊人,有的说"比一个排还大",有的说"每两户就得出一个干部",有的说"恐怕有点铺张"。金生说:"我也觉着人数太多,不过有那么多的事,就得有那么多的人来管。根据从专署拿来的别的大社的组织章程,再根据咱村的实际情况:社大了,要组织个社务委员会来决定大计,要九个社务委员。为了防止私弊,还得组织个监察委员会,要五个监察委员。要一个正社长、三个副社长,全体社员要组成一个生产大队,就要有正副大队长。把全体社员按各户住的地方分成三个中队,每中队要有正副中队长。每中队下分三个小组,要有正副小组长。生产大队以外,咱们社里还有副业、有水利、有山林、有菜园、有牲口、有羊群,每部门都得有正副负责人。这些部门各有各的收入或开支,就都得有个会计。在社务方面,除了正副社长,还得有个秘书;社里开支的头绪多了,就又得有个管财务的负责人。财务部门得有个总会计、有个出纳、有个保管。要提高生产技术,也得有个技术负责人和几个技术员。要进行文化教育,也得有个文教的负责人和几个文化组长。六十多个人还没有算兼职,要没有兼职的话,六十多个也不够。我觉着这样也好:一个社员大小负一点特殊责任,一来容易对社务关心,二来也容易锻炼自己的做事能力。"社长张乐意问他说:"究竟得六十几个呢?"他说:"这个马上还不能确定,因为这些人有的应该由社员大会选出,有的应该由他的小单位选出,有的要由社务委员会聘请,不到选举完了、聘请完了,还不知道一共有多少兼职的。"他解释过人数多的理由,便又接着解释章程上别的情节;解释完了,便让大家讨论、修正。

讨论完了章程,便讨论候选人名单。这个名单很长,不必一一介绍,其中原位不动的,有社长张乐意、副社长秦小凤、王金生、耕畜主任老方(马东方)、山林主任牛旺子、会计李世杰——张乐意又兼大队长,李世杰称为总会计;原来是干部而调动了位置的是魏占奎当财务主任,王宝全当技术主任,王玉生当水利主任,王兴升为菜园主任,张永清当文教主任;新社员当主要干部的是范灵芝当社长的秘书兼管一部分总会计的事,王申当副业主任,王满喜当一个监察委员,马有翼当文教副主任;其他干部也有老社员也有新社员,各小组干部和应该聘请的干部没有列在名单之内。大家讨论了一阵,稍稍加了些修改,也就确定下来。

两个草案讨论完了,又谈了些第二天大会上应该准备的别的事情,就散了会。


会议室的会散了,金生和张乐意走进套间里。张乐意问:"怎么样?后天开工没有问题吧?"玉生说:"没有问题,除了木匠还得过几天才能来,石匠已经来了,各段的家伙也准备足了,各段分组名单已经和各段长商量好了,总账和各段的账已经立起来了,工地规则和算工办法草案是你们已经讨论过的了,只要明天在大会上通过了规则和办法,散会后各段各组碰一碰头选举一下小组长,把家伙分配一下,后天开工就成了现成事。"

这时候,有翼正在抄写没有抄写完的算工办法,玉生正拿着个编组以后又报名参加的几个劳力的名单分别往各个组里填补。金生和张乐意随便翻了翻已经准备好了的账簿、文告,就走出来又往东房里去。

东房里的账已结完,李世杰已经走了,留下灵芝一个人翻着账本把重要的数字往她写好的报告里填。金生和张乐意也问了一下情况,见没有问题,也就放了心,回去了。

灵芝填完了报告里的数字,这十来天最紧张的工作才算告了个段落,觉着身子有些累,便靠到椅背上来喘气。她闭上了眼,想让眼睛稍稍休息一下然后再回家去,可是闭了一会,不知道怎么样一下就想到有翼和满喜来立户口的事,又由这两对青年结婚想到自己结婚的事。八月十五这个节日,她一向很感兴趣。她在小的时候,每逢这个节日,总是爱在月光下吃自己最爱吃的东西,玩自己最满意的玩意儿;到了中学以后这几年,在这个节日里,又爱找自己最满意的朋友在月下谈天,谈到半夜也不肯散。现在她想:"今年这个节日该怎样过呢?小孩子的玩法已经过去了,学校的好朋友已经四散了,人家别人有了对象能趁着这一天结婚,咱也找了个对象,不只没有顾上准备结婚的事,自从登记以后,两个人在一个旗杆院办公,都忙得连句话也顾不上说……"她正这么闲想着,忽然听见北房的门响,玉生和有翼从北房里走出来,她赶紧睁开眼,站起来走到门边叫住了玉生,让有翼一个人走了。

玉生搞完了他的工作,也觉着很轻松,走进东房里来见只有灵芝一个人,便觉着可以坐下来谈谈。他们把两把椅子并在一块儿坐下,灵芝便先问他说:"工作搞完了?""完了。你哩?""我也完了。""可算松一口气吧!""八月十五你打算怎么样过?""后天一开工就又忙起来了,哪里顾得上过节?""我也一样,一过了明天,就要评入社地产量、订生产计划,不过晚上忙完了工作,还是可以过一过节的!""请你到我家里玩去好吗?""那样也还好!让我报告你个消息:有翼和满喜都要在八月十五结婚哩!""我知道!玉梅在家里说过!""咱们是不是也可以趁一趁这个日子呢?""咱们一直忙得没有顾上准备,明天还要开会,后天就要开工,哪里还来得及?""有什么要准备的?依我说什么也不用准备,还跟平常过日子一样好了!""就连收拾房子的工夫也没有!"一说到收拾房子,灵芝便又想起他南窑里那长板凳、小锯和别的东西,便说:"不要收拾了!那些东西安排得都很有意思!""连件衣服也没有做!""有什么穿什么吧!一对老熟人,谁还没有见过谁?"说到这里两个人一齐笑了。他们又具体商量了一阵,玉生也同意了。

　　灵芝问:"咱们是不是也要另立户口呢?""我没有想过这个问题!""我也没有想过,还是因为别人来立户口才引起来的!""我不愿意另立户口——多么麻烦!谁给咱们做饭吃呢?""我也没有想过这问题!"她又想了想说:"这样子好不好?咱们都回去和家里商量一下,最好是不用另立户口,你做的工还记在你家,我做的工还记在我家,只是晚上住在一块;这办法要行不通的话,后天食堂就开门了,咱们就立上个户口,到食堂吃饭去!""穿衣服呢?""靠临河镇的裁缝铺!""那不成了个特殊户了吗?""特殊就特殊一点!这又不是走资本主义道路!"

　　他们的话就谈到这里。这时候,将要圆的月亮已经过了西屋脊,大门外来了脚步声,是值日带岗的民兵班长查岗回来了。他两个就在这时候离了旗杆院,趁着偏西的月光各自走回家去。